デビュタント・ワルツ

Debutante Waltz

高橋 眞

Takahashi Makoto

幻戯書房

千年の間。
あるいはせめて、私の余生の間。
あるいはせめて、今年中。

アクセル・ハッケ（諏訪功訳）

Hへ

デビュタント・ワルツ　目次

登場人物

松崎誠一（私）：東昇エンジニアリング株式会社元執行役員
小此木宏：松崎誠一（私）の大学時代の友人
長澤留美子：同、習志野国際大学社会学部教授
森千帆美：東昇エンジニアリング秘書室職員
高柳幸敏：東昇エンジニアリング前社長
高柳真由美：高柳幸敏の妻
高柳彩香：高柳幸敏の娘
松崎容子：松崎誠一（私）の妻
安念宇一：元売薬業、宝寿の森ホーム入居者
外崎栄吉：元十和田商工会会長、安念宇一の親友
外崎美津：外崎栄吉の妻
吉枝信朗：富山県警東滑川署元警部
佐伯肇：医療法人宝寿会理事長
黒牧瑛子：宝寿の森ホーム看護師
近藤亮介：東昇エンジニアリング秘書室長
四宮恒男：長澤留美子の学生時代の同棲相手
松崎伊知郎：松崎誠一（私）の父

松崎千恵：同、姉
大崎智子：東昇エンヂニアリング秘書室職員
青江博旨：東昇エンヂニアリング元社長
白戸克彦：十和田商工会会長、自動車修理工場経営
柳瀬逸雄：函館市来町保存会代表、郷土史家
市来仁：海軍技術少佐、男爵
クラウス・ランゲ：弁護士
ローラ・フィーツェ：日記の書き手
フェルテン・ラインハルト：ローラの父、ラインハルト社社長
クリスティアーネ・ラインハルト：ローラの母
マルレーネ・マイヤー：ローラの妹
オイゲン・ルーデンドルフ：プライベートバンク元頭取
マックス・ルーデンドルフ：プライベートバンク現頭取
ライマル・エーベルト：ウィーン市助役補佐
ヤン・ビアホフ：ラインハルト社副社長
ヴェロニカ・アイケ：ラインハルト家小間使い
ヤーコブ・アイケ：ヴェロニカの弟

装丁　佐藤絵依子
装画　田部井マチヨ
「Ｂｒｉｓｅ」（二〇一〇）

デビュタント・ワルツ

序　章

函館日日新聞　昭和十三年三月十五日

（ウイン十三日發同盟至急報）オーストリア政府は十三日午後獨墺合邦を中外に宣言した

（ウイン十三日發同盟至急報）オーストリア政府は獨墺合邦に關する法律を制定發布した

（ウイン十三日發同盟至急報）オーストリア政府は來る四月十日獨墺に關する國民投票を執行する旨發表した

（ウイン十三日發同盟）サイス・インカート首相は十三日夜首相官邸のバルコニーからラヂオを通して全オーストリアに對し獨墺合邦を規定する新聯邦憲法を公布した、新憲法の内容は左の通り

第一條　オーストリアはドイツ共和國の一州なり

第二條　一九百三十八年四月十日ドイツ共和國との合邦に關する國民投票は自由機密投票とし滿二十歳以上の男女は總て投票に參加することを得

第三條　國民投票の結果は投票の過半數を以て決定さるべし

第四條　本法の施行については追て特別法令を發布すべし

第五條　本法は發布の日より實施さるべし、オーストリア聯邦政府はこれが執行に當るものとす

VOLKISCHER BEOBACHTER, Munchener Ausgabe 9.Dezember 1941

(Tokio,8, Dezember,1941) Die Marineabteilung des Kaiserlichen Hauptquartiers gibt nach einer Meldung des japanischen Nachrichtenbüros Domei bekannt, daB als Ergebnis des japanischen Luftangriffe auf Hawai zwei USA.-Schlachtschiffe versenkt und vier Schlachtschiffe sowie vier Kreuzer der A-Klasse schwer beschädigt wurden. Auch wurde eine groBe Anzahl sind. Ein USA.-Flugzeugträger wurde von einem japanischen U-Boot bei Honolulu versenkt, doch ist dieser Bericht noch unbestätigt. Das USA.-Minensuchboot “Penguin”(1000 BRT.) wurde von japanischen Flugzeugen versenkt,die Insel Guam am frühen Morgen angriffen. Viele feindliche Handelsschchiffe Wurden im Stillen Ozean gekapert. Während der Kämpfe gingen keine japani-nischen Schiffe verloren.

◆

AnlaBich der Kriegserklärung Japans an die Vereinigten Staaten und GroBritannien richtete der Tennô einen Auruf an die Nation.

In diesen Aufruf gibt der Tennô seiner Gewibheit darüber Ausdruck,daB das ganze Volk in dem bevorstenhenden Kampfe mit geeintem Willen seine ganze Kraft einsetzen werde, um die Stabilität Ostasiens zu sichern und damit zum Frieden der Welt beizutragen ——

フェルキャッシャー・ベオバハター*　ミュンヘン版　一九四一年十二月九日

（東京、一九四一年十二月八日）ドイツ帝国司令部の海軍部は、日本の同盟通信社から、ハワイへの空襲の第一波により合衆国の戦艦二隻が沈没し戦艦四隻及びA級巡洋艦四隻が重大損傷との通信を受けた。また、敵対航空機の相当数が破壊された一方、日本の航空機の損失は軽度である。一隻の合衆国空母が潜水艦によって沈没させられたが、この報道は未だ不確定である。

合衆国の掃海艇「ペンギン」（総重量一千トン）は、早朝にグアム沖を攻撃した日本の航空機によって沈没させられた。多くの敵国商船が太平洋において拿捕された。戦闘を通じて、日本の船舶に損失は生じていない。

◆

合衆国及び大英帝国への日本による宣戦布告に際して、天皇は国民に呼びかけた。天皇はこの呼びかけにおいて、東アジアの安定性を確実なものとし、もって世界平和へと貢献するため、全国民は、間近に迫った戦争において、意志を統一しつつ、その全総力で尽力するであろうことを確信していると表明した——（髙橋晃彦訳）

＊　ナチスの機関紙。紙名は「民族の観察者」の意。

第一章　発端

1

「上高地」を世に知らしめたイギリス人の宣教師ウォルター・ウェストンが「峻険な峰に囲まれた壮麗な円戯場」と描写した富山平野の地形的特徴を確認するには、冬、日本海沿岸上空を飛ぶ航空機から雪に覆われたこの平野を俯瞰するのがベストだろう。角砂糖のような白亜の塊を悪魔がその爪でひと掻きし、深く躊躇したのち、湾へ一気に流し込んだような姿を間近に見て取れるからだ。

富山県の四つの県境のうち、熊無峠《くまなしとうげ》（最北西）と三俣蓮華岳《みつまたれんげだけ》（最南東）を結んだ線と、境川河口（最北東）と笈ヶ岳《おいずるがたけ》（最南西）を結んだ線が交差する点を仮に県の地理上の重心とすると、安念宇一《あんねんういち》の遺体が発見されたのは、その重心に当たる地点より東に二十キロ、北に二キロほど移動した中新《にい》川《かわ》郡上市町《かみいちまち》付近だった。

二〇一五（平成二十七）年十二月二十日、京阪電力富山支社資材管理課課長の小田切正太は、早《はや》月川《つきがわ》流域の上市町の奥まった場所に実地検分に一人で来ていた。

京阪電力は黒部川流域にいくつかダムを持っており、その中には建設過程が映画にもなった日本を代表する巨大ダムも含まれている。戦後の京阪地区の電力不足に対処する目的で作られたこのようなダムからは、送電線が何本も関西まで伸びている。送電線は山間部を通り、放っておくと樹木が伸びて引っかかる危険がある。そうした事態を避けるために、樹木が生えている土地の所有者に了解を得たうえで、電力会社が枝の伸びた部分を伐採し、協力金を払う。だが、過疎化が進み、土地の所有者に連絡がつかないケースも増えている。小田切の所属する資材課はこうした対応も含めて現場へ頻繁に足を運び、関西への遅滞のない送電を担保する役目を担っている。

この日、小田切が訪れた上市地区は山林の所有区分が細かく入り乱れており、送電線下の樹木の伐採の協力金を円滑に支払えない事態となっていた。一週間前の積雪は根雪となり、年の瀬から年始にかけてまとまった降雪の予報も出ており、御用納めまでには状況を確認しておく必要があった。

昭和の終わり頃には営業を終えた大郷寺《だいごうじ》遊園地とスキー場の、かつての入場口へと続く細い山道の待避所に、小田切は社用車のパジェロを停めた。早月川を渡る送電線を確認し、そのまま河原へと視線を向けた時だった。河原に通じる斜面に、雪の崩れた部分があった。

発見された安念宇一は豊かな白髪を長めにカットしており、丸まった物体の膨らみだけが雪の中で異様に色濃く映えていたと、後に小田切正太は事情聴取に応えている。

折り重なる山の裾野に冬の瀬音が低く急かされるように響いていた。目を凝らし、その物体の輪郭を人間と見定めた小田切は、慌てて警察に通報した。

2

医療法人宝寿会の理事長佐伯肇《はじめ》は、国民保険団体連合会に月末に提出するレセプトのチェックを、富山県警東滑川《なめりかわ》署の二人の刑事の来訪により中断させられた。レセプトはパソコンで計算されるので点数計算そのものには問題がない。しかし、それでも、コンピュータにデータを入力する際の「付け落ち」と称される初歩的なミスは、免れることができないでいる。

突然刑事の来訪を受けた者なら誰もが感じる胸のざわめきに、佐伯は落ち着かない気分になっていた。

佐伯が理事長兼院長として経営する宝寿の森ホームは父親の修治が一九五七（昭和三十二）年に創立した、老人病院と称された小さな医院が発祥である。それを肇が受け継いで拡大し、入所者は近隣の富山県東部の他にも県中西部、遠くは新潟、金沢からもあった。病院の運営は順調で、経営母体の医療法人も税務署や保険所の特別な監査などを受けたことはなかった。

佐伯は着慣れた回診用のドクターコートをさっと羽織った。

部屋に入ってきた二人の刑事が示した手帳には、年配の方は「刑事課警部　吉枝信朗《よしえだしんろう》」、三十歳代半ばと見える方は「警部補　形川恵《なりかわめぐみ》」とある。

「ここらも随分変わりましたな」

やや時代遅れのゆったりした濃い茶色のスーツ姿の吉枝刑事が、ソファーに腰を下ろすなり口火を切った。

「ガキの頃は、それこそ田んぼしかなかったとこで、稲刈りの後なんかむさ苦しい稲の匂いが続いて、その中を自転車通学したものですちゃ。今ではところどころコンビニやらスーパーやらいろんなものが建ち始めて、日本国中変わらん風景になってしまって」

人のよさそうな笑みを浮かべる。

佐伯は短くあいまいに対応する。

「ところで、先生、先生のところの入所者、安念宇一さんのことなんですが」

「安念さん……」

間が空く。

「あ、宇一さん、十日ほど前におられんようになって……」

それまで黙っていた形川刑事が口を挟む。

「その安念さんですけど、二日前、発見されまして」

形川の方はプレスの効いたグレーのスーツにブルーのストライプのシャツを合わせている。

「発見されたんですか！　身寄りの人も分からんもんで、どうしたんだろうと心配して、おられんようになった翌日に捜索願いを出したんじゃないかな……」

二人の刑事は目配せをした。

「捜索願いは十八日に出されてます」

形川の口ぶりは慎重だ。

「それがですね、遺体で見つかったものですから」

「えっ、亡くなってたんですか！　いったいどこで？」

形川が話を続ける。

「早月川の河原です。昔の大郷寺遊園地の近くで、ここから車なら十分もかからんとこです」

吉枝は佐伯から目を離さない。人の好さそうな素朴な表情はすでに消えている。

「なんでまたそんなところで……いったいどうして……」

不審そうに言葉を繰り返す佐伯肇の様子は、老人が遺体で発見されたことは初めて聞いたという印象を刑事たちに与えた。

「ここからだと距離にして大体三キロぐらいですか。歩いて行けない距離ではないかな」

吉枝刑事は部屋を見回している。

「院長先生、安念宇一さんは車、運転されてましたかね？」

「そうですね。売薬の仕事をされてた人なので運転はできたとは思いますが、うちに入所してからは、車を運転して出かけたことはないんじゃないのかな」

「そうでしょうな。もう九十近い年齢だし」

「あの……」

佐伯がゆるゆると尋ねる。

「どのような状態で発見されたのでしょうか？」

「今日伺ったのは、その件ながです」

吉枝が声を絞る。

「昨日、富山大学から検案書と解剖結果が来まして。事故、とは思っとんがですけど、報告書も書かんといけんもんで。失踪当日の安念さんの話をお聞かせいただけないかと」

「なるほど……そういうことでしたら、安念さんの担当だった看護師の方が詳しいと思うんですが、呼びましょうかね？　黒牧瑛子《くろまきえいこ》といいます」

「そうしていただければ助かります」

佐伯はナースセンターに内線をかけた。

「黒牧君は？　そうか、至急連絡して院長室に来るようにいって。それと、安念宇一さんのカルテと入所記録も持って来るように、と」

佐伯は受話器を置いて刑事たちへ向き直った。

「今病室にいるようです。すぐ来ると思います」

「その看護師の黒牧さんはずっと安念さんの担当だったんですか？」

形川が確認するように聞いた。

「ええ、入所されてから彼女が看ていたと思いますよ。ベテランで老人の扱い方もうまい。あっ、失礼、入所者さんの評判もいい」

三人は初めて笑みを浮かべる。

吉枝が改まったように告げる。

「看護師さんが来られたら、ホトケさんの所持品の確認もありますんで、その看護師さんと私たちだけで話せる場所で事情を聴きたいんですが。先生もお忙しいでしょうし」

「分かりました。隣の応接室をお使いください」

院長の自分がいない方がいいのだろうと、佐伯は愛想よく告げた。

五分ほどして院長室に姿を見せた黒牧瑛子は、五十年配の物腰の柔らかな看護師だった。三人は隣室へ移り、佐伯院長一人が残された。

（事情聴取なんていってたけど、あんな老人に事故以外あり得ない）

佐伯は八十八歳の安念宇一の枯れた風貌を正確に思い出しながら頭を軽く振り、中断していたパソコンのレセプトの画面に意識を戻した。

3

二〇一七（平成二十九）年――。

指定された四月九日午前十時に社長室に入ると、前室左手の秘書のデスクから近藤亮介と森千帆《ちほ》美《み》が立ち上がる。私の部下だったこともある千帆美は満面の笑みを浮かべて接しようとしてくれている。退職辞令を渡される相手としてではなく、日常業務で上司に挨拶するという物腰で。

黒に近いグレーのスーツのジャケットのボタンをかけながら、近藤亨介が自分のデスクを回って私を先導しようとする。

KR491789 2C――欅《けやき》の質感を全面に漂わせている明るい色の社長執務室のドアの品番を今でも忘れてはいない。材質とカラーは当時の社長、青江博旨《はくし》のこだわりで、新社屋建設のプロジェクトチームの一員として設計事務所との折衝に当たっていた二十数年前の私を、最後まで煩わせたものだったからだ。

KR491789 2C。このドアの向こうに相対的な勝者の高柳幸敏《ゆきとし》がいる。私は敗戦の証書である退職辞令を高柳から渡される。それで相対的敗者の私のこの会社での日々は実質的に完結する。それを象徴するセレモニーだ。

「社長が直々に松崎誠一本部長に退職辞令を渡したいと申されまして……」

二週間前、秘書室長の近藤から勿体ぶった通知があった。

高柳と私は、作られた、フェイクともいえるライバル同士だった。東昇《とうしよう》エンヂニアリング株式会社には毎年百名ほどの新入社員がいる。その数は私たちが入社した頃から変わっていない。

キャリア官僚たちは入省当日、将来到達する自分のポストの上限を知るというが、民間企業でも入社直後の研修期間にうっすらと将来の自分を想像できる、いや、想像できない社員はすでに落ちこぼれている。私たちは出身大学がライバルと評されていることもあり何事につけ注目された。私たち自身が注目されたわけではなく、私たちの関係が注目されたに過ぎなかったのだが――。

近藤がノックし、ドアを開ける。

「やあ、ご苦労さん」

椅子に座ったまま高柳が顔を上げる。

社長室の二面に開かれた大きい窓からは、首都の饒舌なスカイラインが春の雲に影を落としているのが見える。やや光沢のある薄い生地の青いスーツとエルメスの控えめなタイ。袖もとにチラと見える今日の時計はジャガールクルトの黒革ベルトのレベルソだ。一部上場のメーカーの社長として、控えめながら服装には気を配っていると相手にそれとなく気づかせる姿だ。妻の真由美のセンスだろう。

「悪いな、わざわざ来てもらったのに。今朝から調子が悪くて。笑顔で松崎を送り出したいと思っていたんだけど」

自信にあふれた態度は影を潜めている。

「どうかしたのか？　顔色が良くないぞ」

「いや、今朝起きた時から頭痛が酷くて。昨日も経産の付き合いで飲みすぎてしまった、役人とか役所はまだまだどうしてもその連続だからな」

目を閉じてこめかみを指で揉みながら、

「例の件も有象無象の間でまだ尾を引いているし、足の引っ張り合いも終わっていない。心痛の種だ。そうだ、お前も火の粉は被ったんだよな」

日本を代表する大手自動車メーカーをめぐる一連の検査偽装が発覚したのが昨年の二月。その騒動の過程で東昇エンジニアリングの子会社の行田《ぎょうだ》精機製作所にも同様の偽装が見つかった。親会社の東昇自体は直接的には関与していなかったものの、グループ全体のガバナンスに疑問が投げかけられる形になった。

執行役員CSR推進本部長になったばかりの私は、企業の社会的責任を管理するという職掌上矢面に立たされ、コンプライアンスの点からも釈明に追われた。社長の高柳も東昇のトップとして責任を問われそうになり、それは辛うじて免れたが、さまざまな活動を自粛せざるを得なくなった。定年を間近に控えた私の関連会社への再就職の誘いも自然と消えていった。

「お前、大丈夫なのか？　顔色がめちゃくちゃ悪いぞ」

「ああ。まあ、でも、大丈夫ということにしておいてくれないか」

「無理ばっかりしてるからだぞ」

私たちはフェイクといえどもライバルだ。敗者が勝者に労《いたわ》りの声をかける、それだけのことだ。

高柳は苦笑いしながら、また顔を顰《しか》めた。

「話は変わるが、松崎。俺は来週ヨーロッパに一週間ほど行く。ヨーロッパといってもミュンヘンとあともう一カ所だが。プライベートで。それまでに体調をベストに戻しておかないと……」

視線を机に落として、またこめかみに手をやる。

「ドイツは懐かしいな。お互い若かったから二年もいられたんだぞ。今なら十日が関の山だ」

東昇エンヂニアリングは自動車産業のグローバル化を予想して、一九八〇年代に入るやドイツの自動車部品メーカーとジョイントベンチャーを組んだ。それにより東昇は、ヨーロッパで現地生産を始めた日本の自動車メーカーへの製造ラインのサプライヤーとして多国籍化へと一歩を踏み出した。本社の事務系と技術系の若手の課長クラスがペアを組み、二年ずつのローテーションでミュンヘンの合弁会社へ出向することになり、私と高柳はその辞令を誇らしく思いながら受けた。高柳の「懐かしい」はそのことを指している。

「社長は去年、海外出張は一度もされませんでした」

近藤がもっともらしい口調で口を挟む。海外へ行かず国内で自粛していたことが、子会社の不祥事に対する免罪符にでもなるかのような口ぶりだ。

「去年は海外出張は二回ほど杉尾さんに代わってもらった。ドイツは二年前に行ったきりだ。義理筋で自分が行かないといけなかったんだが」

高柳は古参の副社長の名前を挙げ、続けた。

「お前だから話すが……帰ってから、辞めるつもりだ」

「辞める？　それって社長を辞めるってことか？」

「そうだ。仕事は全部放り出す。役員とかも辞める。それから先は明日からのお前と同じ悠々自適だ」

「ほー、それはニュースバリューがありそうだな」

「内部の人間が思うほど世間は騒がないさ。所詮は百九十万社ほどある法人企業のトップの一人が引退するだけの話だ。それに、社長なんてポジションは、この椅子に座って流れを悟ったら一週間で飽きたしな」

辛そうにデスクに手を置く。

「いずれにしても、これからお前に辞令を渡すのが俺の人事権の最後の行使に当たる」

近藤は秘書室長として高柳が社長職を辞すことをすでに本人から聞かされているのか、表情一つ変えない。

高柳は組織で上手く泳ぐ狡猾さを私以上に持っており、トップまで昇りつめた。私との差を最後に思い知らされたのは、昨年の十一月、五カ月前のことだ。記憶がフィードバックする。

行田精機製作所の不祥事が議案の延々と続く会議が終わって、高柳と私が残り、マスコミ対応など細かい打ち合わせを済ませた時だった。まだ夕方には早い時間なのに会議室の中まで冬枯れの憂愁が寒潮のように忍び込んでいた。

「そうだった、松崎、ちょうどいいタイミングだ」

「ん？　何か？」

「来月の役員会で来年の人事の話が出る。行田精機の件もある。まあ、松崎にはいろいろと頑張ってもらわないと」

頑張ってもらわないと？　……私は答えもせず、質問もしなかった。無駄なことだからだ。

（それは俺が役員に残るってことか？）聞けなくはない。しかし私の昇進についての動きが役員の間にあったとしても、高柳の口から話されることはない。そのことについて尋ねれば、私が役員になって会社に残りたがっていると思われるだけだ。高柳は私のその質問自体を後生大事にとって置くだろう。子どもの頃、グリコのおまけのおもちゃをしまっておいたように。いや、何もいわない、聞かないとしても同じことだ。（あの時、あいつは黙っていた。よろしく頼むと一言あれば、自分も頑張って助けてやった）と周りに洩らすかもしれない。

「いろいろと頑張ってもらわないと」という言葉は、したがって実態が伴わないお飾りのエールなのだ。お前のことを気にはかけているというサインだけは記録に残る。役員会の裏、中でも人事案が表に出ることは滅多にない。公表されるのは常に結果だけだ。

「俺の人事の話はどうなった?」と私からは尋ねないことを高柳はもちろん分かっている。ゲームが始まる前からのチェックメイト。ギャラリーもいない。トップの余裕。

退職辞令を渡される側と渡す側。二者を分けるものは、パワーゲームにおいて、いくつものプラスとマイナスを瞬時に計算できる能力だ。その差が一秒の数百分の一であっても、早い、遅いとの差異はある。


私は短い回想を終えた。

近藤が一歩、高柳に近づく仕草を見せた。

「社長、そろそろ」

「そうだった。松崎本部長に渡すものを渡さないと」

そういってデスクの上の辞令を緩慢な仕草で手に取り、立ち上がった時だった。

立ったまま、高柳は電話機を払うように床に落とし、自身もデスク伝いにズシリと仰向けに崩れ落ちた。

近藤は唖然として凍り付いたままだ。その姿を視界の片隅に入れて、

「どうした! 俺のいってることが分かるか!」

私は身を屈ませながら振り向き、

「意識はある。AEDは要らない! 早く救急車を!」

と叫ぶ。

机から落ちた電話に触れたくなかったのか、近藤はポケットの携帯を探ったが見当たらない様子で、慌てて社長室を出て行った。

薄目を開けている高柳に声をかける。

「もう少し頑張れ!」

すると高柳は一人残った私に、顔を近づけるよう目で合図した。

「どうした! 話したいことがあるのか?」

私は四つん這いになって近づく。

高柳は耳もとに呟く。

「ナハト――フルーク……」

最初は聞き取れなかったが、日本語ではないらしい。

「ん? なんだ? ドイツ語か?」

高柳は薄く目を開けたまま頷く。

思いつくままドイツ語の単語を口にしてみる。

「nachtflug《ナハトフルーク》?」

かすかに頷いた。

「夜間の飛行? それか? nachtflug だな!」

今度は瞼を閉じてまた頷く。頷くのがやっとらしい。そのまま、

「す、ま、な、い……」

声がフェードアウトしていった。

なぜ、ドイツ語なんだ？

なぜ、［夜間飛行］なんだ？

意味は？　なぜ謝る？

近藤がようやく戻ってきた。落ち着きを取り戻しており、私と高柳を訝《いぶか》し気に見た。

「もうすぐ救急車が来ます。本部長、社長は本部長に何かいわれたのですか？」

質問に答えるつもりはなかった。

「脳内出血の可能性が高い。動かさない方がいい」

「分かりました」

高柳の目からは涙がごく短い筋になって零《こぼ》れていた。近藤の声は聞こえているはずだ。しかし、見向きもしない。もう目を閉ざしている。

私の疑問がもう一つ加わった。

（なぜ、俺にだけいったんだ？）

高柳幸敏は私の恐れたとおり、脳動脈瘤破裂による重篤なくも膜下出血を発症しており、直ちに病院へ運ばれたにもかかわらず、搬送後六時間で帰らぬ人となった。六十一歳だった。

4

一本の電話が道の分かれ目になることがある。

人生のある時点でポイントの切り替えが行われ、人は導かれるように今までとは違った鉄路を進む。その方向が進むべき合理性を持っているのか、失路なのか。それを検証しようとすることは無意味に等しい。なぜなら、分岐点に戻って別の道を選び直すことなどできないからだ。そして同じ分岐点に立つことは二度とない。

人は不確実で、しかも合理性が保証されない人生を生きている。別な表現をすれば、「たぶん、正解」としかいえない人生を、人は生きている。さらに別な表現をすれば、合理性が決して正しいものでないことを知る人生を、人は生きている。

五月二十九日午後十一時を過ぎた頃、スマホが鳴った。友人の小此木宏《おこのぎひろし》からだった。

「遅い時間に悪いとは思ったけど、長澤がね、あんたが尾行されているってうるさいんだ」

小此木は突拍子もなく切り出す。独り言のように、また、間延びをしていると感じる柔らかい口調。相手は冒頭から話に引き込まれる。「昔話」語りのようだ。

「尾行？　穏やかじゃないな」

俺は尾行されるようなやましいことは一切していない、といおうとして、視線を妻の容子へ向ける。

容子はフェイスシートのパックをしてＷＯＷＯＷのシリーズ物のドラマを見続けている。ＴＶのボリュームは絞られている。私に電話がかかってきた時、それまで二人で一緒に見ていた番組を録画に切り替えてくれたのは、もう昔のことだ。フェイスシートのパックをしている今の容子は関心がなさそうだ。

「松崎、心当たりはないのか？」

小此木が聞いてくる。心当たりはないかと聞いているのは、私が尾行されていたとする長澤留美子の見立てについてだ。

ベテランの営業マンが長い間に獲得する外見には二種類ある。一つは押し出しが強く、（自分を信頼してほしい！）と相手に思わせるような硬めの外見であり、もう一つは軟体動物のようにどこにでも入り込めそうな、輪郭の漠然とした柔らかめの外見だ。小此木の外見は後者に属する。また、彼は神経質と捉えられかねない生来の細部志向を、おっとりとした物腰の中に隠すことにも成功している。しかし、その細部志向は浸食を受けた古代の地層のように時として表出することがあり、友人としては頼りになる場合も煩わしい場合もある。

五十歳以上の社員は何も生み出さないと陰でいわれたことに憤慨して早期退職を選び、転職した小さな電機部品会社で名ばかりの平取となったものの、オーナー経営者と対立して二年足らずでそこを辞め、一人でコンサル業を始めた。地場のスーパーや町工場が相手の、「下町のシンクタンク」という触れ込みの小さな事務所は思惑通りにいくこともなく廃業し、現在は「ゆとりフリーター」と自嘲する生活をしている。

「悪いな。シングルの夜を邪魔して」

私は馴れたカウンターアタックを仕掛ける。

小此木は四年前に離婚している。二つ目の会社を辞めた時期だ。

「別れてほしいの」「分かった」——三十年間の結婚生活は日常の事務手続きのように終わった、別離の瞬間そのものが自分たちの結婚生活を代弁している、と彼は嘆いた。

「プロポーズをOKした日に戻って断りたい、何も残らなかった結婚だった——というのがあいつの結論だった。全否定だぞ。愛想をつかされたんだな」

結婚を、文字を書くことに例えるなら、真白なノートの一ページに最初の一文字を記すという比喩に誰もが賛成するだろう。それは、三十二ページの十二行目や四十七ページ目の八行目から書き始める行為とは決定的に違う。百パーセント作為的な行為である「結婚」だからこそ、特別な一文字になる仕組みが必要になるのだろう。結局は、さりげなく埋もれてしまう最初の一文字になるだけだとしても——。

「結婚の相手はあの子にすべきだったと思う女が一人いた」と、問わず語りに小此木が話したのは、彼に長男が生まれてすぐの頃だった。

手も握らず、食事もしなかった一度きりのデート。車で家まで送っただけの、一度きりの邂逅《かいこう》。抱きしめることも気持ちを探り合うこともなかった逢い引き。しかし、明日金婚式を迎える夫婦のようにごく自然に打ち解けていた会話。笑い声。自宅の電話番号も住所も聞かず別れただけのデート。それでもなお「あの子」こそ結婚すべき相手だったと彼は思い続けている。

「女子高から東京の女子体育大学とかの特殊な進路だったからね。スポーツが得意というわけでもなかったのに。出会いなんてほど遠い環境だった。結婚だって、ゼロから彼氏を見つけることから始めないといけないでしょう。今は私はどうしようもないのよ」

車の中で彼女は小此木にそう告げた。出会ったのはお互い三十歳を過ぎた頃。小此木がランチで通う赤坂の老舗の中華料理店でウエイトレスをしていた。長いしなやかな黒い髪がすらりとした背中でそよぐ姿は今でも頭から消えない。

スマホもない時代。社外への異動でランチにも行かなくなり、お互い連絡しないまま、以後会うことはなかった。

しかし……「あの子」こそ結婚すべき相手だった——時々そう思い返すことは自己否定に通じる痛みも持つ。もし「あの子」と一緒になっていれば、息子と会うことはなかったし、そう考えることは一番愛する者への背徳でもある。

離婚してその息子も小此木のもとを離れた今、心情はどう移ろっているのか。絶対に聞くことはない質問を今回も心の中にしまい込んだ。

「僕のことより」

小此木はすかさず本題に戻す。

「どうなんだ?」

「どうなんだといわれても」

「話しづらいのか?」

容子はソファーに深く腰かけてＴＶを見続けている。

「で、どうして俺がつけられていると思ってるんだ、留美子は？」

私が誰かに尾行されていると心配する長澤留美子、今それを電話で伝えている小此木宏、そして私の三人は、大学の同じゼミの学生だった。五年前、七十歳になった恩師の最終講義で三十年ぶりに三人は再会した。恩師とは律義に年賀状のやり取りをしていた小此木を介して私にも案内があり、学会で恩師とたまに同席することがあった留美子を交えて三人で最終講義を聴講しに行くことになった。


学生の頃、ゼミを主宰した岡部昭雄は、私たちとさほど変わらない若い雰囲気を漂わせていた、日本経済史が専門のなりたての助教授で、三十歳をいくつか出ていただけだったろう。素直に育てられたことが分かるようなおとなしい男で、焼き鳥屋での他のゼミとの合同飲み会でも、はしゃぐ私たちの後ろで会話に加わることもなく微笑んで正座をしていた姿が印象に残っている。

商学部では専攻が決まるのは二年生の後期で、「経済史」は不人気のゼミの一つだった。新しいゼミ生がお互いを知るのは三年生になった年の四月の最初の講義だ。そこにいたのは三人だけで、それが私たちだった。

自己紹介で岡部助教授からゼミの志望理由を聞かれ、長澤留美子は選択期間が過ぎていると教務課から連絡があって、選択できるゼミのリストの先頭がこのゼミだったからと答えた。小此木宏は自分は非科学的ともいえる商学部に入学したことを後悔しており、経済史であれば理論的風な勉強ができると思ったからと答えた。私は余計な教科書や参考書を買わなくて済むのがこのゼミだけだったからと答えた。

濃いレンガ色の無地のネクタイをマニュアルどおりにきちんとセミウィンザーノットに結んだ岡部は、私たち三人の投げやりなコメントを黙って聞き、

「今年のゼミは久しぶりの大人数になりました。楽しく勉強しましょう」

とだけいって微笑んでみせた。

長澤留美子は年間三十回のゼミのうち出席は十回、小此木宏は全出席だった。私は半分の出席だった。

ゼミの開講時間が十六時四十分と遅かったこともあり、稀に三人が揃うと、講義後、大学の周りに点在する喫茶店で話をしたり、余裕のある時は食事をした。二十歳前後の交友は、一定の緩衝地帯を一貫して保つことで成り立つ。私たちも二年間そうして続いた。

しかし、卒業後は三人で会うこともなくなり、私と小此木が年に数回会うくらいで、長澤留美子との連絡は途絶え、時は流れた。


七十歳で退官する岡部教授の最終講義は、広い教室で疎《まば》らなギャラリーを前に淡々と終わった。講義を聞きながら私たちは、学生時代の関係性に自然に戻っていた。卒業して何十年か経ち個々の生活を背負い続けている私たちは、お互いの中に現実の生活という密林《ジャングル》とは遠く離れた安全地帯を再発見したような気がして、別れ難くなっていた。最終講義は恩師が最後に勤めた経堂の近くの大学で行われた。下北沢で途中下車し、東北沢へ向かう途中でたまたま見つけた小さな店で、数時間

とりとめのない話をして過ごした。

お互いの携帯番号とLINEを交換し、

「どう？　今度また三人で会わないか？」

と、やや面映ゆい心持ちでいい出したのは私だった。

「カラオケはなしで」

二人は笑って頷く。

その時見つけた小さな店「無耽《むたん》」は、大まかには西洋居酒屋に分類できて、平均すると月一回のペースで通うようになった。

5

小此木宏の電話によると、私が尾行されている確証は長澤留美子が二回続けてその現場を目撃したからだった。一回目は二カ月ぶりに「無耽」に集まった四月二十三日の帰りだ。留美子は世田谷の祖師ヶ谷大蔵、私は調布市の仙川に住んでいる。帰る方向が同じ私がこの日もタクシーで留美子のマンションまで送った時のこと。留美子を下ろして私だけを乗せたタクシーを追いかけるように、メタリックブルーのレガシィが走り去るのを彼女は見ていた。二回目は昨日の五月二十八日、私の退職を形式的に祝うために集まっての帰り、同じレガシィを留美子が再び目撃した。レガシィは車好きの彼女の同僚が最近買ったものと同じで、何回か乗せてもらっていたからすぐに分かったらしい。

電話口で小此木は含み笑いをした。

「何か、シリアスな事態があんたに起こってるっていってたぞ。女の勘は時としてバカにできないからな」

一人合点する口調で付け加える。

「なるほど」

(尾行するならカラフルなSUVにはしないだろう) それは口には出さない。

「で、水曜か木曜はどうかな?」

三人でまた会うことになる。

「おいおい、一昨日集まったばかりだぞ。インターバルがあってないようなものだな。でもまあ、任せる」

再び妻に目をやって私は聞く。

「仕方ないな。で、お前たちの都合は?」

「長澤もOK」

すでに二人の調整はできているようだ。

「俺は木曜がいい」

「分かった。一日だな。七時はどうだ? 小林さんには連絡しておく」

無耽のオーナーシェフの名前を挙げて電話は切れた。

大学の後半の二年間、同じゼミの学生という枠組みを超えて長澤留美子はなくてはならない気の合う友人だった。その気の合い方はちょうど小学校低学年の男女が手を繋いで登下校するような無邪気さに基づくもので、大人の男と女の感情が後回しになることを意味していた。ある日予定していた友人たちとの麻雀の面子に急に欠員ができ、たまたまゼミに来ていた留美子をまさかと思って誘ってみたら、ＯＫだったのが始まりだ。オーソドックスな打ち方は家族麻雀で鍛えられたものだった。

留美子は私の友人のどんなに狭いアパートにもきちんとしたワンピース姿で現れ、彼女の存在が麻雀にある種のフォーマル性を与えていた。私たちの世代の文化の軸の一つがジーンズだったことを考えると、留美子のファッションの好みは「『反体制という名の体制』へのアンチテーゼ」ともいえた。裏の裏は表だ。単にジーンズが嫌いだったのかもしれない。国立大学のアメリカ人講師がジーンズをはいた女子学生の受講を拒否したニュースが世間を騒がせ、「カルバンのジーンズと私の肌の間には何も入れない」といったハリウッド女優がセンセーションを起こした時期のことだ。

留美子とのことを友人たちに問い質されることはなかった。その頃流行ったフレーズでいうと、二人の間には「恋人未満」の雰囲気が自然と見て取れたからだろう。その境界を超えることはなかった。

「また会うの？　皆さんと？」

ＴＶのボリュームを上げながら妻の容子が聞く。

「ああ、会社のことで気になることがあって。みんなに手伝ってもらえるかどうかの話だ」

「へえー、退職したのにいろいろとあるのね」

結婚は不可逆的な些末さの蓄積から成り立っている。夫婦は一種のビジネスパートナーだ。厄介なことに、そのパートナーシップは類を見ないほど非営利的でもある。

WOWOWのサスペンスは一気にエンディングへと向かっていた。

6

六月一日、私たちはほぼ同時に無眈に着いた。

私が尾行されているのを表向き心配して集まっているのに、そのメインテーマに辿り着くまでには小一時間かかった。一通り食欲とコミュニケーションへの欲求を満たすつもりのようだ。

仲間、あるいは会社を表すCOMPANYという英語はラテン語の「com」と「panis《パニス》」、すなわち「共」に「パン」を食べることが語源だ。「和」という漢字も、「穀物」を「口」にして和《な》むことを表している。食欲とコミュニケーションへの欲は洋の東西を問わず表裏一体だ。

「いつまでたっても大人になれないよね」

今日の集まりのきっかけとなった長澤がいう。ブルーのロングスカートに白のタートルネックのセーターで、流行りとは無縁のコーディネートだ。

「老い」は同じ世代の今の私たちにとって話題のブイヨンのようなものだ。シチューにみえてもポトフのようであっても、煮詰めていくと一つのキューブに凝縮される。同世代の、還暦に手が届くかあるいは届いた、すなわち「around還暦《アラカン》」の友人たちの会話の中心テーマはその「老い」なのだが、当人たちは直截《ストレート》にそれを認めたがらない。

　留美子が続ける。

「二十二歳で全てが止まっているような気がする。少しはずる賢くなって政治的には一人前《マチュア》にはなっているけど、志向は変わっていないし。モノの好き嫌いもそうだし、服とか小物を選ぶ基準もそうだし……クロゼットを片づけててあの時分の服とか発見すると胸がいっぱいになる。その服を選んだ背景や気持ちとかが鮮やかに甦ってくる」

「まあ、僕もそうだな。十代の頃に憧れた自動車やバイクのタイプは今でも変わらない。今は不本意ながら無難なセダンに乗ってるけど、あの時代の240Zとかレビンとかトレノとか、ケンメリのGTRとか。バイクならCBRやRZ。今でもかっこいいと……名車のオンパレードだったし、あの時代は、気に入った車は自己主張と同義だったからな。同じ年頃の男子が集まると女子や政治の話は別として会話の三分の二は車かバイクの話だった」

　感想は同じだ。

「117クーペを初めて見た時はパンチを浴びたみたいだった。こんなきれいな車があるのかと思って。田舎の男子中学生が東京からの転校生の女子に一目惚れする感じだった」

　七〇年代のことだ。ニクソンショックと石油危機。規制前の日本の名車のエンディングを飾る打ち上げ花火……そんな感想を持っている同世代は多いのではないか。憧れのシンボルは時代とともに変化している。ハードウェアからソフトウェアへ。インスタ映えするモノへの称賛は、モノそのものよりもそのモノが持つ情報価値に向けられている。

「大人《たいじん》は、その赤子《せきし》の心を失わざる者なり」

私は孟子を引用する。

「意味は?」

「へああ、青春の灯《ひ》よ、いつまでも~、てとこかな」

「はは、いいね、へ雨の外苑! でも、長澤はいいな。若く見える。秘訣とかあるのか?」

小此木の問いはしんみりしている。私が受ける。

「若い人に囲まれている職場環境だろう」

長澤留美子は、千葉県にある中規模の私立大学、習志野国際大学の社会学の教授だ。

私たちのゼミで大学に残る者がいるとしたら、物事を論理的に考えるセンスを持っている小此木だと思われていた。しかし小此木はさっさと通信機器メーカーに就職し、転職するまで一貫して営業畑を歩いた。逆に、欠席も多く学生運動のリーダーと付き合っているという噂のあった留美子が畑違いの社会学の大学院へ進んだ。

「大学の先生って若い学生に囲まれているから若いといわれる。いろんな人から何度もいわれた。でも、それは逆だわ」

「逆?」

「そう、逆。学生は十八とか十九、二十歳で入学し、二十二か二十三、二十四歳で卒業する。そのサイクルは毎年毎年同じ。ある子が卒業したと思ったら新しい子が入学してくる。学生は変わっても大学はぐるぐる回る一つのサイクルなのよ。逆に、教員は毎年そのサイクルから遠心力で高速に遠ざかっていく。既成事実のように年を重ねていくのよ、みんな。たまに、学生が入れ替わるサイクルの重力を利用して遠ざかるスピードを緩めるのに成功する人もいる。でも、そんなのは希少種族ね」

「そんなものかな……」

「最近シミがふえちゃっていやになる」

留美子が話題を大学の現状から再び「老い」に戻す。

「シミ？　よく見ないと分からないぞ」

私が反射的に持ち上げる。

「ありがとう。それを聞いただけでも今日来た甲斐があった。目立たないのはファンデーションのおかげ。そのかわり、ファンデーションも日々何ミクロンずつか厚さを増してるけど」

「シミって、韓国では『あの世の華《はな》』っていうらしい」

私が韓国人の友人から仕入れたネタを提供する。

「どうにも論評できないわね。ピッタリの喩えだから」

留美子は感心して続ける。

「自分の顔はいつも鏡で見慣れているせいか気にならないけど、同世代を見ると、わっ、高齢者！って思ってしまうのはなぜ？」

「意識と現実にはギャップがある。子どもの運動会の保護者対抗リレーでかっこいいとこを見せようと出場したら、気持ちは先頭、現実はビリっていうのと似てる」

小此木がじんわりと返す。今は会うことが少なくなった彼の一人息子のことだ。

「何年か前に、中学校の同窓会の集合写真が送られてきて、最初、同じホテルの別の会場の老人会の写真を間違えて送ってきたかと思った」

留美子の笑顔だ。

「あるある」

私たちは頷く。

「わたしたちの日頃の悩みの八十五パーセントは『若くない』ってことだから」

その一言で会話が一巡した。

「そろそろ話しなさいよ」

留美子が私を直視して切り出す。小此木も私を窺っている。

トカイ・ワインの七番、モルシージャ・ソーセージ。ハンガリーの甘さとスペインの辛さという二つの背反するハーモニーを束の間楽しんでいた私は瞬時に被告席へと移動させられる。

「留美子がいうように、もし俺が尾行されていたとすれば、理由は一つしかない」

這って高柳の方へ向かった時のカーペットの感触が甦る。

「その理由って?」

「一つの宿題。渡されたくはなかった男から渡された宿題。それが原因と思う。突然の死だった」

私は［夜間飛行］をめぐる経緯を話した。

7

小此木の質問だ。

「それが尾行されている理由だと、松崎は考えているのか？」

「思いつくのはそれだけだ」

「松崎君、仕事のことではないの？　尾行された理由」

「ない。会社での俺の最後のポストはＣＳＲ統括本部長。肩書はカッコ良さげだけど本社の中枢ラインからは外れた、まあ整理ポストだ。仕事のことで尾行されるとは考えられない」

「それなら、プライベートの方では？　最近の興信所は個人情報がらみで仕事がやりにくいらしいけど……文春砲とか」

「おいおい、皆さんご存知のとおり品行方正なお人だよ、この松崎誠一さんは」

私一人が笑って続ける。

「まあ、俺も尾行はしたことがあるけど、プロの調査会社ならもっと上手くやるだろうし。おばさんに見つかるようなヘマはしないかも」

「おばさん？　わたしのこと？　話を蒸し返すつもり？」

「はいはい。さあ、本題に入ろう」

小此木が割って入る。

「本題？　……」

「知りたいだろう、いわれた松崎本人ももちろんそうだろうし、長澤も。その［夜間飛行］ってなんなのか！」

「松崎君、水臭いわね。前に集まった時なぜいってくれなかったの？」

「留美子が問題提起してくれたおかげだ。そうじゃなかったら俺は一人でいつまでも抱えていた」

［夜間飛行］――（そうだ、俺に課せられた宿題なのだ）

高柳の、表情が飛んだ蒼白な顔と、ようやく押し出すように私に伝えた［nachtflug］の音調が頭を過《よぎ》る。

［夜間飛行］……それは、夕暮れの小学校の教室に一人残されて、好きではない教師から宿題を渡された時のような寂寞《せきばく》感を私に与える。その宿題を一緒に手伝うといってくれた目の前の二人は、若干心許ないとはいえ、仲間、COMPANION《コンパニオン》なのだ。共にパンを食べ和やかに打ち解けている。

「よろしく頼む」

私は二人に頭を下げる。込めた殊勝な思いが届くかどうか――。

「いいにくいんだけど、松崎君にも小此木君にも聞いておきたい。［夜間飛行］、謎めいていて好奇心はそそられるけど、それが解読されてどうなると思ってるの？」

「……」

「みんな、息を引き取るってどういうことか知ってるか」

小此木は静々としたいい方になってる。

「亡くなることでしょう、普通は」

「そうだ。今では『息を引き取る』の主語は亡くなる本人となっている。先日叔母が息を引き取りましたとか。でも、元来は『息を引き取る』の主体は亡くなる人の周りの人たちだったらしい。周りの人たちが亡くなる人の息を引き取る。生まれておぎゃーと泣く前の最初の息から死に際の最期の息までを生きている人たちが引き取る。生きている間のさまざまな想い、確執と調和、相克。それらを『息』と総称して引き継ぐ」

小此木は照れくさそうに私たちと向かい合っている。

「僕らは、松崎以外、その高柳社長さんとは今まで縁もゆかりもなかった。でも、松崎の話を聞いて、どうであれ［夜間飛行］という、彼のほとんど最期ともいえる息を引き継ぐこともいいのかなと思う」

「そうか……そういうことなら、退職者と単身者と大学教員のチームで時間はたっぷりあるわね」

「でも、途轍もなくアブノーマルなことに通じるのであれば、みんなを引き込みたくない。この年で三人揃って七時のニュースで女子アナに名前を読まれるわけにはいかない」

「松崎君の感触からして、［夜間飛行］に辿り着くのはヤバいことだと思う?」

留美子が聞く。しばらく考えて私は応えた。

「リスクがあることは否定できない。しかし、俺は高柳にライバルだと思われていたのだろうが、あの男を陥れたことは一度もないし、人生の最期の最期にトラップを意図的に仕掛けられるほど憎まれていたとも思えない」

「それならいいじゃない。瀬戸際も渡らないと老けていくだけだわ。ダメそうなら止めればいい」

「危ない領域に入っていくようだったら、調査を打ち切りにするかどうかをその都度判断しよう。それが――」

私は自分の気持ちを加えた。

「チームで協力する際の大人としてのエチケットだと思うから」

私は続けた。

「高柳は十九歳になったばかりの一人娘を病気で亡くしている。[夜間飛行]は過去へ戻る告白なのか、あるいは逆に、それを超えて明日へと続く扉なのか。高柳は俺に向かって『すまない』とまでいっている」

「すまないって、何を誰に謝ってるのかしら。それも分かることになるかな。まあ、チャレンジするしかないね！」

留美子に今度は私たちが賛成する。それがGOサインとなった。

8

「さて、情報は少ない。その少ない情報から最大限の収穫を引き出す。どのようなスキームで情報に向き合った方がいいかな？」

小此木が見回す。

「わたしなら分かるかも」

と留美子が呟く。

「付き合い始めたバカップルのように情報と付き合うことかな」

「えっ？」

私が反応する。

「情報を相手にイチャイチャする。わたし、こう見えても社会学者だからね、そのジャンルでは一応プロですから」

「そうだ。長澤留美子教授が正解。情報をこね繰り回しているうちに見えてくるものがある。さあ、その日社長室で起こったことを整理してみよう。［夜間飛行］に結びつく何かを探そう」

「整理する？」

「そう、最初に事実と推論に分けて考える」

こうした整理の仕方が小此木の頼りになる部分だ。

「さてと、事実と考えられることはなんだ？」

「一つ目の事実は、四月九日に辞令交付式があった。二つ目は高柳社長が倒れた」

留美子は持とうとしていたフォークをもとに戻す。

「三つ目、［夜間飛行］と高柳社長はいい残した……それだけじゃない？」

「いや、もう一つ。いった相手が俺だったことも四つ目の事実だ」

「そうね、それで終わりかもね」

その留美子に小此木が、

「まだある」

そう断言する。

「ある？　何？」

「彼が倒れる直前にいったことに情報が含まれている」

「ああ、プライベートでヨーロッパへ行くかもっていったこと？」

「そう。それも加えよう。さて、ここまでで一回目の整理をしてみよう」

「はいはい」

全員が賛成する。

「事実と認められるのは、
1　四月九日、松崎の辞令交付式が社長室で行われた。
2　高柳がくも膜下出血で倒れた。
3　ドイツ語のメッセージ［nachtflug］を残した。
4　それを松崎にだけ告げた。
5　一週間後にドイツのミュンヘンとあともう一カ所へ行く予定だった。
もう一つあった。
6　ヨーロッパからの帰国後にリタイヤするつもりだと告げた。

以上、整理すると重要な事実は六つになる」

小此木は紙に書いている。

「次に推論へ移ろう。こうではないかなというのを、お二人さん、聞かせてほしい」

「辞令交付式は［夜間飛行］を解くヒントにはならないと思うな」

私が口火を切る。留美子が続ける。

「そうね。辞令交付式で倒れたのは偶発的な事態だからね。［夜間飛行］そのものとは連動しないかも。1の辞令交付式と2の病気で倒れた事実はヒントにはならないと考えてもいいのでは？」

「それに、高柳がはじめから俺になんらかのメッセージを残そうとしていたのなら、辞令交付の時でなくてもいい。もっと別な方法もある。手紙とかメール、あるいは文字で残しておきたくないことなら二人だけで会うとか」

小此木は頷いて続ける。

「メッセージを残さざるを得ない背景があって、［夜間飛行］をやむを得ず松崎に託した」

「そう推論するのが自然だわね。だから、六つの事実のうち二つ減って四つを考察の対象とすればいいんじゃない？　高柳さんは、
3　ドイツ語のメッセージ［nachtflug］を残した。
4　それを松崎にだけ告げた。
5　一週間後にドイツのミュンヘンとあともう一カ所へ行く予定だった。
6　ヨーロッパからの帰国後にリタイヤするつもりだった。

この四つ」

留美子は腕を組んでいる。

「なんだか、昔のゼミみたいになってきたわよ」

「いやいや、まだまだ考察を深めないと」

と小此木。

「わっ、ついていけるかしら？」

「ついてきてもらわないと困る」

「三人寄ればなんとかね。わたしたち三人だからちょうどいいかも」

「いや、複数の人間が集まればマイナスになることもある。船頭多くしてっていうだろう」

小此木と留美子のジャブの応酬だ。

「まあ、俺は、問題というのは一人より複数いた方が解決しやすいと思う」

私が留美子の肩を持つ。

「そういうこと。課題は［夜間飛行］ね」

留美子が聞く。

「ナハトフルーク」

「それよね、やっぱり、誰がどう考えても……ここからが推論、あるいは考察だけど」

留美子が続ける。

「夜間飛行って、夜間の飛行のことよね」

「それはそうだ」

「言葉自体が、それが使われた状況に対して収まりが良くない」

「収まりが良くないとは？」

「東京の、名の知れたメーカーの社長室で、アラカンのおじい、いいえおじさんが」

「おいおい。われわれは同年代、同年代」

ここはつっこむところだ。

「おじさんが瀕死の状態で口にする種類の言葉ではないよね。でも、なんでドイツ語じゃないといけなかったのかしら？」

留美子の問いに小此木が即答する。

「ドイツ語でのみ効力があることだからだと思う。それはそれとして、『夜間飛行』の意味も押さえておかないとダメだろうな」

留美子がスマホで検索する。

「もし、モノの名前だとするとね、有名なのは香水よね、GUERLAIN《ゲラン》の。あとは小説、サンテグジュペリ。日本の歌でもあるわよ、八神純子。ちあきなおみも。最近では石崎ひゅーい、最近でもないか。あと、松崎君、小此木君、お待たせしました、夜の店の名前とか」

それを受けて、小此木が、

「高柳社長が『夜間飛行』という言葉を使って、今、長澤が調べたようなものを示したかったのだとしたら、別に無理をしてドイツ語を使わなくてもいい。逆にドイツ語でいう方が不自然だ。それとも松崎の会社の製品の中に、ドイツ語で『夜間飛行』というのがあれば別だけど」

「それはない。だいいち『夜間飛行』なんて、工業製品に付ける名前じゃないからな」

「松崎君、東昇エンジニアリングのプロジェクト名とかじゃないの?」

「それも考えたけど、違うと思う。いくら俺が閑職にいたからって、大きなプロジェクトのような全社的なものならなんとなく情報は聞こえてくる。それにプロジェクト名だけを伝える相手として退職する俺は的外れだ」

「それもそうだな」

小此木が頷く。

「日本語でも分かることを意図的にドイツ語でいってる。小此木君がいうように『ナハトフルーク』とドイツ語でいって初めて有効なんでしょうね」

留美子が続ける。

「ドイツ語だからドイツね、やっぱり。一週間後にミュンヘンへ行くと明言してたし」

「でも、どうなんだろう。ドイツ語だからドイツと決めつけるわけにはいかないんじゃないかな」

私が思っていることだ。

「別に決めつけるわけじゃないけど。思考の過程です」

グラスのワインが空に近くなっている。

「あのね、ドイツ語を話す人たちって割と多いわよ」

留美子が再びスマホを手に取る。

「ドイツ語が話されている国は世界で三十八カ国もある。そのうち、公用語となってるのは、ドイツ、オーストリア、リヒテンシュタイン、ルクセンブルク。あと、スイスでも六十四パーセントが話してるんだって。ベルギーの一部でも」

「それだけじゃないだろう。アメリカとか南米のドイツ移民の間で使われてるってこともある」

仕事でドイツ語訛りの英語を聞く機会は多かった。巻き舌の「R」など耳に残った。気をつけていても、日本人の私の英語が母音を伸ばす癖から抜け出せないでいるのと同じだ。ドイツ人と日本人の英会話をアメリカ人やイギリス人のネイティブが聞けば、微笑ましく思うことも多いのではないか。

「いずれにせよ高柳社長の［夜間飛行］は触れたり感じたりできる、ハードウェアのようなモノじゃないだろうな」

小此木がぽつんと挟んだ。

「ならソフトウェア的なものか……パスワードとか」

「そうだと思う」

「おっと、ようやく開始のベルが鳴った感じね」

留美子が微笑む。

「だから、まだ前哨戦」

と小此木。

「せっかちは幼稚園の頃からです」

「[夜間飛行]がパスワードとか暗号みたいなものとして、最近のものかな、データへのアクセスに使われるような」

私はテーブルのグラスを取る。

小此木の見解は違った。

「うーん。[nachtflug]がコンピュータのファイルへのアクセスコードとは考えにくいな。それこそ、最近はアルファベットと数字が混在してないと通用しない」

「それもそうだな。単語と誕生日の数字の組み合わせでも危険度が高くてダメって場合があるしね」

と留美子が頷いて、

「グーグルで検索するとね、そもそも、『夜間飛行』という言葉自体が生まれたのはいつかというと、一九一〇年。その年に初の夜間飛行が行われてる。アメリカだから『night flight《ナイト・フライト》』ね。その後となると、さっきのフランスのサンテグジュペリの小説『Vol de Nuit《ヴォル・ド・ニュイ》』が出版されたのが一九三一年、翌々年には映画の『夜間飛行《ナイト・フライト》』がアメリカで公開されている。そう考えると『夜間飛行』のイメージが定着したのは一九三一年以降だわ」

「コンピュータとかのファイル名にすぐ分かるような単語を使わない傾向が強まったのは一九八〇年くらいからだな。とすると、問題の[nachtflug]は一九三一年から一九八〇年頃までの五十年間が旬だったコードになる。まあ、殺人事件の死亡推定時刻ほどは役に立つ絞り込みではないけど」

小此木が腕を組む。

9

「そういえば松崎、ドイツといえば、仕事で二年間いたって、前に聞いたと思うけど」

「そうだった。俺が三十八の時、一九九五年から二年。高柳の後だ」

「えっ、高柳社長もドイツに出向してたの？」

「そう。東昇との合弁企業に。あいつが先だった」

「だから松崎君、ドイツ語の単語がピンと来たのね」

「日本語に長けた若手の弁護士も現地にいたけど、俺たちは必死になってドイツ語を勉強した。一字解釈が違うだけでビジネス上の膨大な損失を負うこともあると思って、受験の時でもしなかったような語学学習をした。でも、日本に戻ってからは段々と錆びついて、酷いものだ」

「松崎君もドイツに駐在していたというのが［夜間飛行］を託された理由になるかも。あなたならドイツ語の単語が理解できると高柳社長は瞬間思った」

「それはある。現に分かったわけだし」

と小此木。

「［夜間飛行］を取り巻くシチュエーションから探ってみよう」

そして付け加える。

「高柳社長とドイツの関連は松崎に探ってもらうしかないな。高柳社長がどのようにドイツと関わっていたのか、その情報が必要だ。頼めるか？」

私は迷っていた。すでに退職した、執行役員とはいえ取締役会のメンバーでもなかった一社員が、一国の主ともいえる社長の業務上の情報や記録をそう易々と入手できはしない。

私の気持ちを察したのか、

「でも、そんなに簡単にはできないよね」

留美子が同情する。

「大学とかなら、そういった情報は共有されててオープンなものも多いけど、企業ではそうはいかないだろうし」

「手がかりといえば……」

私は考えを巡らせた。

「出張の記録くらいなら」

秘書室にいる元部下、森千帆美の顔が浮かんだ。イチかバチか、彼女に当たってみるか——高柳がどこへ、いつ、なぜ行ったのか。それに、遺された妻の真由美も覚えていることがあるのではないか。そうすればダブルチェックで明確になることもある。

「次に集まる日は松崎君と小此木君で決めていいよ。わたし、最優先にするから」

留美子はそうすることが当たり前のように呟いた。

その日は長澤留美子の主張するメタリックブルーのレガシィに尾行されることはなかった。三度目になり警戒したのか。私の行動特性がすでに察知され、尾行する必要が無くなったのか。単に尾行者の都合が悪かっただけなのか。あるいは――。

10

翌六月二日。

「部長ですか？　ほんとに部長？」

電話の森千帆美は声を弾ませた。電話帳の登録は消去していないようだ。

「所用でそっちへ行くんだけど、久しぶりにランチでもどうかと思って」

頼みたいことがある、とはもちろんいえない。

「何人か一緒に連れてきてもいいぞ」

一人で来てもらわないと困るのだが、小さな賭けに出た。

「そんな！　わたし一人で行きます。その代わり三人分レベルのランチお願いします」

賭けには勝つ。五反田の飲食街の中ほどにありながら、神楽坂で見かけるような雰囲気の和食の店を教える。

平成最初の年の生まれの千帆美は今年で二十八か九。彼女なりに会社の人間模様にも通じているし、勘もいい方だ。高柳が倒れた状況も理解している。その場に居合わせた元上司が会いたいといってきた。私自身は東昇エンヂニアリングに役員として復帰するつもりはないが、千帆美は可能性ありと思うかもしれない。そのための情報収集が目的で彼女に会いたいのだと思われたら不本意だ。だが、そうもいってていられない。

「は〜い、楽しみです」

久しぶりの、いつ聞いても朗らかな口調だった。

それにしても、と思う。組織を離れた自分が組織に残っている元部下や後輩と会う。それがどんなに悩ましいことなのか、ついこの前まで想像もできなかった。

ある組織に属する。働く場としての「組織」はもちろん家族のような血縁とは異なる。それは極めて外形的で人為的なものだ。それは「制度」、または、ハーバード・サイモンの論ずる「システム」ともいい換えることができる。組織の一員になった自覚は、この国では名刺を使えるようになって初めて芽生える。そして組織から離れた自覚は名刺を使えないようになって初めて芽生える。五×十センチ、〇・〇二グラムほどのペラペラとした紙片。それに記される職位、すなわち責任と権限の体系が集約されている薄っぺらい紙片。どんな太い鎖よりそれがいかにタイトに個人を組織に縛り付けているか。人は想像を超えて外形的で人為的なものに縛られる。

11

オフィス街の昼の喧騒が引き潮のように消え、大都市の哀麗が浜辺の無数の砂のようにむき出しになる瞬間がある。現役の頃は気が付かなかった第三のマジックアワーだ。私は六月五日、約束の午後二時、時間どおりに五反田の店に着いた。千帆美はすでに待っていた。

「わあ、あの日からずいぶんお会いしてないみたいな気がします」

にこやかに立ち上がった。高柳が倒れた日、「夜間飛行」を彼から渡された日のことを「あの日」と彼女は一言に縮めた。

東昇エンヂニアリングのライトグレーの制服に紺のカーディガンを羽織っている。

千帆美は博多生まれで、東京のカトリック系の四大を卒業している。「玄界灘の女」らしく勝気だといわれることに対して抵抗があるらしい。

「自分では分かってるつもりですけど、他の人からそれを指摘されるのはどうかな……いったいわたしの何が分かってるのといいたい」

珍しくため息をついたことがある。

「O型で犬派と思われていますけど、B型で猫派なんです。わたしっていう女、外形と似合って繊細なんですよ！」

その時は大きな目をクルリと回して笑った。

カウンターから遠い奥まった席を選んであった。

「時間前に来ていて感心だな」

「ええ、仕事ではないのでアポの時間はキチンと守れます」

すました顔で答える。

会社内部の当たり障りのない噂話の後、頼んだランチの崩し懐石が運ばれるあたりから本題に入った。

「これから君に話すことは、近藤は知らないんだが」

「えっ！　やっぱそうなんですか」

「ん？　やっぱりって、何かあったの？」

「いえ、近藤室長が松崎部長のことを、口には出しませんがやたら気にしている感じだったので。あの日以来」

「近藤が俺のことを気にしてるって？」

「まあ、わたしがやたら鋭いからなのかもしれませんけど！　部長の書いた報告書のようなものもしきりとチェックしてるみたいですよ」

「ほー、そうなの」

「ええ、部長が書かれたファイルの閲覧履歴の日時が最近のものになっていておかしいんですよ」

「そんなふうにあっちこっちに痕跡を残すというのがあの男の限界だな」

その近藤に尾行されたかもしれないことには触れない。

「そうですよ。本人以外は誰もあいつが仕事ができるとは評価していないんですから。今日いなくなっても、誰もなんにも困らない。キモいし、ウザい」

「最上級の賛辞、ダブルだな。それで、今日来てもらったのは近藤ではなく高柳のことなんだ」

「はい。なんなりとどうぞ」

「実は、あの日、高柳が俺に一ついい残したことがあって、そのことを何人かで調べている」

「そうだったんですか……あの日、わたしが社長室に入った時には、その伝言？　伝達？　は終わっていたんですね。ところで、一緒に調べているって、誰となのかなあ」

「大学の時の友人二人。なんだ？」

「いいえ、いいえ。部長のような方の退職後のお付き合いってどうなのかなと思って。おもしろそうじゃないですか、部長とは真逆の穢《ケガ》れなき蕾《ツボミ》の立場としては」

「いい仲間だよ、表面的には」

「表面的ねえ。経験値マックスの大人ですものね、皆さん」

「気になる？」

「いいえ、全然。あしたのメルボルンの天気は？　と同じ」

「それは何より。それでなんだが、高柳がドイツへ行った時の記録が欲しい」

「それって、出張ってことですか？」

「ああ、そう考えてもらっていい。どういった用事で行ったのかも知りたいんだけど、差し当たって、出張の時期が分かるだけでもいい」

「そうですね。やってみますけど、いつまで遡ればいいのかな？」

「社長に就任してからの分でいい」

「秘書室のファイルとか今度検索してみますね」

「データはまだあるかな？」

「あると思いますよ。どうでもいい情報ほど、会社の事務系の人って残したがるものですから。あっ、部長の方がご存知でしたね。これは失礼しました」

社外秘の事項であれば、ファイルにアクセスする権限は厳しく限定される。しかし、出張に関しては、社長といえども旅費の精算など経理面もあるし、広報が日程や行先を確認することもある。オープンになっている部分はきっとあると千帆美は推論した。

「この件については君には迷惑はかからないと思うが」

「こう考えればどうですか？　前の社長が部長にあることをいい残したんでしょう？」

「そうだな。あの時は退職の辞令を受け取る直前だったから、調べて対処しろというのは、社長としての高柳の俺への最後の業務命令とも解釈できる」

「そうですよ。わたしがその時の部長から高柳社長の出張日程を調べるよう遡って指示を受けたことにすれば済むことじゃないですか。厳密には就業規則違反としても、ぎりぎりオンザラインという解釈もあるんじゃないかな」

「相変わらず頼もしいな、君は」

「でも、そのことがバレて、馘《クビ》ッ！　てことになったら――」

部長が責任をとってくださいねと、文脈として続くのかと思われたが――男はそのような文脈で生存しようとする生き物だ、いくつになっても、非現実的な設定だったとしても――。

「どっかの仕事を探しますから、その時は手伝ってくださいね」

頭のいい子だ。さりげなくファールになるようボールを投げている。

「ああ、君ならどこの会社でも通用するよ。それと、あと一つ」

「あと一つ？　なんですか？　『コロンボ』とか『相棒』みたいですね」

「できれば、近藤が車で出社することがあれば、何色の車なのかチェックしてくれないか」

「えー、それ、生理的に抵抗あるんですけど。でも、たってのご要望なら」

「よろしく」

「結果はできるだけ早くＬＩＮＥでお知らせします」

「ＬＩＮＥねえ……どうだろう、千帆美さえ良ければメンバーに加わってみないか？」

「メンバー？　部長の大学時代のお友だちの皆さん？」

「そう」

「いいんですか？　一気に低くなっちゃいますよ」

「いや、知的水準は諦める」

「はあ？　低くなるのは平均年齢ですよ！」

笑顔は計算し尽されていた。

第二章　進　展

1

西武新宿線の石神井《しゃくじい》公園駅から北へ十分ほど歩いた高柳幸敏のマンションを訪れるのは、この六月六日が初めてだった。閑静な住宅街の一画の五階建ての四階。高い天井と余裕のある間取り。3LDK。軽く見積もっても二億円は下らないだろう。私のマンションの価値の四、五倍はするように見える。高柳は社長就任後にこのマンションを購入している。親から相続した家と土地を処分したらしいが、購入資金の全てを賄えたかどうか。しかし、もしローンが残っていたとしても、役員退職金やストックオプション、生保などを合算すれば楽に完済できるのではないか。東昇エンヂニアリングではストックオプションの継承者の権利も、他の企業と同じく六カ月以内であれば認められている。今後も配偶者の真由美は生活に困ることはないだろう。

「先日は葬儀にご参列いただいてありがとうございました」

和室の仏壇に線香を手向けた私に真由美が声をかけた。

「どう？　落ち着いたの？」

もう一度合掌して彼女の方を向いた。

「ええ、どうやらこうやら。でも、こんな形で一人残されるなんて考えもしなかった。だって、わたしの親より先に逝っちゃうんですもの」

「いろいろと後始末が大変だったんじゃないの？」

仏壇には高柳と娘の遺影が並べて置かれている。大きめのフォトフレームの中の高柳は、体をやや横向きに、若々しく見えるように撮られている。会社のホームページにアップされていた写真だ。

「いくらあいつでもこんなに急では自分の後始末の準備はしていないだろうし」

真由美は小さく俯《うつむ》いた。

「こうして平静に幸敏の生きざまに向き合うと、あの人の生き方、求めるものがあって、それをあの人があの人なりに得ることができたのかしらと思う――」

高柳の社葬は青山の葬儀所で行われた。現役の一部上場企業のCEOへの弔問の列は式場の外まで続いた。友人、知人を代表して弔辞を述べた参議院議員は、高柳の死に「若すぎる」と「無念の」という形容を何度も被せた。喪服の真由美は視線を前に向けたままそれを聞いていた。

彼女は夫のことをよく知っているだろうか？　もし、私が高柳のように急に人生を終えることがあったとして、妻の容子なら私の生きざまをどのように総括するだろうか。いや、逆に私は容子の死に直面して、彼女の生を映し出す何かを探すことができるだろうか――。

「お茶を」といわれて移ったリビングの飾り棚に、家族三人で写っている数枚の写真がフォトスタンドに入れられてあった。写真の三人はそれぞれ屈託ない笑顔を見せている。

「もっと寂しいものかと思ってた……案外そうでもないわね、娘の時と比べたら。とうとうわたし一人になっちゃった」

遠くを見る目になる。

「彩香ちゃんは十年ほど前だったかな」

「そうです。昨日のことのように思えるけど、もう十年。今の医療なら回復できたかもっていつも考えてしまう……」

十年の間の医学の進歩は想像をはるかに超える。高柳夫妻の一人娘の彩香は急性リンパ性白血病で亡くなっていた。アイロンで火傷した腕の内出血が治らず、かかりつけの医院で見てもらったところ、すぐに大きな病院へ行きなさいといわれ、そのまま大学病院に入院し、あっけなく四カ月で亡くなった。

彩香の葬儀での高柳夫妻、とりわけ真由美は見ていられないほど憔悴していた。「娘の時と比べたら」は偽りのない気持ちなのだろう。

「彩香はね、最期まで、ほんとにしっかりした子だった。わたしが病室で我慢できなくなってめそめそしそうになると、『お母さん、よくいうでしょう、笑っていても人生は過ぎていく。泣いていても人生は同じように過ぎていく。だったら、笑って人生を過ごした方がいいって。だいいち、泣いたら水分がもったいないでしょう。ただでさえお母さん、乾燥肌なんだから』って。最期の最期まで決して弱音を吐かなかった」

私は何もいえず、ただ聞いていた。火葬場で「行っちゃだめ、彩香、ここにいなさい！」と棺《ひつぎ》に縋《すが》った真由美の慟哭《どうこく》は参列者の胸を打った。

「あの時は後を追ってね、彩香のところへ行こうと思った」

「えっ？　あの時？」

息をのむ。

「ごめんなさい。あの時といっても分からないわね。四十九日が近くなって納骨しないといけないでしょう。毎日あの子の前に座っていろいろ考えちゃったの。どうして傍にいながら病気に気づいてやれなかったの。どうしてもっといろいろなことをさせてやらなかったの。どうして彼氏ができたと報告した高校生の彩香を叱ったの、とか」

大学に入学して、最初の夏休みを終える頃だった。十九歳の娘の死は母親から何を奪うのか。

「大学に入学した記念にと、その年のゴールデンウィークに家族で旅行しようということになったの。どこ行きたい？　と聞いたら海が見たいというので、伊豆とか探したんだけど、泊まるとこ、どこもいっぱいだった。そしたら、能登、北陸の。能登の宿が空いていて行くことにしたの。彩香は中学生の頃からカメラ好きでね。日本海に沈む夕陽を撮りたいっていうから、わたしが付き合って海岸まで歩いた。沈む直前だった。春の大きな夕陽でね。オレンジ色の残照が彩香の横顔に当たって、十九歳の娘がオレンジ色に染まって。もし『希望』に色があるとしたら、ああ、この色のことなんだと思ったわ。まさか、あんなことになるなんて」

目頭を押さえる。

「彩香のところへ行くっていってもね、方法も分からず、とにかく家を飛び出して。その前に、最後にもう一度あの夕陽を見ておこうと思って、能登の空港からタクシーで同じ海岸に行ったの。薄い色合いになった遅い秋の夕映えだったけど、あの時の娘にまっすぐに行き着く陽だった。あっ、あの子の横顔、って思ったら、なぜか、ああ、また来なければ、ここへ来たらあの時のあの子にまた会える、と思ったとたん、ふっと、そうだ、生きなくっちゃ、なんとしても生きなければ、と思ったの。彩香はきっとあっちの世界でもきれいな景色に夢中でレンズを向けてるんじゃないか、わたしが行ったら、なんでこんなに早く来ちゃったの、おじいちゃんとかおばあちゃんとかお父さんのことを考えなかったの、だめじゃないの、お母さん、と口もきいてくれないんじゃないかと。あの子の怒った口振りまで聞こえるような気がした」

ハンカチにこっそりと手を置いている。

「それで、ふっ切れた。もう泣かないでおこうと決心して。そのあと、幸敏には『もう悲しくはないのか』とチクリといわれたりしたけど、あれは一つの区切りだったわね」

2

真由美は視線を上げた。

「それに比べると、といってしまったら高柳に悪いかも知れないけど、夫とか妻はそもそも肉親でもないし。ただ――」

と切った。

「寂寥《せきりょう》感は消えることなく長く続くんじゃないかな。そう、お祭りの次の日の朝のように。実際は分からないけど、戦友を亡くしたみたいに」

私に、紅茶のお代わりはと目で聞いてきた。

「悪かったわ。高柳のことを話さないといけないのに、娘とか自分のことばっかりしゃべってしまった」

自分のティーカップを手に取る。

「松崎さんには三十八年間付き合ってもらったわね」

「そうか、そうなるかな」

「あの人と付き合い始めた頃ね、彼に、あなたと松崎さんとは同じ年には見えない、松崎さんの方がずっと若く見える、っていったことがある。服のセンスとか持ち物の趣味とか、少しは見習った方がいいのでは、と遠まわしにいったつもりだったんだけど、すごくキレてね。それまで怒った彼を見たことがなかったから驚いた。けっこうショックだったのね、わたしに指摘されたことが。松崎さんに負けたとでも思ったのかしらね」

大人になるということは、それ相応に硬い鱗を身に纏《まと》うプロセスでもある。そうして、行程上、調整のために形状や向きが異なる鱗が一枚その中に混ざることがある。その逆さについているような鱗に触れることは禁忌だ。怒り以外では感情を鎮めることができないほどの弱点。誰もが最低一つは持っている。自分では制御できないと思われる要因で誰かに負ける。それはいつしか明快な敵《てき》愾心《がいしん》となって人の心に根付いたりする。高柳の私への密かな闘争心は、若かった真由美の他愛もない一言から始まったのではないか。

高柳と私は、それでも、社内で最も気の置けない「同期の桜」だった。

同僚としての三十八年間の蓄積。その出発点。研修期間中の二人を近づけたものがあったとすれば、それは転職の話題だった。就職一年目の、社会人になり立ての若者にとって、組織が持つ理不尽さはどうしても目に付く。憧れもあって就職を決めた会社なのに、一つ嫌なところを見つけると全てが嫌になる。新入社員という立場上、何が不満なのか特定できないもどかしさも通過儀礼のように私たちは抱えた。早く転職することがそうした状況を打開する唯一の方策と思われ、転職について新入社員同士語り合うことで現実逃避をしていたに過ぎなかったのだが。

私と高柳を東昇エンヂニアリングに踏み止まらせたものは、いい換えれば、転職を阻んだものは、社長青江博旨のプレゼンスだった。もし、ビジネスの世界に保守本流というものがあるとすれば、青江は一言でいえばそれを具現したような人物で、風貌や話し方には威厳を含ませ、出自や学歴を周りの人物の評価の基準とした。ただ、社会と人の本質については独自の哲学を持っており、今までの人生で遭遇したことのないその哲学に、経験の浅い私は一も二もなく魅せられていった。はじめは高柳も同じ印象を持っていて、二人で青江の言動や仕草を話題にすることも多かった。

入社後一年が過ぎようとしていた頃、担当の仕事で部品の仕入れ先の一社の社長を青江に引き合わせたことがあった。下町の小企業のオーナー経営者は青江の前で硬くなっていた。東昇エンヂニアリングの発注に工場の存亡の全てがかかっている。私は青江が大企業の格を見せつけるような素っ気ない態度を取るのではないかと内心思っていた。しかし、青江は私の予想を裏切り、社長室に入ったその経営者に愛想よく話しかけ、話題を探し、会話も弾んだ。だが、一番驚いたのが帰り際だった。貴重な時間を割いていただいてありがとうございましたと告げるその経営者に青江は、

「ご苦労さまでした。では、下までお送りしましょう」

と告げた。「松崎君、お送りしなさい」くらいが精々だと思っていた私を尻目に、自らさっさとエレベーターへ案内し、連れ立って玄関へ向かった。さらに、タクシーに乗り込んだ経営者へ向かって車道に降りて頭を下げ、タクシーが見えなくなるまで見送った。

「社長、そこまでされなくても」

と恐縮する私に、青江は頷いた。

「今の人は、東昇の社長にVIP扱いされたと、しばらくは周りにいうだろうな」

「そう思います。感激していたようでした」

「松崎君、魑魅魍魎、有象無象のこの会社社会で生き残っていく秘訣はなんだと思う？」

「……」

私は見当もつかなかった。

「それは、金を使わないことだよ」

「えっ、どういうことでしょうか？」

「例えば、会社に取引先が挨拶に来たとする、今日みたいにね。その取引先が帰る段になって、普通どこまでその人を見送るか。部屋を出てエレベーターまで見送るのは十人のうち二人か、三人。

七割は部屋の出口までしか見送らない。エレベーターに乗って玄関まで見送るのは一人いるかいないかだ。だからこそ、一緒にエレベーターに乗って会社の玄関まで見送ることに価値がある。今日のように見送られた人は特別扱いを受けていると思うだろう。もし、将来二つの会社の間でトラブルや急な発注とかがあったとしても、ああ、あの人の頼みなら、と仕事がスムーズにいく余地がある。玄関まで見送る。たった五分くらいのものだよ、投資と思えばこんなに安い投資はない、なんせコストは〇円なのだから」

「はい」

「赤坂だとかで接待してみたまえ、五万や十万はかかる。接待した方は、どうだ、高い金で接待してやったんだぞと得意になるだろうが、接待された方は、どうせ会社の金だろうと思うからありがたみも薄い。部下に奢る時もそうだ。ボーナスが出たからと十人を引き連れてちょっといい店に飲みに行ったとする。五万円も払ってさぞかし太っ腹な上司だと部下が思ってくれると思ったら大間違いだ。部下の方は一人当たり五千円しか奢ってもらっていない計算になるんだよ、松崎君」

「……」

「では、どうしたら部下の心に迫れるのか？　それもコストをかけずに。ある日病欠した部下がいたとする。その部下に、差しさわりのない状況なら退社時にでも電話をかけて、一声励ます。社の電話を使えばタダだ。高い金で奢るより相手の心を動かすとは思わないか。社内のドライな縦割りを若干でも崩すことに繋がる」

「なるほど」

「接待といえば、社用でどうしても相手に手土産を持って行く必要が生じる場合がある。高いものほど手土産の効果があると思うのも大間違いだ。その相手は高額のものをもらい慣れているかもしれないし、他社と比較されるかもしれない。でも、早い話、千円ぐらいの物でも効果がある。松崎君はどこの出身だったかな?」

ふじみ野、埼玉ですと答えると、

「ああ、それだったら『五家宝《ごかぼう》』だったかな、そのお菓子でいい。それを持って、これは出身地の埼玉の菓子ですが、実家から送ってもらったものなので、と渡してごらん。その五家宝の値段が千円とすれば、その何倍もの価値を持つ。どうしてか分かるかな?」

「どうしてでしょうか?」

「この社員の松崎は自腹でわざわざ取り寄せてくれたんだというメッセージが相手に伝わるからだよ。君の実家という表現が社用を超えた温かみも併せて伝えている。何万円もするスコッチやブランデーを三越や高島屋から送りつけるより効果は高い。要するに、自分がされて気持ちのいいこと、それは相手も同じ。そこにはマーケティングの理論も適用できると考えていい」

それ以外にも青江の手法を見せつけられることがたびたびあった。

子会社の二部上場を祝うパーティのメインテーブルで、青江は長い間専務を務めた老人の隣に座っていた。元専務は高齢で杖をテーブルに立てかけていた。締めの乾杯に移った時だった。青江はその老人に手を貸して立たせ、そのまま、乾杯のスピーチが終わるまで彼の背中を左手で支えていた。どのテーブルからも見えるその手は、青江の温かい心を出席者に伝えるための装置だった。そう、装置だったのだ。

平素の青江の調子が蘇り、私はその狡猾さに茶目っ気を感じて自然と笑みがこぼれた。しかし私とは逆に、見破られれば二度と使えなくなるトリックのようなやり方に、高柳はだんだんと胡散臭さを嗅ぎ取るようになっていった。

青江には身内なら独特ない い回しをする癖があり、高柳より私の方がそうした癖を容易に解読できた。建設会社から送られてきた新社屋の完成予定図《ドラフト》を見せた時もそうだった。青江が、

「ああ、辰巳《たつみ》だな」

と呟いた。わけが分からず高柳は訝しんでいる。私が、

「そうですね。新橋あたりではないですね」

と受ける。そうしたやり取りは私の方が上手《うわて》だった。

青江のいう辰巳とは深川の花街《かがい》を指す。深川は江戸の南東の方角にあったからだ。そこの花街の女たちは鼠色の柄など地味好みだが、同時に粋を信条としていて、青江はそのことを新社屋の外観の濃いグレーに掛けたのだ。青江の世代の男たちは花柳界を遊びの場とは思っていなかっただろう。むしろ勉強する場だったのではないか。そこは、先行する世代に代わるトップやトップ候補者を目指すためのマニュアル、すなわち、静謐な威厳、内々の駆け引き、さりげない義侠、凛とした高配、といった技巧を盗むチャンスの場だった。青江の立ち居振る舞いにもそれは出ていた。

私と高柳が仕入れ担当の部署に同時にいた頃、大手素材メーカーとの交渉が行き詰まったことがあった。私たちから報告を受けた青江は、その場で相手メーカーのトップの白川聡《さとし》に電話をかけ、

その日の夜のアポイントを取り付けた。

『ラカン』で八時。よろしければお越しください。久し振りにお話でもしましょう」

青江は電話を切り、

「勉強だ、君たちも同席しなさい」

と私たちに告げた。

「ラカン」は青江が使っていた店の一つで、銀座のクラブにありがちだった人工的なきらびやかさも派手さも備えていない、書斎を連想させる店だった。

白川は八時を数分過ぎて到着した。TVで顔を見たことはあったが、辣腕といわれた少壮気鋭の経営者と会って、初めての銀座でもあり私たちの表情も硬くなっていたと思う。ボックス席に付いたのは、四十前後のママの西野あきと二十代半ばのさっぱりとしたワンピース姿のホステスが二人だった。ラカンの店の中にわずかに聞こえるコルトレーンが心地よい。西野あきの控えめなミニのスーツのベージュの色が店の硬い色調に動線を与えている。

「青江社長、次の野暮用があるので、申しわけないが三十分ほどで」

「急にお呼び立てしてこちらの方こそ恐縮です」

日本を代表する企業のトップ二人の会話はそのように始まった。話題は、しかし、他愛もないことだった。私と高柳の出身地、連立政権の行く末、ブレトンウッズ体制の崩壊と円高。西野あきたちはそうした話題全てに控えめに参加し、白川も私たちに丁寧語を使った。グラスが空になることもなく、灰皿が吸い殻でいっぱいになることもなかった。そのようにして三十分が過ぎ、白川は予定どおり席を立ち、青江はその白川を機嫌よく見送った。そして、なんのための三十分だったのかと訝る私たちに、短く頷いて見せた。

驚いたことに、翌日、白川の会社の担当者から連絡があり、突如として交渉は成立へと向かった。

「一方的に勝ちすぎはよくない、と白川に叱られまして」

と相手はそれと分かる程度の短い笑い声を立てた。一夜の語られないビジネストーク、しかし、その最大の効用。

私はそれからも青江のお供で何回かラカンへ行ったが、白川については一度見かけただけだった。その日、白川は店に入ると、つっとカウンター席に座り、バーテンダーが黙って差し出したロックグラスを手に取った。肩が落ち、以前会った時のような精悍さは影を潜めていた。白川は私たちに気づいていない。反して青江は白川と認識したのに目をやろうともしない。しばらくして西野あきがさりげなくカウンターの白川の隣に座った。アップに結った髪、藍染めに白い塩瀬の帯の後ろ姿が白川との間を縮めた。白川はそんな彼女に分かるか分からない程度に身を傾けた。数分後、私がカウンターに目を向けた時には彼の姿はすでになく、ポツンと空気を摑むようにスツールに座る女の背中が残っているだけだった。一組の大人の男女が見せる交錯の片時。三十歳になるかならないかの私が、おぼろげに捉えた映像だった。

男と女の距離。それをエレガントに保つ……それは同僚や上司、部下や取引先との間の距離の取り方と違うことはない。品格のある付き合い方とは相手のことも考え、絶妙なスタンスを取ることだ。

伝承されてきた阿吽《あうん》の呼吸や忖度。それらの使い方を次の世代が学習し、身に着けていく。経済大国からその次へ。経済の土台を陰で支える仕組みが消えつつもまだ残っていた昭和という時代があった。

要するに、私は青江から多くを教わった。そして、教わったその内容とは、戦略立案やポートフォリオ、PDCAサイクルといったマネジメントの真髄ではなく、脈々とこの国に受け継がれてきたビジネス界の保守本流が意図せずに作る澱みような伝承だった。高柳はそれを嫌った。ライバルと目される私への距離感の起点がそこにもあった。

3

香煙が一縷《いちる》リビングに流れてきた。

私は高柳が倒れた日、その最期を看取ったわけではなかった。秘書室長の近藤は、あとは自分たちで対応するからと、私が一緒に病院へ行くことを遠まわしに拒んだ。病院に駆け付けた真由美は高柳の臨終に間に合ったようだが、社長室での異変については知らないだろう。

「まだ詳しく話すのは避けたいんだけど、高柳から頼まれたことが一つある」

私は切り出した。

「あの人から？　そうですか。前に？」

「いや、亡くなった当日に」

「まあ、そうなの。救急車の中で意識が途切れて、そのまま戻ることはなかったから、わたし、何も聞かされてない……それって仕事のこと？」

「それが、よく分からない。だけど、最後の宿題みたいなものだから、応えられるようできるだけ頑張ってみる」

「わたしね、会社の人は信用できない」

「どうかしたの？」

「普通、会社に置いてある私物とかは全部返してくれるでしょう。メモとか手帳とかも含めて。でも、違うのよ。外部には出せない情報もあるので、勝手ながらメモ類はシュレッダーで処分させていただきましたって、秘書室の近藤さんが」

外部に出せない情報。近藤の説明は分からなくはない。しかし、遺族の事前の承諾なしに処分するのは解せない。過労死は従業員だけのものではない。経営者もそれと背中合わせだ。いつどのような勤務をしていたのか、その実態が問題とされることもあると考えれば、適切な処置とはいえなかった。その考えを伝えると、真由美は顔をしかめた。

「どことなくね、あの人の突然の死が会社にとって迷惑だったのではと思わせる対応もあってね、正直悲しい。もし、松崎さんが幸敏から頼まれたことで、わたしにできることがあれば、お手伝いするわ」

詳しく話して協力してもらおうかと思わないでもなかった。だが、[夜間飛行]を解く道筋が見えない状態で真由美を引きずり込むことはできない。

「ありがとう。たぶんお願いすることになりそうだ。差し当たって、メモとか手帳は東昇で処分されたといってたけど、高柳の行動、例えば海外出張とかのもので残っているのはないかな。ドイツ、いやヨーロッパに関して」

「この家に？　さあ、あるかしら。確か社長になった年に行ってる……そうだわ、ドイツといえば三年くらい前だったかな、何回か続けて出張してるけど、それについてのこと？」

「いや、まだ分からない。最近のドイツ出張は？」

「そうね、あの時期だけだわね。去年は全くなかった」

「出張内容については聞いてる？」

「いいえ、全然。仕事の話自体、家ではほとんどしない人だったけど。彩香が亡くなってからは全くしなくなったし。わたしは松崎さんの退職も知らなかった」

「そうか……もし情報があれば早めにもらえると助かるな」

「はい。分かることがあればいいんだけど。あの人と違ってわたしはルーズだから。予定とかでもカレンダーにちょこっと書いておくくらいだし、それだって年が変われば捨てちゃう。でも、とにかく分かりました。探してみます」

「ありがとう。感謝しかないな」

「容子さんによろしく伝えてね」

「了解」

しかし、その言葉が妻に伝わることはない。なぜ高柳真由美に会ったのか、妻は私から洗いざらい聞き出そうとするだろう。容子には［夜間飛行］の全貌が明らかになってから話すつもりだ。それまでは話さない。いつ［夜間飛行］が明らかになるのか、見当もつかないことではあるが。

4

三日後の六月九日に森千帆美から、高柳の海外出張の記録があったというＬＩＮＥが届いた。私は小此木宏と長澤留美子に千帆美のことを伝え、千帆美を交えて次の日曜日に会うことを決めた。

六月十一日、私は少し遅れて無耽に着いた。小此木宏と長澤留美子、森千帆美の三人はすでに打ち解けた雰囲気で、初対面同士の空々しさは微塵も感じられない。

「そんなに楽しそうなところを見れば、どうせ俺の悪口とかいい合っていたんだろう。君たちの共通の話題といえば俺のことしかないからな」

「そうですよ、もちろん。わたしが、上司だった松崎部長はこんなに有能だったんだけど変だったんですよ、と泣いて、部長の大学のお友だちが、うん、うん、いい人間だったけど危《アブ》ノーマルだったんだと深く肯いて、なんて……それってお通夜ですよ！」

千帆美が返す。

自分が中心となって人の輪が広がるのを見るのは面映ゆいものだ。根っからの社交好きではないからかもしれない。

料理と飲み物を注文して本題に入る。千帆美は前もってプリントアウトしたＡ４の用紙をみんなに配る。それは思いがけない内容を含んでいた。

「部長に深く頭を下げられて頼まれた例の件です。高柳社長の海外出張記録がありました。中国、韓国、アメリカにも行かれています。日付と出張先を書き出してみました」

二〇一〇年	六月六〜十五日	アメリカ
	十一月九〜十四日	ドイツ
二〇一一年	四月十四〜十七日	中国
二〇一二年	九月九〜十二日	中国
二〇一三年	七月十三〜二十日	アメリカ
	十二月十一〜十六日	韓国
二〇一四年	五月二十三〜三十日	ドイツ
	十月三〜五日	韓国
二〇一五年	四月十八〜二十三日	ベトナム
	六月二十〜二十五日	アメリカ
	十月五〜八日	中国

「これはおかしいな」

直ぐに違和感を覚える。

「どうかしたの？」

留美子が聞く。

私は高柳の妻の真由美に会ってきたことを話した。

「真由美によれば、高柳は三年ほど前、何回かドイツへ出張している。しかし、千帆美のこの調べによると、社長就任の年は除いて、三年前、二〇一四年は五月の一回しかドイツへは出張していないことになる」

「それは要注意だな」

小此木も首を傾げる。

「要注意？」

「この食い違いは、高柳社長の奥さんの記憶違いか、あるいは高柳社長が個人的な旅行を奥さんには出張と偽って伝えたか、そのどちらかしかない」

「それそれ」

留美子は情報番組のコメンテーターの感じを出している。

「へー。そうなら、まじ部長の出番ですよ」

千帆美に他の二人が頷く。全員が私に真由美に確認しろといっている。

真由美に聞くにしても、どう切り出せばいいかとグラッパのグラスに口をつけながら思案し、彼女の携帯に電話した。

「この前はどうも」

千帆美が口パクで私の真似をしている。立ち上がりながらグラスを取ってグラッパを彼女にかけるふりをする。店の外へ出る。道は狭く、車は滅多に通らない。

「俺が高柳に頼まれた仕事の話だけど、やっぱりドイツに関係してるみたいなんだ。高柳が倒れた日、あいつと交わしたのは会話らしい会話ではなかったから、よく分からなくて。高柳が三年前に何回か出張でドイツへ行ったっていってたけど、やっぱりそうなのかな？」

真由美は、その時期のドイツ出張は複数回だったとはっきりと答えた。

「またドイツ？　って、いった記憶があります。幸敏は仕事に口を出すなといいたげで、ムッとしてたけど」

高柳にとっては触れられたくないことだったのだろう。

「で、いつ、そのドイツへ出張で行ったのか、分からない？」

「ねえ、それってキーポイント？」

「一通り正確なことを押さえておきたいと思って」

非常に重要なことだ、とはまだいえない。後ろめたさから語尾が霞む。

「結婚相手でも日頃何を考えて行動しているのかはっきりとは分からないものね。あれから書斎やリビングの引き出しとかを探してみたんだけど、めぼしいものはなかったわ。こまめに一定の時間が過ぎたら処分していたみたいだし。名刺とか欠礼の詫び状とかイベントの招待状とかカードの請求書とかは少し残ってた。書斎には自分用のコンパクトなシュレッダーも置いていた。でも、松崎さん。出張のことだったら会社に聞けば教えてくれるんじゃないの？」

「いや、会社とは表向き関わりのないことにしておきたい」

「そうよね。秘書室長、近藤さんか、彼が親切に教えてくれることはないだろうし。かといって、そんな記録は家にないし……ヨーロッパ、ドイツねえ……あっ松崎さん！　あるある、一つ非常に正確な情報が！」

「何？」

「パスポートよ、パスポート。よく気がついた、われながら」

確かにパスポート以上に外国へ行った日を特定できるエビデンスはないだろう。

「探してかけ直すわ」

しばらくしてスマホが鳴った。弾んだ声だ。

「ありました。どうしよう」

必要なのは出入国記録だ。そのページの画像をメールかＬＩＮＥに添付してもらうことも考えたが、なんとなく躊躇《ためら》われた。

「パスポートって遺品だし、その現物を借りるというわけにもいかない。真由美さん、悪いけど出入国記録の部分だけコピーをお願いできないかな。取りに伺います。いつがいいかな？」

「それなら今度の火曜がいいな。十三日。この前みたいに二時頃。どうですか？」

「了解です。では火曜の十四時に」

「お待ちしています」

真由美は平静な声に戻っていた。

席に戻ると、三人が一斉に私を見た。私は概略を話した。

「そのパスポートのコピーが手に入ったらまたここで会うんですよね」

と千帆美。

「もちろんよ」

留美子が間髪を入れず応える。

「出入国記録があれば高柳社長の正確な足取りが分かるわね」

「では、最速明後日の夜だな、それが分かるのは」

と小此木。

「足取りといってもドイツへ何回か行った日程が分かるだけだけど、一歩前進といえなくもないな」

「千帆美ちゃんはいいの？」

留美子が気遣うように聞く。

「わたしですか？　ＯＫです」

「いいえ、火曜だから〝二番目の彼〟とデートかなと思って」

「今の分かりました。月曜の彼がナンバーワン、で火曜がツー」

「勘がいいわね」

留美子が褒める。

「ほら、あったでしょう。〽月曜日はなんたらたらら〜火曜日はたんたかたらら〜」

「一週間の歌かい?」

小此木は覚えている。千帆美は直ぐにスマホで検索する。

「そのメロディ知ってます。ロシア民謡? 日曜から始まってますよ。〜日曜日は市場に出かけ〜」

彼女はグラスを置いた。

「でも、この歌って、部長の今の生活パターンじゃないですか?」

どこから火の粉が飛んでくるか分からない。

「はいはい。暇です」

「まさか、サンデー毎日とかいわないわよね」

留美子が割って入る。

「なるほど!」

そのギャグを初めて耳にするのか、千帆美がうれしそうに笑う。

「この中で一番忙しいのは妄想のデートに溺れる千帆美、は別にして」

私は話の成り行きに逆らう。

「やっぱり留美子だな」

「そうですね。現実の世界では留美子先生ですね」

千帆美も反撃してこない。

「でも、大学の先生って時間が自由になるからいいな。だから、やっぱり、若さを保てるとか」

「わたし、夏目雅子と生まれた年が同じ」

「えっ、夏目雅子？　でも、それって」

「千帆美ちゃん、いいから、検索しなくて」

留美子はスマホに手をかけた千帆美を止める。小此木が食い下がる。

「大学の先生って給料の割には仕事をしていないような気がするな。世間的には高給取りのイメージが付きまとうし。日本はどうなのか知らないけど」

「この仕事、拘束される講義時間だけで時給計算すれば、ぎりぎりその部類に入るかも」

留美子はハイボールのグラスの氷を鳴らした。

「例えばだけどね。東京六大学クラスの教授の職位で五十歳台の年収は、まあ、千六百万前後といわれてる。それを平均コマ数で割れば一時間当たりの単価が出る。あっ、コマというのは八十分か九十分の一つの授業のことね。相場としては、専任の教員であれば大学、短大は週六コマから七コマ、少ない人で四コマを担当する。四コマ未満の先生はいろんな補助金の対象外になるから、最低でも普通四コマね。それが年間三十週。だから、授業が九十分、週七コマ持つ人なら、三十と九十と七をかけて……」

スマホの電卓で計算する。

「一万八千九百分、時間に直すと三百十五時間。千六百万円割る三百十五は五万七百九十四円。要するに時給五万の仕事になる」

「一時間五万円の仕事なら安いとはいえないな、サラリーマンとしても。でも、先生たちの仕事は授業だけではないだろう」

「ええ。教授会、各種校務の委員会、教務委員会、学生委員会、就職委員会とか、入試委員会、そう入試もあるわね、センター試験とか、大学単独の試験の作問も。行政の公的会議とか審議会とかの仕事もある。わたしたちがいう雑務の部分ね。雑用という人もいる」

「その種の仕事ってマストなのか？」

小此木が聞く。

「いいえ、形式上はそうではないわ。教育と研究が大学教員の職務の本筋。それ以外の業務は学長か学部長からの委嘱という形になる。学長といえども建て前としては教育と研究以外の業務命令は出せない。法人視点からは事務職員と教育職員の区別はあるわね」

「業務外なら手当が出るってこと？」

「ああ、手当は付く、雀の涙ほどだけどね。委員手当、入試手当とか。他にセンター試験で拘束される日は四万円など」

「センター試験なんて、監督だけでいいんだろう？」

「ただね、あれほど疲れる仕事も珍しい。開始、終了も数秒違ったらだめ、それに受験生を相手に読み上げるマニュアルは一字一句読み違えたらだめ。全国ニュースになったりすることもあるから。『頑張って』とか余計なことをいったりしてもいけない。監督中、あまりにも静かで暖房も心地いいからって、椅子に座ってウトウトしてもいけない。小さかろうが鼾をかこうものなら即アウトよ。一方で、不測の事態に臨機応変に対応する必要がある。神経使いまくりよ、一日中」

「そんなものかね。でも、そういった仕事以外の時間は暇なんだろう？」

「暇ねえ……でも、そこが一番肝心な点になるのよ」

「肝心な点？」

千帆美が尋ねる。

「研究よ、研究」

「留美子先生も研究してるってこと？」

「もちろん、教員の仕事は研究と教育がワンセットっていったとおり」

「教育と研究と、人によってはどっちかに得意不得意があるんじゃないか？」

小此木が割って入る。

「よく、研究はすばらしいんだけど、偏屈で人付き合いも悪く、講義が難しすぎるのか、つまらないのか、学生からさっぱり分からないといわれる先生もいるじゃない」

「まあ、そんな人もいる……でも、わたしは研究と教育は表裏一体で切り離せないものだと思うわ」

「どうして？」

「あのね、偉そうにいうけど、大学の存在意義は社会的貢献だと思うの」

「時給五万円の社会的貢献？」

「まあ、それは措いといて」

留美子が続ける。

「わたしたちの暮らす世界、社会がどんな構造になっているか、どんなメカニズムで生活が成り立ってるか、本源とその意義は何か、理系、文系問わずそれを次の世代へ伝えていく。その最新の情報を彼ら、彼女らが分かるように伝える、それが大学の教員といわれるわたしたちのミッションなのよ。論文のことは研究業績って呼ばれる。業績という表現には、社会に対して貢献する意味が含まれている。古いタイプの先生たちは今の風潮とは逆に研究だけという人も結構いて、わたしの先輩なんか、院生の頃、『君が僕の科目の受講希望を出したものだから、週二日も大学に来なければならなくなったじゃないか』って、ある高名な先生から叱られたと笑ってたわ」

「ふーん。ミッションねえ……それと研究が結びつくと？」

「うーん、違うわね」

「違う？　どんな風に？」

「まあ、学生を食事に来たお客さんと仮定しましょう」

「今の俺たちのようにだな」

テーブルの上の皿は空になりかけている。

「業者が作ったレトルトのものを分からないように温めて出しても、グルメの人でなければそこそこの料理として通用することも多い」

「グルメねえ、俺たちみたいな」

「学生は、年季の入った社会人でもない限り、大学の講義の時に教わることは初対面の知識なわけだから、それがレトルトかどうか分からない」

「その、レトルトって？」

千帆美が、

「もっとお料理注文しません？」

とメニューを手に取る。

「大学の授業でのレトルトというのは、他の研究者が書いた本をもとに忠実にその内容を再現する、その教科書を読んでちょこっと解説して終わりとする授業内容のこと」

「でも、わたしたちの時にもいましたよ、教科書を指示してその内容だけを教える先生」

千帆美に続いて小此木がいう。

「その分野の権威が書いた教科書なら問題はないのでは？」

「そう、問題はない。いや、大いにある」

「問題とは？」

今度は私が聞く。

「大学の授業はライブよ。自分以外のアーティストを無暗にコピーするだけではプロのライブは成立しない。オリジナルの部分がないとしたら、わざわざ足を運んでくれたファンやオーディエンスをどうやって満足させる？」

「それは分かるけど」

「そうでないと、学生が自分でその本を買って読めば授業の代わりになるということになるでしょう？　特にわたしの分野では」

「で、そのレトルトを使わないとして、どんな料理を提供する?」

私は身を乗り出す。

「そこなのよ、もちろん、頑張りどころは」

酔いはまだ顔に現れていない。

「この食材だったらこう料理すれば食材の持つ本来の良さが食べる人に伝わる、とか、この食材とあの食材を一緒に使えば全く未知の新しい味が生まれるんじゃないかとか」

千帆美はパエリアを注文している。

「よく、職人は仕事を盗めっていわれるでしょう。特に板前さん」

「ほー。ワタシ作る人」

ギャグへの反応は一点の曇りもなくゼロだった。

「熱意のある料理人は、毎晩仕事が終わってから黙々と調理場で料理を作ってみる。うーん、これも違うな、こうじゃないかな、この食材って基本、どんなんだろう、とか……大学での研究とはそうした試行錯誤そのものといえる」

「わりと孤独な作業ってやつですか」

千帆美が呟く。

「孤独な作業、誰のため?」

「次の世代へ伝える、次の世界や社会の存続のために」

留美子はきっぱりといった。

「世界や社会の存続に必要なのは、別に高分子化学とか、素粒子、再生医学だけではないわ。アポロ計画の時にどんな知識が最も役に立ったかと聞かれて、インド哲学って答えた飛行士がいたって聞いたことがある」

「へー、そうなんだ」

小此木が頷く。

「地球の生命体の生き残りの視座、最近いわれ始めたSDGsで考えるなら、この世界にある全ての知識が組み合わさった形で必要とされているのではないかしら。DNAから塩基が一つでも欠損すれば全体が変わってしまうように、人類にあっては知識が総体となって前へ進む知恵が生まれる。リベラルアーツの精髄もそこにある」

私たちはしおらしく聞いている。

「板前が包丁一本をさらしに巻いて全国を渡り歩くって話じゃないけど、クラウドにデータを置きさえすれば、世界のどの大学へ移籍しても講義ができるテクを持ち合わせている人もいることはいるのよ。わたしにもそういうテクは、ほぼほぼあると思ってるんだけど、周りから見ればどうなのかしらね」

「留美子先生は初めから大学で教えたいと思われてたんですか？」

千帆美が質問のブレイクを入れる。

「そうでもないのよ。一人でできる仕事ならなんでも受けるつもりだったんだけど、非常勤で行ってた大学にたまたま空きができて横滑りで就職できた。スタートは専任講師よ。それから四年で助教授、今は准教授って職位ね。七年経って教授。研究がしたくてしたくて、ではなかった。まあ、でも、こんなもんかなと論文を書いて学位も職位も手に入ったわ。だからかしら、研究の質はスカスカで内容はそれほどでもないとは分かってる。まあまあできる学生に、先生は二流、三流の研究者で終わるんですかといわれたこともある。教えることがちょこっと上手いだけでって、自分でもそう思う。それだけの中途半端な生き様」

「ずっと、今の大学なんですか?」

「いいえ、三つ目よ」

「大学を変わるって、なんて表現するの? 転勤でもないし、転職も違うし」

「内々では割愛《かつあい》っていってる。変わってるでしょう?」

「割愛? 誰の立場で?」

「大学の仲間なんでしょうね。今は無くなったけど、法律が変わる前は『割愛願い』は便宜上教授会で審議する対象だった。みんなが了承しないと移れないのが原則だったの」

「へー、変わってるね。移る先は自分で探すのかな?」

「大きく分けて二つある。恩師や学会とかの先輩、後輩の人脈。誰々がどこそこの大学へ移るからその後にどうですか、あるいは、新しい学部の設置があって文科省の審査受けるので来てくれませんか、みたいに。もう一つは自分で。今は自分で探す方が多いな。ネットのサイトJREC《ジェイレック》が一番活用されてる。殺到するから採用される倍率は平均二、三十倍といわれてるけど」

声振りを緩くさせる。

「研究の話に戻るけど、研究をどう考えるかでその大学の格が分かるわね、入学者数とか偏差値とかではなく……学生の教育を研究より優先させてくださいと公言するオーナー理事長がたくさんいるけど、分かってないのよね、区別できないってことが。そういう大学は安上がりなレトルトの料理をお客さんに出すことを推奨してるのと同じ。そんな店はお客さんの足が間違いなく遠のく」

「だろうな」

小此木が頷く。

「でも、やっぱり組織だから、大学は。ズバッというと、頼りになる教員や職員は上から二、三割ってとこかな。人間力からいっても。お呼びでないのが下から三割。残りはどうでもいい感じの人たち。この割合は不変。もちろん高田馬場でもそうだし、三田でも本郷でもうちの大学でも同じ。教授会とか、会議ではいつもイライラしどおしだし。あれ？　なんで大学の話になった？」

「部長の一週間のスケジュールがスカスカっていう話からです」

千帆美が答えてみんなが笑う。その和みの中に、私はふと「ナハト——フルーク……」と絞り出すように口にした高柳の蒼白な顔を思い浮かべていた。[夜間飛行]は私たちをどこへ連れて行こうとしているのか？　明後日にはパスポートのコピーが手に入る。

5

六月十三日、無駄で再び集合した私たち四人は、千帆美が調べた出張記録と高柳の妻の真由美からその日の午後に渡されたパスポートの出入国記録のコピーを前に検討に入った。
まず、社長就任後の高柳の海外出張は次の十一回だったと再び確認する。

1	二〇一〇年	六月六〜十五日	アメリカ
2		十一月九〜十四日	ドイツ
3	二〇一一年	四月十四〜十七日	中国
4	二〇一二年	九月九〜十二日	中国
5	二〇一三年	七月十三〜二十日	アメリカ
6		十二月十一〜十六日	韓国
7	二〇一四年	五月二十三〜三十日	ドイツ
8		十月三〜五日	韓国
9	二〇一五年	四月十八〜二十三日	ベトナム
10		六月二十〜二十五日	アメリカ
11		十月五〜八日	中国

一方、パスポートの出入国のスタンプからは、同期間に高柳が十三回海外へ渡航したことが分かった。

1　二〇一〇年　六月六日出国／十五日帰国
2　　　　　　　十一月九日出国／十四日帰国
3　二〇一一年　四月十四日出国／十七日帰国
4　二〇一二年　九月九日出国／十二日帰国
5　二〇一三年　七月十三日出国／二十日帰国
6　　　　　　　十二月十一日出国／十六日帰国
7　二〇一四年　五月二十三日出国／三十日帰国
8　　　　　　　九月四日出国／七日帰国
9　　　　　　　十月三日出国／五日帰国
10　二〇一五年　二月二十日出国／二十四日帰国
11　　　　　　　四月十八日出国／二十三日帰国
12　　　　　　　六月二十日出国／二十五日帰国
13　　　　　　　十月五日出国／八日帰国

「パスポートの方が二つ多い！」

と千帆美。

「分かりづらいな。対照できるようにそれぞれアルファベットを振ってみよう」

小此木がパスポートのスタンプから出入国記録を書き出して、順番にA、B、Cと付していく。

A　二〇一〇年　六月六日出国／十五日帰国
B　　　　　　　十一月九日出国／十四日帰国
C　二〇一一年　四月十四日出国／十七日帰国
D　二〇一二年　九月九日出国／十二日帰国
E　二〇一三年　七月十三日出国／二十日帰国
F　　　　　　　十二月十一日出国／十六日帰国
G　二〇一四年　五月二十三日出国／三十日帰国
H　　　　　　　九月四日出国／七日帰国
I　　　　　　　十月三日出国／五日帰国
J　二〇一五年　二月二十日出国／二十四日帰国
K　　　　　　　四月十八日出国／二十三日帰国
L　　　　　　　六月二十日出国／二十五日帰国
M　　　　　　　十月五日出国／八日帰国

「さて、そうなると、パスポートの記録のAからMのうち、HとJ以外は会社の出張記録と一致する。したがってHとJが出張とはいえない海外旅行となる」

と、改めてHとJを抜き出し、ボールペンで渡航先も書き足した。

H　二〇一四年九月四日出国／ドイツ滞在／七日帰国
J　二〇一五年二月二十日出国／ドイツ滞在／二十四日帰国

「この小さく『D』とだけあるスタンプがドイツなんですか。国名がないのは……あっ、EUだからか！」

「千帆美君、正解」

小此木が笑う。

「日本の美形のオフィスレディを軽く見ちゃいけませんよ。おっと、死語になりかけのオフィスレディなんていっちゃった。やっぱ、この国のGDPを支えてるのは私たちなんですから」

「BKのOL？　GDPのOL？　さっぱり分からない」

千帆美がいい返そうとする前に、

「これを見て分かることは？」

小此木が聞く。

「三年前の二〇一四年以降、ドイツには計三回行ってる。二〇一四年の五月のはれっきとした出張。それ以外はHとJ、二〇一四年の九月と二〇一五年の二月、計三回。インターバルは短いわね」

留美子は無意識に髪を触っている。

「前にもいったけど、［夜間飛行］がドイツ語で告げられた状況からすると、やっぱりドイツが本ボシといっていいわね」

髪に置いた手を戻しながら呟く。

「出張以外の二回、えっと、Hの二〇一四年九月とJの二〇一五年二月のドイツへの旅行は隠さざるを得なかった。もしくは隠したかった」

「もちろん、アメリカとか中国、韓国、ベトナムへの出張が［夜間飛行］とリンクしないとはいい切れない。しかし、前提条件を全て探るよりは、状況を取捨選択して仮説を立てることも必要だろう。もし、ドイツを中心に考えて仮説が成り立たなければ、その時考えよう」

私たちは小此木に賛成した。

「この三つを書き出していいですか？」

千帆美がペンを走らせる。

G　二〇一四年五月二十三日出国／ドイツ滞在／三十日帰国
H　二〇一四年九月四日出国／ドイツ滞在／七日帰国
J　二〇一五年二月二十日出国／ドイツ滞在／二十四日帰国

「やっぱり、このGの一週間の出張が、HとJのプライベートのドイツ行きを高柳に促した背景なのか……」

私が呟く。

「そうすんなりとはいかないだろうな」

小此木が応える。

「ええ?」

「どうしてですか?」

留美子と千帆美が反応する。

「このGの二〇一四年五月のドイツ行きは社長としてのフォーマルな出張だから同行者がいたはずだ」

小此木が切り出す。

「そうだ。あの時は、資材課長だった濱本……康信」

私が高柳の次にドイツに駐在していたことを聞いた濱本が、出発前に律義に挨拶に来たのを思い出した。濱本は総合商社からの転職組だ。やや直情径行の感は否めないが、竹を割ったような性格で部下からの信頼も厚い。

「この出張の間その課長が同行していたのに、後で奥さんに出張と偽ってでもドイツへ行かせるほどのことが高柳社長の身に起こったとは考え難い」

「それはあるな」

「同行の課長は常に行動を共にしている。いくら高柳社長がドイツ語に堪能だったとしても、資材課長もいることだし通訳も付けるだろう」

「まあ、フォーマルな出張だったら大事をとって通訳は頼みますね……」

千帆美が指摘する。

「もし、出張中に何かセンセーショナルなことが起こったとして、それがビジネスの話だったら、同行した濱本課長が覚えているか、あえて問題として提起したり報告書に残すだろう」

深く皺が刻まれた濱本の容貌。人は分からない。しかし、企業人としての経験と勘からいっても、濱本がわけありの事態を、社長といえども同僚と秘密裡に共有するタイプとは到底考えられない。

私はそんな印象を告げた。

「他に考えられることはですね――」

千帆美の独演が始まる。

「駐在していた時の元カノが訪ねてきた、とか」

「はい、始まりますよ」

千帆美が私を睨む。

「ユキトシ――あっ、高柳社長のことです――ユキトシ、今まであなたのことを想って黙っていたのよ。この娘《こ》があの時のわたしたちの愛の結晶よ……とかいって、ドイツ人の美魔女が超美形のハーフの娘を高柳社長のもとに連れて行く。今は、とあるメーカーの秘書室で働いている性格のいい娘ですけど、みたいな」

「『舞姫』は高校の現国で読んだな」

小此木が笑いを堪《こら》えるように、

「で、名前は？　はい『夜間飛行《ナハトフルーク》』と申します」

千帆美も含めて笑いが出る。

「もう、茶化さないでください！　あっ、茶化してるのはわたしか！」

今度は小此木。

「高柳幸敏は妻には出張と偽ってプライベートで二回ほど娘に会いに行った。そして今年四月、その娘のことを亡くなる間際に松崎に頼むといい遺した」

千帆美は頷く。

「どうですか、すっきり筋が通るでしょう」

「すっきりし過ぎて、煙のようにどっかへ行くな」

「ええ？　どうしてですか？」

「第一に、『夜間飛行』なんて子に名付ける親はいないだろう。キラキラネームより意味不明だ」

「そうかなぁ」

「第二に、単刀直入に『娘、よろしく』といった方が分かりやすい」

と、残念そうな千帆美を尻目に、

「さらに、『舞姫』は論外にしても、忙しい中、プライベートで高柳社長に何か大きなことが起こったとも考えづらい。社長としてのフォーマルなスケジュールはぎっしりだったはずだ」

「だとしたらどうなるの？」

「こう考えるのはどうかな」

小此木が続ける。

「今焦点になっているGの二〇一四年五月の出張中、高柳社長は、あまり意識しないで何かを手に入れたか、誰かから何かをさりげなく渡された。モノあるいは情報として。ただ、前に考えたように、それは情報だったろう。その時はそれほど重要とは思っていなかったが、後で、それがすごく価値のある情報で、［夜間飛行］が深く関係していると分かる時が来たと考えるのはどうだろう。その情報を仮に『X』としよう。『X』を確認したくて二回プライベートでドイツへ行った。奥さんには出張と告げて」

「そこが分からない。旅行といえば済むようなことを、なぜ出張と偽ったのかな？」

「忙しい中、息抜きの国内旅行ならともかく、プライベートでドイツまで行くとはいい出せなかったんじゃないかな。奥さんもさすがにおかしいと思うだろうし。仕事ならともかく、奥さんを一人残して自分だけヨーロッパというのは、さすがにね。留守中の会社で何が起こるかも分からないし。三日と四日のヨーロッパ旅行なんてとんぼ返りもいいとこだ。できるだけ短くしたんだろうな。会社にも伝えてないんじゃないかな」

「旅行中不測の事態が起こらないかと気が気ではなかったでしょうね。小此木君がいう、その『X』を確認しに行くとは奥さんにいえないのなら、なおさらね」

「やっぱり、ドイツの歌姫リンダ・ヘッセとか森千帆美みたいな色っぽい娘――」

といいかけた千帆美を留美子がやんわりと遮る。

「二〇一四年の五月の出張時、前もってドイツの誰かに『このような価値のある情報があるんだけど、お会いできますか？』と予告されていたことは考えられないの？」

「可能性は低いだろうな。もしそうなら事前にスケジュール調整をするだろうし、同行の課長とも情報を共有しないといけないだろう」

「となると?」

留美子が聞く。

小此木はグラスを置く。

「小此木君、今の段階で、一番あり得る仮説は――」

「二〇一四年五月の出張後、プライベートのドイツ行きの九月四日までの間に、高柳社長は海外へは行っていない。ということは、この間に日本国内で『X』の価値を高柳に認識させる事態が起こった。その『X』は［夜間飛行］と結びついている」

「ドイツから連絡を受けたってことはないの? この前お渡しした『X』は本当は非常に価値があるものなんですとか。メールでもいいし」

「ドイツにいるある人物、または組織が高柳社長に『X』を渡す。その時は解説なしに。高柳社長は日本に帰ってから『X』が非常に有意だと告げられる。でも、そんな展開は流れとして自然じゃないな。高柳社長の帰国を待って説明するというところが特に。それよりは、高柳社長は意識せずに『X』をゲットして、帰国してから自分でその価値に気づいたと考える方が、今のところ自然だと思う。したがって『X』の価値の大きさは、意図しない状況で、国内で認識されたというのが仮説だ」

「高柳社長にしか分からなかった『X』の価値ね」

「だから」

小此木は一秒ほど間を置いた。

「『X』が分かれば［夜間飛行］が分かる。『X』が鍵だ」

「復習するね！　二〇一四年五月のドイツ出張の時には大して重要と思っていなかった『X』が、あるきっかけで重要なものだと高柳社長は気づいたのね、日本にいる間に。その後、奥さんには出張と偽って、一四年九月と一五年二月にドイツへ行った。その『X』こそがわたしたちが追い求める［夜間飛行］に通じる」

留美子が確認する。

「そのとおり」

「だとすれば、そのきっかけを探さなきゃですね」

千帆美は無意識に腕をさすっている。

「そう。高柳社長の行動サイクルが分かればいい。でも、行動の全部を把握することは物理的にも難しいと思うよ」

どうすればそれを把握できるのか、思いを巡らせた。

「もちろん、限界があるだろう。どうかな？　高柳社長の日常に乱れがあったと考えられることに限って調べてみるのは？」

と小此木。

「乱れの痕跡を探すってこと？　松崎君がいうように、個人情報は壁ね。一方で大会社の社長で家庭もある人だから、案外生活はガラス張りみたいなところがあるんじゃないのかな、わたしたちが想像する以上に。ちょっと聞きたいんだけど、日頃、高柳社長が自由に動き回れるとしたら？」

「社長は公用車を使う。使わないで帰ることもできるが、その場合でもまとまった時間は取りづらいだろうな。あとは休日」

「ただ、二〇一四年の五月の出張が契機となった『X』だから、直接ではないにせよ東昇と何かしら繋がっていることだろう」

「だろうな。高柳の個人的な付き合いの範囲内とは考えづらい」

「奥さんに偽ってでもドイツ行きを決意させたほどだ。会社での様子とか普通とは違うことがあったかどうかについても、松崎、千帆美君、調べてくれないか」

「嫌とはいえないですよね、部長」

「まあね。これも［夜間飛行］のためか」

「てか、それってわたしの仕事になるじゃないですか！」

「君にならば任せられるから」

「まあ、いいです。都内にランチの店って無数にありますから。あ、間違えた。高級なランチの店って無数にありますから、だった」

「はい、はい。今度、夜しか店を開けないすし屋でランチを奢ります。店が開いてればの話だけど。それでOK？」

「まどろっこしいことをいって煙に巻こうと思ってもだめですからね！　それで、普通とは違うってことですけど、具体的に高柳社長のどういったことを調べたらいいでしょうか？」

「会社にいた頃、俺は高柳と接していてもそこら辺のことはピンと来なかった。千帆美、社長の動きを調べるとしたら？」

「そうですね。強いていえば秘書の業務日誌ですかね。でも、今日はどうだったとかこの時間は誰と会ったみたいなことしかぶっちゃけ残ってないかもしれませんよ」

「そうだな。手がかりになるもの……差し当たってだけど二〇一四年五月のドイツ出張以降の業務日誌を調べてくれないか。高柳の周辺でイレギュラーなことがなかったかどうか」

「でも、わたし秘書室に配属になったのは去年ですよ、部長、自分の部下の履歴も学習してないんですか！」

「ああ、そうだった。優秀な部下を失った悲しみから記憶がワープしたようだ」

「ほー」

「確認するけど、一回目のドイツ出張の後だから一四年の五月以降だよ」

「はいはい。その時の秘書担当は大崎智子先輩です。智子先輩に聞けとおっしゃる？」

「リキ入ってるね。そのとおり」

「それですと、調査費《コミッション》はＣＯＡＣＨの新作のバッグか、〝近藤〟あたりの天ぷらか、どちらかになります。ちなみに〝近藤〟は銀座の五丁目ですよ」

「どちらが千帆美に相応しいか、よく考えておくよ」

「わたしに相応しいとかでなくて、今回の懇願への報酬として相応しいかどうかだと思いますけど。

場合によっては両方請求させていただきます。まあ、致し方ないので、当たってみます」

小此木と留美子は私たちのやり取りを苦笑しながら聞いている。テーブルからはソパ・デ・アホの官能をくすぐるニンニクの香りが立ち上っている。そのスペインの絶品スープの魅力は「夜間飛行」の話はそろそろ切り上げだと思わせるのに充分だった。

6

高柳については千帆美に任せるとして、高柳真由美からも情報を入手する必要があるのではないかと私は考えた。

満中陰の志が届き、真由美のことも気がかりだったので会いに行くことにした。以前から供花をしたいといっていた容子を、六月十八日の今回は一緒に連れて行かざるを得ず、彼女が傍にいる分、情報収集の効率は悪くなった。真由美の方は私の立場を察して、「調査」のことには触れないでくれた。

タイプが違う相手で、どうしてこうも話が続くのかと、三十年来の交流がある真由美と容子を見ていて思う。会話の内容には微妙に二人の立場の高低差がつけられ、同じ話題でも決して正面からぶつかり合うことはない。女性であれば幼稚園児にしてすでに習得しているテクニックともいえる。

「退職金なんてすぐに無くなってしまうんだから。うちはマンションのローンは奇跡的に終わってるんだけど、この人が仕事をしてくれないと二人きりだと間が持たない。お互い遠慮しちゃって、ずっと相子のじゃんけんをしてるみたい。生活費もあるしね。老後の貯えってコンセプトすらわが家にはない。東昇のような大きい会社のバランスシートが読めることと生活能力とは別物なのよね」

と容子は私の方をちらっと見る。

「基礎年金と厚生年金の区別もできないのよ」

「それって、年金をもらう立場になるのがいやなんじゃないの？」

会社の先輩たちが会議の合間に年金の額の話題で盛り上がったのを、老いと絡めて揶揄したことがあった。二十年ほど前のことだ。現実の年金額となると自分のこととは考えたくないのは確かだ。

「もらえるものはもらっておけばいいじゃないのって、この人にいい聞かせてる最中なの。人生設計もへったくれもないんだから」

「松崎さんくらいのキャリアがあれば、ウチに来てくれってどっかの会社から声がかかるわよ。リーダーシップもあるし。今はしばしの休息ですよね」

真由美は私に打ちやすいトスを上げてくれている。

「これからどうなるか、さっぱり分からないな。しばらくは骨休みってとこかな。スーツを着ない毎日なんて先が見えない長い休暇を取ってる感覚だよ。自分では会社人間とはこれっぽっちも思っていなかったんだけど……ところで」

やっと本題に入れる。

「高柳だけど、真由美さんから見て、ここ一、二年変わったことはなかった？」

「それって体調とか？」

「それも含めて、いつもとは違うことがあったとか」

「深刻なこと？」

容子が小声で会話に加わる。

「前にもいったけど、高柳から頼まれたことがある」

「ふーん」

妻は私の返事が気に食わない。

「えーと。普通にしていたと思うけど」

真由美は思案気に視線を上げた。

「ちょっと待って。変わったこと、あれ？　って思ったことはあるわよ。そういうことでいいの？」

「もちろん。聞かせてくれないか？」

「彩香がらみか、急に北陸へ行きたいっていい出したことが二回ほどあった。そんなこといい出す人じゃなかったから余計に覚えてる」

「北陸？　いつ頃？」

「去年？　いいえ、一昨年だわ。最初は夏のお盆の頃、次は十二月に入ってから。初めは仕事で行くのかとも思ったけど、それなら『行きたい』なんていい方はしないでしょう？　おかしいとは思ったけど、それ以上は聞かないで、行って来たら？　って彼にいったのを覚えてる」

「ご主人、一緒に行ってほしかったとか」

容子が割って入る。

「そうなら、たぶんそういうでしょう？　ああ、一人で行きたいんだと思った。わたしがそうだったように」

「最初は仕事で行くのかと思ったの？」

私が聞く。

「そうなのよ。ここに何回か、北陸地方のイントネーションで話す人から電話がかかってきたことがあった。言葉は、父が転勤族で金沢とか、福井にも短い間だけど住んでたことがあるから、なんとなく摑める。あれは北陸の人ね」

「で、高柳はその人のことはなんて？」

「いいえ。わたしも聞かなかったし。高柳が十二月に北陸から帰ってきてからはもう電話はかかってこなかった」

「北陸のどこへ行ったんだろう？」

「分からない。どこだったにしても、わたしたちにとって娘と一緒に出かけた場所は今でも心の拠りどころだし、しかも触れてはいけないところにもなっている。高柳がそうした禁忌《タブー》を破ってまで一人で行きたいと考えたとしたら、それでわたしのように娘のことを受け入れるいい機会になるかなと思って。あの人の行動で一番変わっていたことといえば、それくらいかしら……単に北陸といえば、わたしが納得すると思ったのかも」

容子に顔を向ける。

「ごめんね、容子さん。高柳が頼んだことを松崎さん、一生懸命やってくれてるみたいで」

「いいのよ、真由美さん、気にしないで。わたしもＮＰＯの仕事の方が忙しくなってきてて、うちの人に構っていられないの。容赦なくこき使ってね」

容子は学童クラブやコミュニティ・カフェを回って小学校低学年の子どもたちと触れ合うボランティアに力を入れている。私の仕事に関しては無頓着だった妻の「こき使って」は、「夜間飛行」の究明にお墨付きを与えてくれるだろう。そろそろ話題を高柳のことから切り替えないといけない。

7

千帆美から連絡があったのは、高柳家を訪問した翌六月十九日だった。それを受けて全員が招集された。

千帆美が早速報告する。秘書室の先輩の大崎智子から業務日誌の写しを借りて、三年分をコンビニにも行かずに一日がかりで読み込んだという。

「大崎先輩、要するに保身のためにコピーを取っておいたらしいですよ。これからの女子はこうでなくっちゃ。美貌だけじゃあダメですね、反省してます」

と笑った。高柳が会った相手、アポイント、電話の相手、会議、外出など単調な記述で埋まる業務日誌の中で、千帆美が殊更気になった個所は一つ。些細なことで秘書室の女性を怒ったりしない高柳が、いつもと違って感情をぶつけた個所だ。

「業務日誌は、事務連絡や社長がどうしたみたいなことばかりで、ほんとに社食の日替わり定食Bみたいなんですけど、この部分だけは他と違う感じがして」

千帆美が差し出したコピーには次のような内容が書かれていた。

二〇一五年六月九日（金）
アンネンウイチさんから電話。用件をたずねると、青森の件と高柳社長にいえば分かる、の一点張り。しかたがなく社長に取り次ぐ。すぐに社長からお叱り。

向かいに座った千帆美に目をやる。

「ちょうど二年前のことか……この部分はトーンがやっぱり違うな。千帆美、大崎君は業務日誌のコピー、よく貸してくれたな」

「千疋屋のマスクメロン三個分のテクを使いました」

すました顔だ。

「それで、わたしも我慢できなくて先輩に聞いたんです」

「高柳が怒った理由？」

「正解です。ただ、これ以上の情報は別料金になります」

「分かった分かった。一緒に請求書に乗せといて」

「いいんですか？　ゼロが足りるかな？」

「で、大崎君はなんと？」

「それがですね、電話で相手に『失礼ですが、お名前は？』って聞くでしょう。相手がぶっきらぼうに『アンネン』って答えたから、先輩、大阪人のギャグを連想して思わず笑っちゃったみたいなんです。そしたら、電話の後、高柳社長が『相手は君に笑われたといって怒ってたぞ』って。高柳社長も機嫌悪くていつもと違うなって思ったらしくて。それだけなんですけど」

「ひょっとして、その人はどこかの訛りがあったのでは？」

真由美に聞かされた電話の「北陸のイントネーション」を思い浮かべていた。もし同一人物なら、高柳の自宅へかける前に会社へ電話したことになる。

「それは聞いてみないと。でも、変に思われますよね。その人のことを大崎先輩に根掘り葉掘り聞くなんて」

「その分、松崎に調査費を追加してくれて大丈夫だから、森君、確認してくれないか」

小此木もすまし顔だ。

「そこまで頼まれるのなら、先輩にあえて聞いてみないこともないです」

とスマホを持って立ち上がった。

数分後、戻ってきた千帆美は「やった！」感を漂わせている。

「部長、よく分かりましたね。東北とかそこら辺の人じゃないかといってました。相当年配の方だったみたいです。他、調べましょうか？　そうそう、部長って考えごとをする時、指でトントンする癖ありますね」

その癖のことは中学生の頃から指摘され続けている。社会人になってからは相手に悟られぬよう直すことを心がけてきた。それが四十数年ぶりに顔を出した。

「部長のその癖を見たくて、なんでも調べますよ」

「お熱いわね、お二人さん、孫娘とじいじとの会話とはとても思えないわ」

留美子が茶化す。

「千帆美、大崎君はどこの出身だっけ?」

「それが、面白いんですよ。わたし、実家の話になって、大崎先輩に実家どこですか? って聞いたら『江戸っ子』っていうから、へー、神田なんですか? ってツッこんだら、武蔵境って返すんですよ。ネタとしていつも使ってるんじゃないかと思います。先輩だからマナーとして笑いましたけど」

武蔵境は私の暮らす調布からもほど近い東京の西の郊外。辛うじて東京の生まれなら、方言なんて北陸も東北も同じように聞こえたはずだ。

「松崎君、さっきからお国言葉に執着してるようだけど」

留美子が、我慢できないのか聞いてくる。

「そうなんだ。実は二年前、北陸のイントネーションで話す男から高柳の自宅に電話がかかってきている」

私は真由美から聞いた話を皆に伝えた。

「それなら松崎君、高柳社長の奥さんに、その自宅にかけてきた人の名前は『アンネンウイチ』じゃないかって聞かなくていいの？　そうすれば一発で分かる」

「それはそうだ。間違いなくその人は『アンネン』なんだろうが、今、真由美に話したら、その名前に辿り着いた経緯も［夜間飛行］のことも話さなければならなくなる」

私は慎重になっていた。

「あっ、待ってください。北陸といってもアンネンは富山県に独特の苗字らしいですよ。北海道、東京にもいるけど、発祥は富山県礪波《となみ》市太田地区の通称アンネンボウ」

千帆美のグーグルだ。

「そうか。ではそのアンネンさんは、富山県に特有の苗字みたいだし、仮に同一人物として、高柳社長の奥さんによると北陸訛りがある。しかもそのアンネンさんから電話がかかってきてから、高柳社長は北陸へ行っている。アンネンさんは富山在住と仮定して話を進めてみてはどうかな？　漢字でどう書くの？」

「アンは安心の安、ネンは念じるの念。安念、音は確かに関西ノリですね。そのたこ焼き屋だったら、新地の方にもアンネンみたいな。笑っちゃった大崎先輩の気持ち分かる。それにしても名のウイチもあまり聞かないし、特徴アリアリですね」

「ここまでのことをはっきりさせよう。二〇一五年の六月九日、安念氏、括弧富山括弧閉じが高柳社長に『青森の件』でといって電話をかけている。その後、電話は自宅にかかった」

小此木がまとめる。

「でも、高柳社長、どうして自分の携帯の番号を教えなかったんだろう？」

「安念氏くらいの年齢になると固定電話の方が使いやすいと考えたか、本人からいわれたかしたんだろう。自宅なら奥さんも出られるし」

「それで高柳社長は自宅の番号を教えた」

「辻褄が合うわね」

「でも、その安念さんの電話って、どの時期？」

留美子が高柳のドイツ行きの日程が書かれたメモを取り出す。

「照会してみましょう」

G　二〇一四年　五月二十三日出国／ドイツ滞在／三十日帰国
H　二〇一四年　九月四日出国／ドイツ滞在／七日帰国
J　二〇一五年　二月二十日出国／ドイツ滞在／二十四日帰国

「アルファベットが飛び飛びになっちゃってるわね。次の出来事は何を付けるの？」

留美子は思案気だ。小此木が応える。

「そうだなあ、こうして見るとややっこしいから、その都度記号を書き直そうか。時系列で早い方からA、B、C、D……」

「なら、こうね。出張は〔出張〕、そうでないのは〔秘〕を付けましょう。これに安念さんの電話の件を加えるわね」

A　二〇一四年　五月二十三日出国／ドイツ滞在／三十日帰国〔出張〕
B　二〇一四年　九月四日出国／ドイツ滞在／七日帰国〔秘〕
C　二〇一五年　二月二十日出国／ドイツ滞在／二十四日帰国〔秘〕
D　二〇一五年　六月九日　安念、東昇に電話

「この前の結論を点検しましょう。Aのドイツ出張の際に『X』が高柳社長に渡った。そして、日本国内で高柳社長があるハプニングに遭遇し、『X』の価値の大きさに目覚めて、これはドイツへ行かなきゃと思ったんだったよね。でも、富山の安念氏からの電話は高柳社長のBとCのドイツ行きの後だし、どうなの？」

「そこで、安念氏の電話の内容がどうだったかもう一度考えてみよう。安念氏は『青森の件』で社長に取り次いでくれといってきた。その『青森の件』が高柳社長にとって捨てて置けない内容を含んでいた」

小此木はグラスに氷を入れた。

「点と点を結んでみると、『青森の件』がすごく引っかかる。それが出張と偽ってドイツへ行くことのトリガーになったんじゃないか？」

私が思いつくままにいった。

「焦点はここら辺の流れね。BとCのプライベートのドイツはAの出張が背景にある」

「そのとおり。この前見たように、AとB、Cの間に海外出張はないから、高柳にB、Cのドイツ行きを決断させた原因は国内にあったと考えるのが妥当だ。その、国内で起こったことが青森マターと考えればどうだろう？　仮説の最新バージョンだ」

小此木は新たに一行を挿入した。

A　二〇一四年　五月二十三日出国／ドイツ滞在／三十日帰国〔出張〕
B　　　　　　　青森の件？
C　二〇一四年　九月四日出国／ドイツ滞在／七日帰国〔秘〕
D　二〇一五年　二月二十日出国／ドイツ滞在／二十四日帰国〔秘〕
E　二〇一五年　六月九日　安念、東昇に電話

「なるほど……『青森の件』の詳細を知るには、富山と青森、この二つの関連性を調べる必要があるな」

「調べるって、どうやってですか？」

「安念老人がどう繋がるかを探ってみることからのスタートかな」

「でも、どうやって？　安念ウイチが生きているか死んでいるかも分からないでしょう？」

今度は留美子が口を挟む。

「待ってくださいね。今グーグルでクロス検索してみますから。あと、ＳＮＳも」

千帆美がスマホをいじる。

「安念、富山っと。あっ、ありました」

と声を上げ、画面に現れた「安念」についての記事を列挙した。しかし、それらの記事は、現役のバイオリニストが出身地の高岡市でリサイタルを行った時のライブ映像、インターハイに出場した魚津市の高校生の陸上選手のリポート、南礪《なんと》市の老舗の旅館の二世経営者の地元観光産業への期待など、「富山」の記事だが「安念ウイチ」が主役とはいえないものばかりだった。もとより「安念ウイチ」はインスタ、フェイスブックにも出てこない。

「違いますね。安念、東昇エンヂニアリング……ない。安念、青森……これもない。安念、夜間飛行……もちろん、これもありません。安念ウイチ、死亡……ないです」

留美子は脇のバッグからノートパソコンを取り出す。

「こんなこともあろうかと思って持ってきた。大学の図書館にアクセスするね。えーと、朝日、読売、毎日と日経のデータベースが見られるから、検索に厚みが増すかも」

キーボードを叩くタンタンという音が大きく聞こえたのは、私たちの期待が大きかったからか。

「うーん。今、千帆美ちゃんが調べた以上のことは出てこないわね」

「やっぱりだめか……」

思わず声に出してしまう。

「ああ、そうだ！」

留美子はパソコンをシャットダウンさせながら千帆美の方を見た。

「千帆美ちゃん、今、安念ウイチ、死亡、で調べたよね。安念さん、生きているのか亡くなっているのか知る方法はあるわ」

「えー、どうやってですか？」

千帆美が間を置かずに聞く。

「富山へ行って調べる」

「現地調査ってことですか？」

「母がね、岐阜なんだけど、実家で必ず新聞に目を通す欄があるの。なんだと思う？」

「TV欄ですか？」

千帆美はきょとんとしている。

「森君、座布団三枚引っこ抜き」

小此木が笑う。

「死亡欄だな」

「そう。さすが、小此木君たちにも近い話題だからね。知り合いが亡くなったのに、知らん顔してたなんていわれるのも嫌だからって、毎日見るの」

「あれって掲載料がかかるんじゃないのか？」

私のうろ覚えだ。

「それがね、二種類あるみたいなの。囲みのは有料だけど、そうでないのもある。地方紙なら県単位の死亡した人の情報が遺族の同意を得て掲載される」

「そういうの、地方紙の購読とかしてないとネットには出てきませんね」

「それで分からなければ、石川、福井まで北陸三県に広げないといけないな」

私が呟く。

「松崎、その時はその時だ。富山へ行ってみてからだ。無駄にはならないと思う」

小此木がフォローする。

「いいわよ、わたし行く。新しい新幹線にもまだ乗ってないし」

留美子が手を挙げる。

「北陸新幹線って、どこを通るんだっけ？」

「長野までは長野新幹線、それから上越妙高、糸魚川とか。金沢が終点。富山までなら最速二時間八分です、東京駅から」

「実際はもっと壮大な構想で北陸新幹線は始まったんだよ。当初は立山をぶち抜く最短ルートで北陸と東京を結ぶことが考えられた。アルペンルートってあるだろう？」

私の知識だ。

「ああ、ケーブルカーとかロープウェイとか、なんだっけ、トロリーバスとかいろいろ乗り継いで立山を通るんでしょう？　そのアルペンルートがどうしたの？」

「あれは、立山を抜けて新幹線を走らせることができるのを証明する目的で計画されたものらしいよ。もし実現すれば、富山と東京は九十分圏内だったかも」

「へえ。どうして実現しなかったの？」

「技術や金の問題もあったろうし、自然破壊もいわれるようになったからね」

「そういうことね……昔は遠いイメージ、あったね、そっち方面だと。わたし昔、信越のスキー場へ何回か滑りに行ったことがあるわ。夜行列車で六時間ほどかかったような気がする。バス乗り継いで、志賀高原とか草津とか」

「あの頃はみんなそうだったな。夜行バスとか臨時列車で、一睡もしないで朝から滑った。身長プラス二十センチの板が当たり前だったし、重いのなんのって。今の俺ならゲレンデへ出た瞬間に救急車だ」

「だから富山、土、日にでも行ってこようかな。死亡欄もそうだけど、調査にね。なんとかなるわよ。三日間。それで収穫がなければ出直すわ」

「ねえ、千帆美ちゃん、一緒に行かない？」

「ご指名ですか！　身の引き締まる思いです、指名料は初回なので今回は要りません！　そうなると、北陸新幹線はグリーン車、ですね」

「もちろんそうよ。松崎君はそういうところは男っぷりがいいので」

「おいおい」

私が抗議する前に話は決まってしまった。

「留美子先輩についていきます。二十六日の月曜は有給取れば土日入れてまじ楽勝です、三日間」

「どうせ行くなら、二人にはもう一つ調べてきてほしい」

「もう一つ？」

「松崎はうすうす気づいている」

私が避けてきた推測を小此木は話した。

「高柳社長と安念氏の二人の事件性だ。そういった情報の痕跡が残っているかどうか。何度もいうが、あくまで推測なんだが……高柳社長には『青森の件』で安念氏から何回も連絡があった。それを受けてなのか、高柳社長は北陸へ行くといって出かけた。以後、安念氏から高柳家には連絡はない。例えば、高柳社長が安念氏から責められ、高柳社長が力ずくでその責めを終わらせた」

あくまで推測だが、私が触れたくない筋書きだ。真由美の顔が思い浮かぶ。杞憂であればいい。

「了解です。地方で起きた事件なら現地で調べるのが手っ取り早いわよ。心配の種を摘むならグリーン車といわず、グランクラスも厭《いと》わないって、頼りになる松崎君ならいっちゃうよ、ねえ、千帆美ちゃん」

「もちろんですよ」

いつも財布を入れているジャケットの内ポケットを、取ってつけたように私は力を込めて押さえた。

8

留美子と千帆美の二人から「全員集合です。こんばん八時ＴＥＬします。よろしく」というＬＩ

NEが来たのは六月二十四日の土曜だった。二人が富山に着いた初日だ。

その午後八時頃、無聊には幸い客がいず、私と小此木は通話をスピーカー・モードにして四人で話ができた。

二人は、富山駅から市電で五、六分ほどの「桜橋」の電停そばのホテルの部屋にいた。ホテル近くの「高芳《たかよし》」の鱒寿司はお土産にすでに購入してあった。四十軒以上ある中でも、酢飯の押し具合も固く頼れる味だと評判がいいらしい。

昭和二十年、一九四五年八月二日、敗戦のわずか二週間前の空襲の被害が大きかった富山市は、戦後、都市計画案を公募し、富山駅から延びる数本の市電網を核としたものが最終的に採用された。ライバルの金沢市が高度成長期初期にいち早く市電を廃止したのに対し、富山市の市電は紆余曲折はあったものの廃止されることもなく市民の足として生き永らえ、コンパクトシティの中心的アイテムの次世代型路面電車、LRTとして蘇るように脚光を浴びつつある。

二人の部屋からは、その市電の軌道とクロスする松川の土手沿いの忘咲《わすれざき》が、ビルの明かりの中に置き去りになっているのが見える。松川はもともとは神通川であり、富山城へ人と物資を運んだ。

「見つけました！　安念さんについての記事」

「すごいね、どうやって？」

「富山駅に着いたのが四時頃。あっ、新幹線の富山駅って、全体的に半端なく没個性的なんですけど、市電が駅の中に垂直に飲み込まれていくんですよ。騙される感じがしておもしろいんです。観光客、みんなめっちゃ写メ撮ってました」

「それでね、戦《いくさ》の前の腹ごしらえでもしたら？　って松崎君と小此木君の甘い声が聞こえたの。駅からはちょっと遠かったけど、繁華街の西町《にしちょう》へ移動したの。そしたら土曜なのに、ショッピングしてるとは思えない高校生らしき子が出入りしているビルがあるじゃない。なんのビルかなって見ると、『市立図書館』であった。千帆美ちゃん、これよ！　って、思わず叫んじゃった」

「はじめはケーキセットでも食べながら図書館探そうかくらいしか考えてなかったんですけど、ラッキーでした」

安念は二〇一五年六月九日に高柳に最初の電話をかけている。その後、高柳とは何回か連絡を取り合ったと推測されるが、日は特定できていない。安念が生存していたことが明らかなのは、したがって、二〇一五年の六月九日以前で、二人は手分けして六月十日以降の死亡欄を、富山県内で発行部数が一番多い北日本新聞で調べた。結果、「安念ウィチ」の死亡は確認できなかった。

「だから彼は生存してるかもしれないんだけど、小此木君の例の仮説もあるし、安念の名前を手がかりに、他の新聞でも検索と照会を重ねた」

「そしたらね、見つけたんです。有磯《ありそ》新聞って富山県の東部を中心とした地方紙の中に」

「その写メを送るからね」

スマホの画面には小さな囲み記事が映されている。

行方不明の老人遺体で発見

捜索願が出ていた安念宇一さん（八八）が業務中の電力会社社員によって上市町の早月川河

岸で遺体で発見された。安念さんは宝寿の森ホームに入所中の十二月十七日にホームを出たまま行方不明になっており、警察は散策中の事故と見て関係者から事情を聴いている。

記事の日付は二〇一五年十二月二十八日だった。

「ウイチは宇一か……この安念宇一が高柳に電話していた人物ということか」

「富山県の地方紙の記事でそれらしい人物はこの一件だけなのよ」

「他に安念宇一の記事は出てないの？」

「ずっと見てるんだけど、ないわね。この後どうなったかは分からない。自然死じゃないから死亡欄にはなかった。しかし諸君！　それで終わるような留美子さまと千帆美さまじゃあございませんよ」

「入所していたホームに行ったんだな？」

向こうで二人が顔を見合わせているようだ。

「面白くないわね、小此木君。正解です。宝寿の森ホームに行きました」

「レンタカー借りてね。千帆美ちゃん、なんて車だったっけ？」

「デミオです。部長、ラッキーでしたね！　レクサスが空いてなくて」

「突然押しかけて聞き出したのか？　どうやって騙した？　宗教の勧誘と間違われたんじゃないのか？」

「何をわけの分からないことを。そこはわたしのメジャーがものをいうのよ」

「メジャー？　物差し？」

「measure じゃなくて major。専門のことです。『主専攻』の英語」

「セイフティネットと孤独死を社会学の立場で調査している。安念宇一さんという入居者が二年前に亡くなられていると思うがその人のことを聞きたい。留美子先輩のまことしやかないい草でした、受付で」

「そしたら、院長、誰だっけ」

「佐伯先生」

「そう。アラフィフかな。きびきびしたドクターだった。紳士的に対応していただきました。大学の肩書きも使えることがあるのよ」

「で、新しく分かったことある？」

「いいえ。院長の話は、安念さんは売薬の仕事をしていたとかの一般的なことだけだった。でも、ここで意外にも――」

「わたしたち、どうにも残念そうだったんでしょうね。おじさま族って従順ないい子ちゃん。なんなら安念老人のことをよく知る看護師に会ってみますか、なんていわれちゃいました」

「それで？」

「いや、話はここまで。千帆美ちゃん、その看護師さん、なんて名前だった？」

「えーと、黒牧さん」

「彼女とは明日会います。報告は東京に戻ってからになるかな」

「留美子、名刺は持ってる?」

「もちろん。準備万端。百枚くらいはあるわ」

「千帆美君は怪しまれてないのかな?」

「こっちも問題ありません。今年大学に入ったばかりのぴちぴちの一年生ですから。留美子先生の助手ということで。だから、わたし、去年までJKだったんですよ、困っちゃいますね」

「そっちは暑いの? まだ六月下旬なのに」

「そんなことないですよ。でもなんでそんなことを聞くんですか?」

「いや、脳のシナプスが暑さで溶解したのかと思って」

「失礼ですね。留美子先生、こんな人たちは放っておいて、そろそろ飲みに行きましょうか?」

「いいわね。白エビにホタルイカ。新鮮《キトキト》さんたちがお待ちかねよ」

弾んだ声で通話は終わった。

9

帰京した留美子と千帆美を交えて七月一日に無耽に集まった。

容子はちょくちょく出かけるようになった私をどう思っているのだろう?

「亭主元気で……」。コマーシャルフィルム——消えてなくなるメレンゲのような刹那に世相をどう映し出すか。人々がどのように世相を捉えているか。その感性を競う時代があった。十五秒、三十秒の勝負だ。「モーレツから――」「日本の夏――」「はっぱ――」……学校で、職場で、高度成長の波に飲まれないよう声をかけ合う漂流者のように、そうしたフレーズは広い世代の会話の中に溢れていた。

「……留守がいい」。私を素っ気なく玄関で見送る容子も、紛れもなく私たちの世代だ。

無耽で全員が揃うと、留美子はキャメル色のトートバッグの中から、パソコンとICレコーダーを「商売道具よ」と笑って取り出した。

テーブルには封を切られた手取川《てどりがわ》の古古酒《ここしゅ》の七百二十ミリリットルの瓶が置かれている。二人が買ってきた、能登杜氏が低温で三年間熟成させた大吟醸だ。

「看護師さんとの会話の録音？」

「そう。もう一人の分もあるわ」

「もう一人？」

「聞けば分かる。今日はデータで聞くわね」

留美子がパソコンを立ち上げ、ファイルをクリックすると、中年女性の声が聞こえてきた。

「サッシ開けるといい風が入るでしょう？　夜なんか、八月でも寒い時がある。ここら辺は昔から加積野《かづみの》っていわれてて。縁起のいい地名でしょう、加えると積む」

「それに、山にも海にもすごく近いですね。こういうとこ、そうはないですよ、全国に」

「立山からの雪解け水が地下水になっとって、水もいいし。いいとこなんだけど……ここで生まれても仕事とか学校のこととかで地元を離れる人が多くて、年寄りだけが残って増えてるがです。私もその一人だけど」

「いいえ、黒牧さんは充分お若いですよ、お顔も雰囲気も。それでですね、えーと、黒牧さんは長い間、宝寿の森ホームに看護師として勤められてたんですよね」

「ええ、学校出て准看の時からだからかれこれ四十年。昔は老人だったらよぼよぼで腰も九十度に曲がった農家の人が大勢おられたね。今はしゃきっとされてる人も多くて、まあ、元気だし、やかましいし、いろいろあるちゃね」

「今日伺ったのは、先ほど触れましたように安念宇一さんの亡くなられた前後を調査したいからです。宝寿の森に伺ったところ、佐伯院長から黒牧さんをご紹介いただきまして。黒牧さんは安念さんのご担当だったということですが」

「ああ、安念さんね。そのことで来られたがやね。三年間ほど、担当というよりかは、安念さんには気に入られてたみたいで。介護士でもないんだけど、公認で」

「端的にいって、安念さんはどんな人でしたか？」

「やんわりとしたおじいちゃんでした。でも歳が歳だから糖尿とか肝機能障害とかは持っとられました。ほんと無口な人でねえ、わたしがいろいろ聞かないと向こうからはあんまり口を開かれませんでした。それでも気が向くとぼそぼそと、自分のことはたまに話されたねえ」

「現役の頃は売薬をされていたと聞いたんですけど、ご家族は病院に顔を出されてましたか？」

「それがね、奥さんを三十年ほど前に交通事故で亡くされて、独り身で気軽なもんやちゃと話されてたねえ。お子さんもおられんみたいやったし。売薬の仕事を十五年ほど前に辞めてその権利とかも売ってホームに来られたらしいけど、蓄えもだんだん減ってきているし、今の世の中、長生きはするもんじゃないちゃと心配とか愚痴をね、聞かされることもありました」

「他に安念さんを訪ねてくる人はいませんでしたか?」

「訪問者はおられんかったけど。そういえば、失踪される半年ほど前から、夜、病院の公衆電話で長々話されているのを何回か見かけて、女の人け? って聞いたら、わしの女の人は黒牧さんだけやちゃと、無口な割にそういう冗談は、男の人はいくつになっても——」

「誰との電話かは聞かれてないですか?」

「ええ、聞くのも悪いかなと思って、こっちからは聞きませんでしたし」

「長電話は以前にもありましたか?」

「もちろん電話とかはたまにはかけとられたけど、あんな長いのはなかったわね」

「長電話をするような友人とか知り合いのことは話されましたか?」

「そうやね。一番気の合った男の人がいて年に一回温泉旅行をするのが慰めだといわれてた」

「温泉旅行ですか?」

「ほんとは二人が住んでる場所の中間のとこで会わないとダメなんだけど、向こうは社長さんだから甘えて、半分のとこより富山にずいぶん近いとこで会ってるというようなことはいわれてた」

「富山に近いところ? それはどこだったんでしょうね」

「いつも買ってこられるお土産からすりゃあ、赤倉だと思います。時期からいえば毎年秋頃かね」

「赤倉?」

「ええ、温泉の赤倉、新潟の」

「そうですか。安念さん、その旅行を楽しみにされてたんですね……」

「そうや、年に一度の大イベントだったわけだちゃ」

「その友人の方は、ひょっとして青森の人とはいわれてなかったですか?」

「青森? うーん覚えとらん。聞いたような聞かないような……ごめんなさい」

「いいえ、いいえ、どうかなと思ったものですから」

「青森と富山の間でずいぶん富山寄りだとしたら、赤倉はピッタリかもしれんねえ」

「なるほど……そうかもしれませんね」


ふと、風が透る。レースのカーテンの揺れる音が半夏生《はんげしょう》の小川のせせらぎのように聞こえる。


「話は変わりますが、安念さん、亡くなられたのは事故らしいですが、状況はどうだったのかはお聞きになってますか?」

「そのことですか? えーと、東滑川《なめりかわ》署の吉枝さん、古株の刑事さんがおられてね。その人が教えてくださったんですけど、直接的な死因は脳挫傷だったということです。冬だったもんで、外出してホームに戻られる道を誤ったか滑ったかして道路脇に転落したのではないかということでした。持っとられたものは、財布とか腕時計とか、わたしが確認しました」

「他に外傷とかは無かったんでしょうか？」

「さあ、そこまでは刑事さんからは……詳しくは知りませんけど、警察の調べだから」

「そうですね、警察には鑑識や検死の人もいるでしょうから……それはそうと、内科系の病気以外で、例えば安念さんには認知症とかはなかったんでしょうか？」

「いいえ、そちらの方はしっかりしとられました。でも、そういわれると、歳が歳だから、やっぱりね、帰れなくなって焦られたかもしれんね」

「そこのところは警察ではなんと？」

「それについても断言はされんかったけど、ホームに入居されてる老人だし、まあ、道を見失って道路脇で倒れた、それとも、道路脇の雪に足を取られてそのまま滑って落ちられたのかもしれんし。ただ……」

「ただ？」

「ただ、あの日出かけられる時、背広にネクタイされてオーバーも着られてて。病院の玄関でちょうどばったり会って、おめかしやねと揶揄《からか》ったんで覚えているんです。古いけどピカピカにした革靴も履いとられたから。長靴の方がね、危なくなかったのにねえ」

10

留美子は音声データを止めた。

「あとは、山菜の保存とか魚津で獲れる魚のさばき方とかみそ汁の具はキュウリがおいしいとかのガールズトークみたいなものだから、黒牧さんのインタビューはここでストップするわね。ジャーン！　それでね。もう一人が登場するわけです」

「刑事にも会ったのか！　さすが仕事が早い！」

「小此木君、先回りはダメダメ。情報を小出しにするというレポーターの役得を奪わないように」

「そうですよ。鋭いのって小此木さんの枕詞なのは認めますけど。この看護師の黒牧さんが元刑事の吉枝さんの連絡先を教えてくれたんです。携帯の番号を。それで、黒牧さんの名前を出して安念さんのことでお話を伺いたいと連絡してみたら、最初は渋ってたけど、そこは蛇の道は蛇？　ちょっと違うか……退職後だから話したいんじゃないかとの気持ちを留美子先輩が今度も巧みに引き出して、会いに行くのを許してくれたんです。留美子先輩はすごいんですよ、相手にお願いする時のタイミングの緩急がピタッと嵌まってて、夜の六本木でも充分生きていけますよ、ね！」


吉枝元刑事の家は黒牧瑛子の家から車で二十分ほどの立山町五百石《ごひゃくごく》にあった。片側一車線の町道は稲穂の青々とした実りの中に延びていた。薄暑の立山連峰の稜線が地平を飾っている。

吉枝は玄関横の小さな畑で草むしりをしていた。使い古した麦わら帽にシャツ姿の吉枝には、熟練の刑事だったことを窺わせるオーラは微塵もなかった。しかし、視線には鋭さの残滓《ざんし》があった。

旧い農家らしく、漆が塗られた欅《けやき》の柱や太い梁《はり》が組まれた天井を持つ土間は奥行きがある薄暗さで、上がってすぐの和室には囲炉裏が切ってあった。二人は奥の客間に通された。客間は昭和の応接間の風情で、新建材の壁際にはレースのカバーがかかった家具調のレコードラジオプレイヤーが置いてある。

「安念さん、そうそう安念さん。かわいそうなことをされたね。ま、一人であぁいった風には死にたくないっちゃね。あっ、これは個人の感想だちゃ。安念さんが亡くなられた後も、黒牧さん、自分の身内みたいにあちこちと折衝されたりして」

音声データには飲み物を注ぐ音が混じった。

「冷たい麦茶でした」

千帆美が気を利かせた。録音が続く。

「亡くなったのは一昨年の暮れやちゃね。自分の退職の前の年やちゃ。でも、あんたさんたち、安念さんのことはどうやって？」

「社会学の調査で取り上げた時に知りました。施設に入居されていても孤独死の現実があることを調べたいと思いまして。研究テーマなので。仕事です」

「そんながですか……。鑑識に回して調べさせました。事件、事故の両面から。その結果、本人の着衣にも体にも、指紋、本人以外の血液、毛髪、皮膚片はともに検出されなかったし、致命傷となった頭蓋骨の裂傷も倒れた時のものとの大学病院の検死の結果だったしね。遺体が見つかったとこは車の中からは見えにくい斜面の影の部分で、電力会社の人が道路から覗き込まれんかったら発見されとらんね。高齢でここ何十年かはホームに入居されての生活で、怨恨、金銭、痴情の線もなさそうだし、所轄としても事故として処理するのが妥当と判断しました。所持品も黒牧さんに見せたがですけど、時計とか貴重品も無くなってはいないとかでね、現金も三万円そのまま財布に入っとったし」

「黒牧さんの話によると、ネクタイしてスーツを着て出かけたということでしたが、誰かと会う約束だったのではないでしょうか？」

「ああ、背広とネクタイね。年取って、気分が滅入った時、オシャレして出かけたくなったんだろうということになってね。貯金も残り少なくなってきて。本人はあの歳になって、心細くなっていたでしょうからな」

「お身内もいらっしゃらないし」

「えーとね。奥さんの方は交通事故で亡くされてて。ずいぶん前に。昔売薬されてた時の同業の人の話だと、居眠りのトラックと奥さんの軽四が正面衝突だったもんだから、軽四は一たまりもなくぺしゃんだね。今の人は分からんかもしれんけど、昔はよく交通戦争っていわれて。安念さんの奥さんの場合は、今なら運転手に過労をさせてた運送会社の責任が問題となるだろうけど、あの時代だからね、賠償金と慰謝料がその大手の運送会社から出ただけで、会社としての正式な謝罪はないって、安念さんは怒り心頭だったそうだね」

「そうなんですか。安念さんにしてみれば、さぞかし悔しい思いをされたんでしょうね」

「そんなが。そっからは独り身だっちゃ」

「吉枝さん、安念さんのその他の縁戚や交友関係についてなんですけど」

「えーとね、奥さんの血縁の方はもう残っておられん。安念さん自身には、とっても遠い親戚はおられたかな。でも連絡はつかんかったらしい。墓は先祖のがあって納骨はホームが金出して、黒牧さんがされたのかな、偉いちゃ。友人の方は昔の売薬仲間だけで、それももう亡くなられた人ばっかりだったし。そこら辺は調べたんですが、定期的に会ってたのが一人おられただけで」

「黒牧さんからもその方のことは聞きました。年に一回新潟の赤倉温泉で会うことを楽しみにしていたとか」

「よくご存知ですな」


ここで再生を止めた。

「安念さんが高柳社長の会社に最初に電話してきた時、『青森の件』でっていったわけでしょう？だから、安念さんのその親友って、ひょっとして青森の人ではないかってよっぽど聞こうかと思ったんだけど、なぜそれを知ってるのかってなりかねないから。それで刑事さんの口からいってもらうことにしたわけ」

再生を続ける。

「その親友の方については、警察では？」

「うーん、青森でスーパーを経営されとった人なんだけど、名前が思い浮かばんな。同じ年代の人で、安念さんとは手紙でやり取りされとったそうです」

「その人だけだったんでしょうか、安念さんと最近まで定期的に付き合いのあった方は」

「ええ、そうですちゃ。名前が思い出せん。はがやしいな。おーい。お母さん！　ノート持って来てくれんか

「奥さんのことです」

と千帆美。

「奥さんが何冊かのノートを持って来るまで、大学でのことを聞かれたわ。さりげなくではあったけど。習い性なのか、きちんと身元の確認をせずにはいられなかったのね」

と留美子。ノートをめくる音の後に吉枝の声が続いた。


「これこれ。安念さん。安念宇一、昭和二年十月三十日生まれ、本籍地、富山県婦負《ねい》郡杉原村大滝……。今は個人情報もあるから、自分のような公務員は格別気を付けないとって思っとんがですけど、一方でなんにも残らんようだったら、自分の刑事としての仕事はつまるところなんだったんだろうと、それも嫌で。まあ、走り書きみたいなものだったら後で思い返すこともできるし、ノートにね、自分が関わった事案のことだけ。大学の調査だとかだから、教えますちゃ。

次に、あー。その友人というのが、青森の人の外崎《とのさき》栄吉さん。スーパーチェーンの社長さんで青

森の十和田市の商工会の理事をやっとられた人。この人もね、一昨年の五月四日に死亡されとりますな、連休中だね。病死ですな。この二人は戦後すぐからの知り合いということだから、かれこれ七十年近くの付き合いだそうで、そんな長い付き合いの人もいなくなって、安念さん、気落ちされたんじゃないかな。年取るとだんだんと寂しくなっていくもんやちゃ」

留美子は再生をここで止めた。

「この後も引き止められて。社会学ってどんな学問だとか、老人の孤独死なんて十人十色じゃないかとか、いろいろと聞かれて、あげく奥さんも親切に夕食を食べていきなさいって、それを振り切るのに時間がかかった」

「わたしもです。生まれはどこだとか、体格いいけどスポーツ何してるとか、深夜のスナックでバイトしたらダメだとか。深夜のスナックですよ！」

千帆美がしかめ面をして話す。

「いっそのこと泊まればよかったのに」

私が茶化すと、

「無理無理無理無理」

勢いよく手が左から右へと振られる。

「まあ、でも、親切な元刑事さんだった。小此木君がいうように現地へ行って進展があったわね。北陸全般に調査を拡げなくても、この安念さんだと特定してもいいことが分かったし」

留美子が納得するようにいった。

「そうだな。青森について調べる取っかかりもできた。十和田市の商工会の、えーと」

「外崎さん」

「その外崎氏。その人のことで安念氏から高柳社長に電話がかかってきた」

「純粋に仕事の話なら、自宅にかけてくれなんて高柳社長もいわないな、やっぱり」

「なるほどですね。だったら、内容は会社の業務そのものではないにしろ、やっぱ高柳社長にとってあんまりハッピーじゃないこととか？」

千帆美が聞く。

「高柳社長にとっては切実なことだった……」

留美子がぽつんと呟く。

私は高柳の妻の真由美に触れた。

「高柳は二回北陸へ行ってる。一昨年のお盆とその年の冬に。真由美は、家族三人の想い出の場所を訪れたかったのかとも考えているみたいだけど、一人旅だ」

皆がそれぞれの考えを追っているように思われた。オープン・カウンターのキッチンではシェフの手さばきが小さいエコーを作っている。

「やっぱり難しいわね。富山の安念さんと青森の外崎さん、それと高柳社長が一本の線で繋がるのは分かるけど、はたしてその線の先に「夜間飛行」が待ってくれているかどうかも分からないわけでしょう？」

「うーん。次から次へと謎は膨らむ一方だ」

私も気がかりだ。

「ただ、行き止まりにはなっていない。膨らむということは出口がどこかにある可能性も高まっているということだ。それが救いといえば救いかな。さてと、今度は安念さんが電話でいった『青森の件』がどんなことなのかを本格的に探る必要が出てきた」

小此木がさらりと口にする。留美子がすぐに反応する。

「安念さんは、『青森の件』といえば高柳社長は分かると会社の人にいったんでしょう？　とすれば、高柳社長と青森とはどこかで結びついていることになる」

「青森といえば、うちの会社は古くから青森に子会社に近い生産拠点を持っている」

私はいった。

「えっ！　東昇には青森に取引相手がいるのか？」

小此木の化学反応だ。

「それなら、外崎さんの『商工会』の出番だわね」

留美子が続く。

「うーん。どうかな？　東京の本社と青森の関連企業——でも、その周辺で安念氏がヤバいことを知り得るかな？」

私の疑問だ。

「不正経理とか、オペレーションに関しての隠蔽工作とか？」

千帆美が口元に手をやる。

「そのことを十和田市の商工会の、えーと」

と留美子。

「外崎さん」

千帆美が受ける。

「外崎さんが嗅ぎつけて、温泉で会った時に親友の安念に教える」

「それは現実的ではないだろうな」

私はあり得ないことだと思う。

「えっ、現実的ではない？」

「うちの会社に関して、その外崎という十和田の商工会の人も知り得る情報なら、俺も含めてもっと多くの間で拡散していてもおかしくはない。万一、証拠らしきものを握っていたとしても、外崎が年に一回会うだけの安念にそういった情報を教えることはないのでは？　外崎と安念の二人の間でそれらしい話が出たとしても噂話程度じゃないかな。聞いた安念も、それをネタにして大企業の社長を相手に事を仕掛けようとは思わないよな」

「なら、安念さんが高柳社長に電話までした『青森の件』って、いったい？」

留美子が考え込む。

「でも、どうやって高柳社長は青森や外崎と関わることになったんでしょうかね？　高柳社長が仕事で青森へ行くことがあったとかかなあ。今度は青森出張を――」

千帆美が何気なくいいい、直後に（しまった！）という表情を見せた。

「いやいやいや！　まじ今のは聞かなかったことにしてください」

私たち三人はガラス細工に触れるように彼女を見ていた。

「すごいね、千帆美君、それだよな、やっぱり！　自分から今回も調査を申し出るなんて」

「あの、嫌がらせ、止めてもらえませんかね」

「松崎がまた財布を出そうとしてるよ、千帆美ちゃん」

「そういうことなら、はいはい、分かりました。調べればいいんですね、調べれば！　えーと、社長のその近辺の出張ですから、やっぱり大崎先輩しかいませんよ、頼れるのは」

「業務日誌の件もあるしね」

「心配なのは、大崎先輩、ディナーは高級店しか行かないって最近いうようになったんですよ。広尾のフレンチとか。困っちゃいますね」

　今度は私に視線が集まる。

「でも、広尾の高級フレンチならいくつもあるから、松崎部長、心配される必要ないです。では、明後日か明々後日には答えを領収書と一緒に持ってこれると思います。あっ、レシートでもよろしいでしょうか？　わたし、どちらでも全然ＯＫなので」

第三章　仮　説

1

毎年夏に、無耽の小林オーナー夫妻は視察兼勉強の名目でスペインに旅行する。

「店の経費で落ちるは落ちるんですけど、どうしてですかね、自費で行かないと成果がないような気がして」という神妙な前置きとともに、出発前は気心の知れた常連には旅程を伝えるのが恒例となっている。今年は私たちもその常連に加わった。七月二日から五日間とのことだった。

その間は集合場所として無耽が使えないので、私たちは紀尾井町のホテルの庭に面したラウンジで七月三日に落ち合うことにした。高いガラスの窓一面に近江彦根藩主の中屋敷だった庭園が広がり、細い雨が藍を流すように新樹を色濃くしている。

「三年前、二〇一四年の六月から九月の国内出張はこれだけでした。わりと少ないですね」

六月五日　博多
六月二十日　名古屋

七月一～二日　青森
七月二十日　名古屋
八月二十～二十一日　長野

「あるわね、青森」

留美子のアルトがじんわりと上がる。

「ドイツ行きを加えるとどうなる？」

小此木は高柳のドイツ行きの旅程などを記した紙を出し、一行書き加え、表記も改めた。

A　二〇一四年　五月二十三日出国／ドイツ滞在／三十日帰国　＝出張
B　　　　　　　七月一～二日　＝青森出張
C　　　　　　　九月四日出国／ドイツ滞在／七日帰国　＝秘
D　二〇一五年　二月二十日出国／ドイツ滞在／二十四日帰国　＝秘
E　　　　　　　六月九日　＝安念、東昇に電話

「短いな、一泊二日って」

「短いながらもこの青森出張中に、お忍びのドイツ行きを決意させるドラスティックなことに遭遇した。青森出張のことが分かれば、いくつかの点を複眼的に結べるかも」

「この出張の内容ですけど――」

千帆美に注目が集まる。

「やっぱり調べないといけませんよね。松崎部長、どうしましょう。あの、今日、ミシュランのガイドブック持ってきてないんですけど」

「ああ、大崎さんだっけ、会社の先輩からの情報収集ね。任せなさい、ここに生きたミシュランガイドがいるから」

留美子はもう私を見ずにいった。

「違いますよ。松崎部長はわたしにとってプラチナカード付きのミシュランガイドですよ」

「おいおい、これ、何ハラ？　パワハラとモラハラが一緒になったやつ。パラハラ？」

私は留美子と千帆美をできるだけ慈悲深く睨んだ。

「ワッ、ひどいですね、ブラックカードじゃなくってプラチナカードにしておいてあげたのに」

さりげない微笑を私に返してくる。

「だから、千帆美君、青森出張の内容も頼む。国内の出張と一緒に調べてもらう手があったんだけど、青森への出張が実際あったかどうかの確認が先だったので、手間だけど」

小此木が軽く頭を下げる。

「分かりました」

千帆美は勢いよく答えた。

「その他の問題点もまだいくつかあるな。立ち戻るようだけど、その一つが、高柳が安念氏と会って起きたこと。そこがはっきりすればいいんだけど。今はまだ無理かな」

私は声を顰《ひそ》める。

「断定はできないな。今のところは状況証拠の、しかも入り口に過ぎない」

「警察に情報提供するほどでもないしね」

安念氏の死亡に関わった元刑事に会った留美子は現実的なことを考え始めている。

「もちろんそういう段階《フェーズ》ではないな。……情報提供なんですが、ある人が亡くなる直前に［夜間飛行］といい残し、その意味を探っているうちに、その人と亡くなった安念宇一さんとの関わりが浮かんできました、証拠は二の次ですけど……なんてことはいえない。終わった捜査《クローズドケース》だし、まずは［夜間飛行］を追いかけて、全貌が明らかになってからにしよう」

「今は保留ですね」

「もちろん。それ以外のオプションはないだろう」

「高柳社長の一連の足取りね。せめてメモのようなものでも残してくれていれば」

「妻の真由美によれば、そういうものはないし、会社関連のは近藤が処分したらしい」

「微かでもいい、傍証になるものがあれば……とにかく探そう。例えば手がかりとして、安念氏がいたホーム、宝寿の森ホームだっけ、そこ、街の中なの？」

「いいえ違うわね。だよね、千帆美ちゃん」

「ですね。最近は住宅とかも増えてきているみたいですけど、まわりは田んぼで、のんびりしたなんにもないところって感じでした」

「となると、高柳社長は安念宇一にどうやって会いに行ったんだろう?」

「ああ、足のことね。わたしたちはレンタカーだったけど」

「なるほど。病院の前にはバス停があるけど、高柳社長もバスは使わなかっただろうな」

「慎重なやつのことだ。バスはもちろんタクシーだって考えられない。ホームの外で会うにしても同じだ」

「とすると、やっぱりレンタカーの可能性が一番高いわね、でも、まさかレンタカーの営業所に聞いてみるんじゃないわよね」

「富山県内にレンタカー会社っていくつあるんだ?」

小此木が誰にともなく聞く。

「星の数ほど、みたいな」

千帆美がすぐに答える。

「富山県内だけじゃない。石川とか新潟のレンタカーも考えられる」

私が問題提起する。

「だいいち、捜査機関ならともかく、われわれなんて相手にされないよ。そう考えると、直接レンタカーのことを調べるのは無理だな」

「一つの問題が片づきそうになると次の問題が持ち上がるわね」

「まあ、今日はこれくらいにして、あとは高柳社長の青森出張についての千帆美ちゃんの調査結果を待とう」

無耽であれば、代金はテーブルで千帆美を除いて均等に割り、誰かが集めることになっている。しかし、さすがにホテルのラウンジで小銭をちゃらちゃらさせて払うのも大人げなく、私はみんなに断ってカードを使った。暗証番号を打っている時、留美子が興奮して叫んだ。

「これよ！　これ！　カードの記録！」

「いや……高柳社長はやっぱり現金だったんじゃないかな。それこそ慎重を期して」

小此木の一言で留美子の期待は萎《しぼ》みかけた。

「金の出し入れには敏感な高柳のことだ。明細、残してるものがあるかもしれない。確認してみる。真由美からもそれらしいことを聞いたような気がする」

別れ際、私は留美子を慰めるようにいった。

2

ニューオータニで集まった四日後の七月七日、私は真由美に電話し、クレジットカードの利用明細が残っていないかを尋ねた。思ったとおり真由美は警戒している。私は遠慮がちにいった。

「確か、残されたものの中にカードの明細があるって聞いたと思うんだけど」

「ええ。彼専用のが何年か分」

クレジットカード会社では、通常のカードの他に同一名義で追加のカードを発行することがある。別口座で決済するカードで、ビジネスアカウントなどと呼ばれている。高柳専用とはそうしたカードのことだろう。

他のメモ類はシュレッダーにかけていた高柳は、使っていたダイナースカードの利用明細は経費に回す必要があったのか、習慣なのか、辛うじて残していた。それを見せてほしいというのは、状況が状況とはいえ財布の中身を見せろというのに等しく、気が進まなかった。だが、状況が状況だ。真由美の心理的抵抗を受けない程度の質問を重ねていくしかなかった。

「クレジットの利用項目でレンタカーはない?」

「レンタカー?」

なぜレンタカーなのか、とは聞かれない。

「高柳の行動が分かるかもしれない」

「ふーん。いつ頃の?」

「一昨年、二〇一五年だな」

「んーと、レンタカーはないわね」

「そうか……」

この落胆はTVのサスペンスドラマで刑事たちが毎回序盤に味わうものに似ている。

「レンタカーの明細はないけど……えーとね、それらしいものが一つある」

「えっ、何?」

「七月四日、楽日トラベルで五千四百円使っている」

「楽日トラベルで五千四百円?」

その七月四日の決済は時期からいって、高柳の一回目の北陸滞在中のものであり、お盆に北陸へ行くための予約と考えられた。五千四百円という金額からすると、ビジネスホテルかレンタカーか。

「他にホテル利用代金はない？」

「一昨年でしょう？　ないわね……そういえば、あの人どこに泊まったんだろう。出張じゃないから経費は使えないだろうし」

私は考えを巡らしていた。高柳が私たちの推測どおり安念にしつこく責められていて、彼と話し合う必要があったからだとしたら、ホテルも交通機関もレンタカーも証拠を残さず全て現金で払ったはずだ。なぜ、楽日トラベルの五千四百円だけカードで決済されたのか？

「ありがとう。また聞くことがあるかもしれない。その利用明細、取っておいてくれないか？」

真由美は「分かりました」とはいったが、現物を渡すとはいわなかった。いろいろな思いがあるのだろう。

3

「無耽に集合。小林さんもスペインから戻ってきてるし。気を利かせてシェリー、あっ、本場スペインじゃシェリーとはいわないか。なんとかのワインを買ってきてくれているかも」

「ビノ・デ・ヘレス、アンダルシア地方のヘレスのワインだ」

私たちはビノ・デ・ヘレスの豊饒さへの期待を抱いて七月九日の日曜に集まった。

「うーん。ますます渡辺真知子だわ」

楽日トラベルの五千四百円についての私の報告を聞いた留美子の感想だった。

「わたなべまちこ？」

千帆美が首を傾げる。

「〜迷い道くーねくねー」

「？？？」

小此木は私が疑問に思っていることに一つの答えを出した。

「それは、クレジットカードは使いたくなかったが、使わざるを得ない状況だったからだろう」

「使わざるを得なかった？」

「一番考えられる可能性としては、予約できるレンタカーが残り僅かになっていたことだ。ホテルの部屋ならいくらお盆の時期でも、カプセルホテルから高級旅館まで一部屋くらいはなんとかなるだろう。しかし、レンタカーはそうはいかない。店のロケーションもあるだろう。お盆に当たるから、事前に決済しないといけないレンタカーしか残っていなかった」

「東京に住んでて普段運転しない人なら、大きなワンボックスカーとかは避けるでしょうし」

千帆美が呟く。

「足がないと不便どころか安念氏と会うことすらできなくなる。必死で見つけたレンタカーだ。記録が残るリスクはあるが、カードを使って事前に決済したんだろうな」

「考えられるな……」

「さて、楽日トラベルのも加えて、これまでの情報を時系列に並べてみよう」

小此木はメモを書き改め、皆に回した。

A　二〇一四年　五月二十三日出国／ドイツ滞在／三十日帰国　＝出張
B　七月一～二日　＝青森出張
C　九月四日出国／ドイツ滞在／七日帰国　＝秘
D　二〇一五年　二月二十日出国／ドイツ滞在／二十四日帰国　＝秘
E　五月四日　＝外崎、死亡
F　六月九日　＝安念、東昇に電話
G　七月四日　＝楽日トラベルでレンタカーを予約か
H　八月お盆　＝北陸行き（一度目）
I　十二月　＝北陸行き（二度目）
J　十二月十七日　＝安念、ホームから失踪
K　十二月二十六日　＝安念、遺体で発見

「二〇一五年八月の一度目の北陸行きではレンタカーを借りて、十二月の二度目では借りなかったのかな？」

留美子が呟く。

「いや、借りただろう。でも二度目は冬だし、予約状況は厳しくなかった。一度目みたいにカードは使わず、現金で払った」

「えっと、わたしも重大報告が二コあります」

千帆美はうずうずしている。

「どうしたの千帆美ちゃん？　式いつ？　それともできちゃった？」

留美子は驚いたふりをする。

「はい、相手は一般人です……って、ボケツッコミじゃないんだから」

とロをとがらせて、

「一コめですけど、高柳社長の青森出張が確認できました」

「千帆美君、お手柄だな。で？」

「智子先輩に調べてもらったんですけど、十和田商工会創立五十周年記念祝賀会で講演という出張報告書が出ていました。報告書は同行した近藤室長が起案していました」

「なるほど。その祝賀会が高柳社長と商工会理事の外崎氏との繋ぎ目だったんだな」

小此木がいい、続ける。

「よし！　これで高柳社長と外崎氏、それに安念氏が結びついた。十和田の商工会の祝賀会に講演を頼まれて青森へ出かけた高柳社長は、外崎栄吉に会ったんだ。そこで高柳社長と外崎のやり取りがあった。その後タイムラグはあるが、外崎の友人の安念宇一がしつこく高柳社長を責めた……」

「構図は朧気ながら見えてきてる気がするけど。東京の高柳、青森の外崎、富山の安念の三人と

［夜間飛行］とがどうやって結びつくんだ？　三人のうち二人はけっこう高齢だし、イメージ的には異次元のものだろう。高柳と外崎は年齢もタイプも生きてきた世界も違う。その二人が祝賀会で偶然会ったくらいで親密になるもんだろうか？」

私は分からないと思った。

「異次元、それもそうだ」

小此木が相槌を打った。

「だとすると、まず、外崎という人のことを調べてはどう？　今度は誰が行くの、青森に？　安念さんの場合とは違って商工会と分かっているから比較的難しくないかも」

成功体験は人をリーダーに育てる。富山へリサーチに行った成果が長澤留美子を自信に結びつけているようだ。

「今回は男子に行ってもらおうかな」

小学生の女子が学校の共同作業の割り振りをする口調だ。半世紀前もそうしていたんだろう。

「おいおい、男同士でみちのく二人旅をしろと」

思わず私は呟いた。

「ピンポーン」

留美子が応える。

「みちのく二人旅とかピンポーンとか、このやり取りにも超年季入りっぱです」

千帆美が笑う。

「そうと決まれば早いうちがいいな。松崎、どうだ、水曜あたり青森へ行くか？」

小此木は乗り気だ。東北への小旅行も気晴らしになる。魅力的だ。

「大丈夫だ。ＩＣレコーダーは自分のを持っていく」

「それがいいわね。でも、お二人さん、今度は社会学の研究って口実は使えないんじゃない？」

「そうですよ。ぼろが出るかもしれませんよ」

「商工会の人が相手だからな」

「そうだな。それなら、亡くなった高柳社長の足跡を追うように東昇から頼まれたというストーリーだな」

「考えようによっては本当のことだからなあ」

小此木と私はすでに段取りを考え始めていた。

「千帆美ちゃん、で、もう一つの報告は？」

千帆美を急かす。

「はい。前に部長に頼まれてたことです。遅くなりましたけど、近藤室長の車の件で。駐車場で見かけたんです。色は青でした」

「えっ、どういうこと？　まさか例のレガシィじゃないでしょうね」

留美子は忘れていない。

「なんですか？　レガシィって」

私は無耽の帰りに二度ほど青いレガシィに後をつけられたのを留美子が目撃したことを話した。

「ひょっとしてこの車？」

検索して出てきたネットの画像を留美子は千帆美に見せた。

「そうですそうです。こんな感じでした。いやらしいですね、やっぱり。おかしいと思った」

「でも、最近はそれらしい動きはないぞ」

「それはそうですよ」

千帆美は頷く。

「ん？　どうして？」

「近藤室長、九月からシンガポールの事業所長になるんです。もう舞い上がってますよ」

近藤亮介は粘着質だ。近藤も近藤なりに探っていたのだろうが、しかし一人で調べる限界もある。それに、彼自身は論理的にではなく直情的に行動するタイプだ。そこへ栄転の話が降って湧いた。不確かな明日より手に取れる今日が大事だ。諦めるのも早かっただろう。近藤の情報収集への偏愛は、人事に対する価値観のファンダメンタルを構成している。人事考課が、組織の大きさに関係なく根本的な問題点を抱えているのも事実だ。人気企業で毎年数百倍の競争率を突破して入社する社員の中でトップやその周辺に残るのは、なぜこの人物が？　と周りが不思議がる者たちだ。エリートを集めた組織の頂点に辿り着くのはKING OF KINGSと称することが憚られる人物の場合が多い。超優良といわれる企業で繰り返される大小の不祥事。マスコミの前で薄くなった頭を下げるトップに襲いかかるカメラのフラッシュの嵐。あの人がトップだったらこうはならなかったと社員たちが悔しがる人選は日常茶飯事だ。齟齬がどのようにして生じるのか……「慕われている」や「尊敬されている」という項目は人事考課では後回しにされる。「妬《ねた》まれている」や「嫉《そね》まれている」という項目と表裏一体だからだ。中小企業ではもっとひどいところもあるだろう。小此木も経験したことだ。ハーバード・ビジネススクールのクレイトン・クリステンセンは「イノベーションのジレンマ」を論じている。企業が大きくなり、安定すると、自らの成功の源泉だったイノベーションを保守的に否定することになる、という説だ。イノベーションだけではない、「人事のジレンマ」も宿命として組織は抱える。近藤の昇進は東昇の慣例に添っている。

「ブルーのレガシィが登場するシーンはもうないな」

「夜間飛行」探しの旅のきっかけを提供してくれた留美子の不満げな顔を見て、私は近藤案件の終息を告げた。

スペインに行っていた無耽のオーナー夫妻が買ってきてくれたのはシェリーではなかった。アイララ・トレイシャドゥーラという白ワインで、それ自体希少だと告げられる。その広がりのあるフルボディが、この小さな店に一層の居心地の良さを添えた。

4

青森空港は青森市の中心部から南に、車では三十分ほどの丘陵にあり、遠く青森湾を望むだけで港町の趣はない。地形からいって霧も雪も多い厄介な空港だが、着陸誘導システムＩＬＳとホワイトインパルスと呼ばれる除雪隊によって欠航率・遅延率の驚異的低さを誇っている。すなわち、最先端のテクノロジーと東北人気質の相乗効果で航空機の通年の運航が保証されている。

小此木と私は七月十二日、JAL145便で午後二時過ぎに到着し、空港のレンタカーのカウンターでヴィッツを借り、十和田市へ向かった。送り梅雨の湿度の高さと青森ヒバのむせ返るような重畳《ちょうじょう》が日本有数の豪雪地帯ということを忘れさせている。

「こうしてレンタカーを使うとなると、知らない土地ならやっぱり小回りが利く方がいいな。高柳社長が小型のレンタカーを借りたとすれば、その気持ちはよく分かる」

小此木が助手席でカーナビの行き先を「十和田商工会」にセットする。

青森県三本木町《さんぼんぎまち》が三本木市になったのは一九五五年、昭和三十年のことであり、翌年に十和田湖に因《ちな》んで十和田市と改称している。十和田市の旧名の三本木市は、したがって一九五六年の一年間しか行政的に存在しなかったことになる。十和田商工会は一九六四年、昭和三十九年に発足。発足時は十社ほどだった会員企業は現在では三十社を超えている。他の商工会と同様、地域の中小企業の事業者が業種を超えて相互の発展を目指し、連携して生まれた組織だった。

外崎栄吉については事前に調べたことがあった。十和田商工会発足時からのメンバーで、亡くなるまで現役の経営者として会員でありつづけたことが誇りで、生きがいだったようだ。会長を二期六年務め、退任後も監事として後進の育成に当たり、商工会のいわばお目付け役だった。商工会は古株の彼の人脈で県の商工会議所とも深い繋がりがあり、創立五十周年の祝賀会に東昇エンヂニアリングの社長高柳を看板の来賓として呼べたのも、外崎自身が青森県商工会議所のメンバーである東昇系列の子会社にコネがあったからだった。

私たちに応対してくれたのは、商工会の現会長、白戸《しらと》克彦という自動車修理工場を経営する五十年輩の男だった。事務所はＪＡ十和田おいらせの並びのビルの二階の殺風景な部屋にあった。パートと思われる中年の女性が事務の大部分を任されている。

白戸は後退しかかった白髪をきちんと七三に整えており、ぽっちゃりとした顔の輪郭にそのヘアスタイルは似合っていた。ポマードの香りは久しぶりだった。

私たちが部屋に入ると、「よっこらせ」といいながら大きな事務机に両手をつき、やはりぽっちゃりとした上半身を起こして応接セットに私たちを案内した。ワイシャツの一番上のボタンを外し、ネクタイも緩めている。長袖の作業用のブルゾンの胸ポケットに差したボールペンのキャップの赤が浮いている。

「こんな遠いとこまでご苦労さまです。何が、東昇エンヂニアリングの高柳社長さんのことだって聞いたんだばって」

「はい。電話でお話ししましたように、高柳前社長が四月に急に亡くなられまして、私どもは前社長のご活躍された道筋といいますか、歴史といっては大袈裟ですが、生前高柳氏が会った主だった方々にこうしてインタビューさせてもらおうと思って伺っています」

「お役に立でるかどうだか。どうぞ、なんでも」

「それでは始めさせていただきます」

私はＩＣレコーダーの録音をＯＮにした。

「御商工会と高柳社長との縁は、直接的には、三年前の二〇一四年の商工会創立五十周年記念の祝賀会が発端と思いますが、間接的には東昇エンヂニアリングの子会社を通しても繋がりがあったと聞いています。本日は、創立記念祝賀会での高柳社長のことを主にお聞きすることが目的なので、よろしくお願いします」

「いやー、そういわれると恐れ多いです。こしたら田舎で大企業の社長さんとお会いする機会もねーはんで、あん時だばみんな大興奮してそれは盛会でした」

「高柳社長を祝賀会に呼ぶという案はいつ頃決まったことなんでしょうか?」

「あれは、初めは単に来賓としてお呼びするっちゅうことで考えたんだばって、商工会の仲間がら、忙しい人みてーだから、呼んだはいいばって当日急に代理になりましたっちゅうのも、せっかくの五十周年だからカッコつがねべって意見が出て、誰のアイデアだったか、講演をお願いしたら確実に来てもらえるだべっちゅうことになりました。祝賀会の半年前だったか、私と副会長の佐々木君とで直接東京の本社の方さ伺って頼みました。いやー、だんだば威圧感ある人だかって心配していたんだばって、ながなが気さぐな人で、その場でスケジュールを押さえてくれました。この付近でたいした高級なホテルもないはんで、酸ヶ湯《すかゆ》温泉の系列の洋風の八甲田ホテルを用意しとりますと伝えると、酸ヶ湯は行きたいと思ってだけど行ぐ機会がなかった、楽しみにしてますと喜んでおられました。飛行機どがのスケジュールは秘書と打ち合わせてくださいっていわれて、三十分くらいだべかな、話をしました。人当たりのいい人ではあったども、いやー、あどで、気が張ってこんなに人と会って汗をかいたのは久しぶりだど佐々木君と笑い合ったものでした」

「そうですか。それで、講演の内容とはどのような？」

「ざっくりいえば、日本の会社のグローバル化ちゅーんだか、世界を股にかけるみたいなことについてでした。内容はうちの会報に特集記事で載せました。その会報、ご覧になりますか」

「ええ、ぜひお願いします」

「牧野君、五十周年の時の会報、余ってるのがあると思うばって、持ってきてくれねが。んだんだ、訂正したヤツの方さ」

「で、高柳社長は祝賀会ではどうでしたか？」

「んだな。予定どおり前の晩七月一日は八甲田ホテルで私と佐々木君、向こうが高柳社長と秘書の方の、合計四人で会食しました。下北ワインが美味いとおっしゃって。でも一本空けた程度で散会しました。翌日、祝賀会は十時からの開宴で、なんやかんやで社長さんの講演が始まったのは十一時だべが。話はパワーポイントっていうんだが、スライドも含めてそれでも二十分ほどだったべかな。ゆっぐり淡々としゃべられてわがり易かったたし、さすがだなと思いました。ああ、牧野君、ありがとう。お二人さ渡してけねが。それに講演の内容が書いてありますので」

「ありがとうございます。この、演題の『グローバル化』は商工会からのご依頼でしょうか？」

「いや、わだしたちが東京の本社へ伺った数日後に、秘書の方からこういう内容でどうがど。若干大きすぎる内容とは思ったんだばって」

「確かに大きすぎる内容かもしれませんね」

「んだ、私もそれを監事会でしゃべったら、自分の会社の子会社のごともあるから、揚げ足を取られないように、きな臭い話題は避げようって思ったんではねーがとみんなしゃべりだして。確かにこの地域さ密着する迂闊なごとはしゃべられねっきゃ。グローバル化だば都合がいいって思ったんでねべか」

「そういう見方もありますかね。講演が終わってからの反響などはどうでしたか?」

「それはみんな知らない世界のごどでおもしろいと思ったんでねべか。でも、なかなかね、もっと現実的な経営の話ば期待していた部分もあったんですだばって、それはそれどして」

「その日に東京に帰られたんですね?」

「んだ。昼の立食パーティの後、部屋で休んでもらって、夜の七時頃だったべか、三沢からJALで帰《け》えられました」

「そういえば、以前に商工会の会長をされていた外崎さんとおっしゃる方は祝賀会には?」

「んだ、もちろん来られました。外崎さんは詳しくはアレですけど、肺炎で亡ぐなられました。外崎さんのこと、ご存知なんですか?」

「高柳社長のことを調べているうち、外崎さんの名前があがったものですから」

「んだのが。とのさま、失敬、わだしら、外崎さんのことを陰では『とのさま』って呼んでいで。高柳社長さんは外崎さんとはこの祝賀会で初めて会ったんでねがな? 初めて会ったにしては、んだんだ、外崎さん、高柳社長の講演が終わってすぐ高柳社長さんの方さすっ飛んで行って、なんやら二人で興奮した様子で話してましたよ」

「興奮した様子?」

「わだしは主催者代表だし、佐々木君は司会を担当してたんで目に付いだんだばって。そったらにとのさまが感動する内容だったべかと訝しさはありましたが、喜んでくれだんだば、高柳社長さんにもわざわさ来てもらった甲斐もあったなと佐々木君と目配せしたものでした」

「それから二人はどうでしたか？」

「いやー、パーティさ移ってからでも、とのさまが、失礼、外崎さんが社長さんを独占状態で」

「どの部分が特段気に入ったんでしょうね」

「んー、わがらねな。高柳社長を見送る前にとのさま、わざわざ家に帰って自分とこの会社の封筒になんだか入れて渡して、何さ渡した？　賄賂け？　って聞いても適当にはぐらかされてね」

「そうだったんですか」

「あっ、どうですか？　わだし、二、三件電話かげる用事があるなんで、その間に会報ばお読みになりますか？」

「すいません、そうさせていただきます」

5

その小冊子の表紙には「十和田商工会議所会報　百五十九号」とあり、「五十周年祝賀会特集」が掲げられていた。高柳の講演内容は次のようなものだった。

――本日は十和田商工会議所様の創立五十周年記念の式典にお招きいただきまして、ありがとうございます。株式会社東昇エンヂニアリングの代表取締役の高柳でございます。日頃弊社の事業の展開に多大な力をお貸しいただいておりまして、衷心より厚く感謝申し上げます。おかげ様で弊社のビジネスは順調に推移しておりまして、十和田商工会議所様に所属されております数社とも取引をいただいており、ご当地とのご縁を感じております。そのご縁で、本日こうしてお話をさせていただくことになりました。お断りをさせていただきますが、昨晩、白戸会長様、佐々木副会長様と一緒においしいサンマモルワイナリーのワインを飲みすぎまして、これからの私の話にキレがないようであれば、ワインのキレに昨晩負けてしまったせいとご勘弁願います。

さて、今回のテーマが「わが国製造業企業のグローバル化」ということで、ご存知の方もいらっしゃるとは思いますが、簡単に弊社の沿革を述べさせていただき、そのあとで実際に私が経験しました経営のグローバル化についてお話ししようと思います。

わが社の創立は一九二五年、大正十四年でございます。産業機械の技術者だった創立者が車の変速機《トランスミッション》を専門に設計製造する会社を立ち上げました。当時はアメリカでは、フォード社がT型フォードを売り出していた頃で、それに触発されたと創立者は後世の回顧録で述べております。

そのフォード社です。創立者ヘンリー・フォードは、それまで富裕層の馬車代わりだった自動車を庶民のものとして再定義し、自動車の価格がなんとか一般の人にも買える程度にならないかと考えました。フォードは自動車を普及させて社会をよくすることこそ、自分が神から与えられた使命《ミッション》と考えていたようです。世界で初めて大衆を意識した社是を作ったのも彼でした。それまでの自動車が高価だったのは親方《マイスター》といわれる熟練工が一台一台手作りで作っていたからであり、価格を下げるにはどうしても大量生産が必要となっていました。ところが、紡績のように原料から完成品まで一つのラインで製造できるようなものとは違って、いろいろな部品、すなわち、エンジンとか車台《シャーシ》とか内装品とかを寄せ集めて組み立てる自動車のような複雑な機械を大量生産する技術は確立されていませんでした。その解決策としてフォード社は研究に研究を重ね、人が動くのではなく、モノが動くというベルトコンベヤーによる流れ作業を考案しました。それが一九一三年のことで、それまでシャーシ一台を作るのに十四時間かかっていたものが、発想を変えただけで、五年の間に一時間三十三分に短縮され、結果として大量生産に成功し、一九二三年には、車の価格は現代の価格にしますと三百万円程度に下がり、アメリカ国内の自動車の二台に一台がT型フォードという時代になりました。その頃のジョークで、どんな速い車もティンリジー、ティンリジーとはT型フォードのニックネームで、訳せば「ブリキのエリザベスちゃん」でしょうか、どんな速い車でもティンリジーは追い越せない、なぜなら次から次へとティンリジーが走って来るからというのがあったそうです。T型フォードは運転のしやすさも売りの一つで、戦前の日本ではT型フォードだけしか運転できない運転免許もあったほどです。現代のオートマ限定の免許といったところでしょうか。そうした自動車業界の旋風に触発された東昇エンヂニアリングの創業者は、居ても立っても居られない心境で会社を立ち上げたと述べております。まあ、時流に乗っかって起業して、一旗揚げたい気持ちもあったのでしょう。

さて、結果的にその思惑は当たりました。それは自動車そのものが普及したからではありません。

日中戦争の泥沼化による軍用車、トラック、戦車などのトランスミッションの需要が伸びたことによるものでした。創業者の顔も立てないといけないので付け加えますと、凶作続きで疲弊しておりました東北地方に工場を建て、女子の工員を受け入れることによる地方への貢献、今のＣＳＲ、社会貢献の先駆けを行いまして、小さいながら工場も作りました。それが、現在の南部変速機製作所様、東北内燃機工業様に繋がっておりまして、非常に誇らしく思っています。

　ところで、製造企業の成長は基本的には健全なＲ＆Ｄ、つまり研究《リサーチ》と開発《ディベロップメント》に支えられるべきです。それに反して、戦前弊社を支えていたのは陸軍より拠出された莫大な資金で、使い切れない部分は現金で残したと聞いております。そして、次に弊社を救ったのも、Ｒ＆Ｄではなく、その使い切れなかった現金でした。それは敗戦です。当初アメリカ政府とＧＨＱは、資本の集中が巨大な兵器産業を生む結果になったと考えまして、財閥のようなコンツェルンを解体し、日本には小売店と町工場しか残さないという方針があり、既存の大手製造業企業は軒並み操業できなくなりました。弊社の海外にあった工場はもとより、国内のご当地の工場も接収の憂き目にあいました。それでも細々と機械部品を作ってはいましたが、とても利益が出る代物ではありません。そこで戦前軍の資金であった現金の残りを切り崩して社員の給料をはじめとする運転資金に当てておりました。もう限界かと思われた時、弊社といいますか、わが国の産業界に、朝鮮戦争という神風が吹いたのです。

　その期を逃さず、弊社東昇エンヂニアリングは本業だったトランスミッションの製造を再開し、高度成長、自動車産業の進展の追い風に乗って、今日、世界でも少しは名の通った企業に成長いたしました。自動車の心臓部ともいえるエンジンやトランスミッションなどのパワーを担当する部品のまとまりであるユニットを作る機械。マシンを作るためのマシンの企業としての評価も世界で高まっています。そうした中、わが国のみならず米国生産技術協会のアルバート・サージェント・プログレス賞をはじめ各国の賞も受賞しました。そうした実績を基に、マシンの製造販売だけでなく、システムそのものを各メーカー様に提案申し上げ、総合ライン機械メーカーへの脱皮と発展を目指していく所存です。

また、グローバル化については、一九九四年と一九九五年に中国に二つの合弁企業を立ち上げることから始めました。私自身も関わりました。特にミュンヘンの会社は、私が当初から関わったジョイントベンチャーで、思い入れも深く、現地で過ごした二年間は、わが社だけでなく日本という国家の命運を担っているようで、全力で走り回っていたような気がします。

ドイツ人は鉄道の運行を除いて几帳面な人種です。日本人は鉄道の運行も含めて几帳面ですが、似ているといえば似ているようなところが多くあります。しかし、最も違うところは歴史認識だと考えさせられます。弊社で社長としてジョイントベンチャーの統括を任されるようになってからの二度目のミュンヘン訪問でそのことを痛感しました。ある地方紙に弊社の重要な合弁相手の傘下の企業について、小さいけれども興味深い記事が載っていまして、びっくりしたことがあります。世間は狭いというのでしょうか。思わぬ短い距離で繋がっているのだと痛感させられました。その記事の内容も、会社の人間によれば、それなりに生臭い話のようで、何処も同じ秋の夕暮れだなと感じ入りました。

それでは、これからの企業のグローバル化の進展はどのようなものになるのでしょうか。単に製造コストや調達コストが安いからという理由で生産拠点を海外に移転したり、ジョイントベンチャーやM&Aでの企業連合、結合を推進する時代はもう過去のものとなりつつあります。よく、部分最適の集合は全体最適とは一致しないといいます。創業者の理念は、社会全体を見据えた経営が成り立って初めて、一企業の経営も成り立つというものでした。その根幹に立ち返って東昇エンヂニアリングは社会貢献をも担う世界のトップ企業という意識で常に動いております。

自動車産業を核としたエンジニアリング・イノベーションの最先端で、世界屈指のトータルエンジニアリングサプライヤーとしてイノベーティブなオリジナリティを目指します。

あっ、ほとんどカタカナになってしまいました！　こうやって社内の強面《こわもて》を煙に巻いて社長職をなんとか続けています。申しわけありません。つまるところ、真の技術は経営哲学の結晶。企業発展の原動力は叡智。この二つが牽引する感性を基盤として、私どもは、これからも世界市場の最前線で力を発揮してまいります。ご清聴ありがとうございました。——

白戸はもうすぐ電話を終えそうだった。その姿を横目で追いながら、

「会長は外崎がハイテンションだったといってたけど、めちゃめちゃ感動したり興奮したりするような内容が書かれているわけではないな」

小声で小此木に感想を述べた。

講演は上場企業のトップが話す内容としては無難であり、ありきたりといえばありきたりだった。外崎は高柳のこの講演の内容のどこに反応したのか。

「そうだな。僕もそう思う」

小此木がいい終わらないうちに白戸が私たちの席に戻ってきた。

ICレコーダーを再びONにする。

「講演、どうでしたか？」

「はあ。私が知る高柳社長らしい内容でした」

胡麻化した。

「白戸会長、祝賀会以後、外崎さんが高柳社長と会われたとか、何か聞かれませんでしたか？」

「それは聞いてないね、そうであれば、外崎さん、われわれには自慢こくでしょうし。あっ、牧野さん、お客様さお茶差し替えてくれるがな？ 自分も頼む。いや、自慢でねーばって、わだしの第一印象はたいてい当たるんです。高柳社長は誠実な方だなと思ったら、やっぱり誠実な方でした」

「誠実ですか？」

「ご覧さなってるその会報ね、刷り直したものなんですよ」

「そうなんですか。ああ、訂正したのを持ってくるようにいわれたのはそういうことだったんですか？」

「んだ、あれはいつだったべか、会報のゲラ刷りを高柳社長さ送って確認してもらったっきゃ、それでOKだったので、いつもより多い二千部業者に印刷させたんです。ところがですね、納品が終わって数日経った頃、社長さんから直々私に電話がありまして。あれがら読み直したら、不都合な部分があるはんで書き換えたいどいい出されで」

「それは困られたでしょう?」

「んだー。それでもう納品されてますといったきゃ、自分が全額出すから申しわけねが今から送る原稿で刷り直してもらいたい、校正はなくていいと」

「で、承諾された?」

「ええ、さすがにそごまでいわれるど……まあ、うぢの会報はいづまでに発行して配るって決まったものではないので、業者さ無理いって刷り直してもらいました。で、それにかがった金額を振り込んでもらっだばって、社長の個人名で振り込まれでいで、さすがに公私の区別がされでると感心しました。やっぱりあれだけきっちりしでねば大会社の社長はされでないと思いました。わだしなら、そりゃ会社の経費で落どしんだばって」

「それはどこでも似たり寄ったりですよ。白戸さん、それで、書き換えられる前の会報はどうされたんですか?」

「高柳社長からは廃棄してくれといわれたんですが、なんせ商工会の予算で一回は印刷したものだはんで全部捨てよるのもちょっとと思って何冊か残してあります」

「あの、できればなんですが、そちらの会報も見せていただくわけにはいきませんでしょうか?」

「ご覧になりますか。構いませんよ。牧野さん、悪いばって、前の会報も持ってきて」

いつもは白戸と二人で商工会の毎日の事務を淡々とこなしているのだろう。私たちの会話を耳をそばだてて聞いていた牧野事務員は、キャビネットから手際よく刷り直す前の会報を探し当て、私たちに渡してくれた。それは後で読むことにして、先へ進む。

「その、刷り直しの件は商工会の皆さんは知ってるんですか？」

「んだ。刷り直したけんど、高柳社長さ払ってもらったはんで、うちとしては損はしてねんだばって、商工会の予算使ってるわげだし、黙っていで後で分がっだら勝手にああだこうだとなりかねないので監事会では話題にしました」

「外崎さんとかの反応はどうでしたか？」

「なも、淡々と聞いてました。そのあど、なんだかいっでだの……」

「何をいわれたんです？」

「んーど、あ、そだそだ。偉い人でも、人の物借りたのば壊して返す人間もいるどってポツリとしゃべってた」

「壊して返す？」

「会報のことではないべとは思ったばって、外崎さん、偉い人さもいろいろあるきゃさね、て私がいうと、とのさま、なんもいわず苦笑してました」

「そうなんですね……それで、外崎さんのスーパーは今はどなたが引き継いで経営されてるんでしょうか？」

「息子さんの英治さんがそのまま継いでます。美津ばあさま、外崎さんの奥さんだばって、もそろそろ八十半ばさなるんだけど、たいしたもんで。時折本店のレジに立つお達者さんで」

「それはいいですね。さて、大体のお話が伺えました。お時間を取らせました。ありがとうございます。また会長に連絡させていただくこともあると思いますので、よろしくお願いします」

「はい。いつでもいいので。高柳社長とはそれ以来お会いすることもなかったばって、お役さ立てればと思うはんで、なんでもいってください。今日は、他さお手伝いするようなことは？」

「もう一つ聞いておきたいのですが、原稿の訂正のやり取りは、正確にはいつ頃のことかお分かりになりますかね」

「どうだべ。ファイルを見てみますね……えっとね、ファックスの日付でいけば、講演から二週間ばかりあとの七月十五日に高柳社長とやり取りしてるね。それから、訂正された原稿は九月二十九日ですね。いや、メールとかでなぐってファックスって、めちゃくちゃ恥ずかしいね」

「いやいや、ありがとうございます。あと、外崎さんのご家族にも会ってお話を伺いたいと思います。高柳社長の話に外崎さんが感動されたとのことですので、ご家族もそのあたりのことを聞いておられるなら」

「そうですか。したら、わだしの方から連絡しておぎますか？　牧野さん、外崎さんの自宅の住所ばメモしてこちらさ渡してあげて」

「白戸会長、牧野さん、ありがとうございます。いろいろ参考になりました。では、明日、外崎さんのご自宅へ伺ってから東京に帰ります」

6

私たちは商工会を出て近くの地場のファミレスに入った。さっそく高柳の訂正前と訂正後の会報を比較してみることにした。
「本日は十和田商工会議所様の創立五十周年記念の式典にお招きいただきまして、ありがとうございます。株式会社東昇エンヂニアリングの代表取締役の高柳でございます」で始まる原稿は、全体として訂正後のものと大きな違いはなかった。ただ、微妙に異なる箇所があった。私たちはその箇所に傍線を引いた。

わが社の創立は一九二五年、大正十四年でございます。三菱造船の技術者だった創立者が、車の変速機《トランスミッション》を専門に設計製造する会社を立ち上げました。

それは敗戦です。当初アメリカ政府とGHQは、資本の集中が三菱のように巨大な兵器産業を生む結果になったと考えまして、財閥のようなコンツェルンを解体し、日本には小売店と町工場しか残さないという方針があり、既存の大手製造業企業は軒並み操業できなくなりました。弊社の朝鮮や満州にあった工場はもとより、国内のご当地の工場も接収の憂き目にあいました。

また、グローバル化については、一九九四年には天津に万達東昇機床有限公司、一九九五年には上海に東昇工程国際貿易有限公司と、中国に二つの合弁企業を立ち上げることから始めました。

弊社で社長としてジョイントベンチャーの統括を任されるようになってからの二度目のミュンヘン訪問でそのことを痛感しました。「南ドイツ新聞＝ジュートドイチェ・ツァイトゥング（SÜDDEUTSCHE ZEITUNG）」というミュンヘンで発行されている日刊紙に弊社の重要な合弁相手、ヒュッター・ウント・シュルツ社（HUTTER & SCHULZ GmbH）の傘下のラインハルト社（REINHARDT GmbH）という歴史がある企業について、小さいけれども興味深い記事が載っていまして、びっくりしたことがあります。世間は狭いというのでしょうか。思わぬ短い距離で繋がっているのだと痛感させられました。ヨーロッパでの大戦の犠牲者が失ったものに光を当てようという、美談に見えたその記事の内容も、会社の人間によれば、それなりに生臭い話のようで、いずこも同じ秋の夕暮れだなと感じ入りました。

小此木は訂正前と後を書き出し、ナンバーを振った。

1　三菱造船の技術者　→　産業機械の技術者
2　三菱　→　×
3　朝鮮や満州にあった工場　→　海外にあった工場
4　一九九四年には天津に万達東昇機床有限公司、一九九五年には上海に東昇工程国際貿易有限公司　→　一九九四年と一九九五年に中国に二つの合弁企業
5　「南ドイツ新聞」　→　ある地方紙

6　合弁相手、ヒュッター・ウント・シュルツ社の傘下のラインハルト社という歴史がある企業について、小さいけれども興味深い記事　↓　合弁相手の傘下の企業について……

7　ヨーロッパでの大戦の犠牲者が失ったものに光を当てようという、美談に見えたその記事の内容　↓　その記事の内容

「どうだろう、松崎、この消されたり書き換えられた部分に、高柳氏と外崎氏との接点が見え隠れしているとは思わないか？」

「そうだな。はじかれた部分は、と……」

「ずばりドイツに行きつくものは、5、6、7だ。新聞の名前、会社の名前、大戦の犠牲者。その前の1、2、3、4で消されているのは『三菱』『朝鮮や満州』『有限公司』の名前で、ドイツとは関連が薄い。1、2、3、4は5、6、7を消した意味を薄めるカモフラージュじゃないか？　高柳氏が5、6、7を隠そうとしたのはなぜだろう？　ドイツと直接関係があって、詮索されたり、追々証拠として残れば困ると認識したからだとは思わないか」

「ヒュッター・ウント・シュルツについては高柳も俺も自分の家の裏庭みたいに知っている。ジョイントベンチャーの相手だったし、嫌というほど関わったからな。しかし、この傘下のラインハルトという会社は聞き覚えがない」

「松崎、とりあえず検索してみたらどうだ。あんたの方が事情がよく分かるだろう」

「そうだな。調べてみるか」

私はスマホでラインハルト社の検索をかけた。ラインハルト社はフランクフルト証券市場のドメスティック部門に上場しており、企業の規模としては決して小さくはない。自動車の製造ラインそのものを作っている企業で、沿革を見ると戦前からあり、十年前にヒュッター・ウント・シュルツのグループに加わっている。そこに至った詳しい経緯は分からない。東昇の社長である高柳は立場上、ラインハルト社のことはもちろん知っていただろう。反面、経営の中枢にいなかった私には聞きなれない社名だ。公開されている企業情報は一般的なもので、際立って目を引くところはなかった。ただ、本格的に調べれば細かいことが分かるだろう。それを小此木に伝える。

「社名の末尾に付いてるGmbHはなんだ？」

「ゲゼルシャフト・ミット・ベシュレンクター・ハフトゥングの略だ。要するに有限会社」

「ああ、有限会社か」

「日本で新規の有限会社はもう作れない。知ってるだろ。あの形態はもともとドイツの模倣だ。有限会社というと中小企業のイメージだが、ドイツ圏では大企業でもＧｍｂＨ《ゲーエムベーハー》の形態を採っている方が圧倒的に多い」

「なるほど。ラインハルト社自体のことはともかくとして、今まで分かったことを時系列に加えればどうなるかな？　最近これが手離せない」

小此木は笑ってポケットから折り畳んだメモを出し、高柳の行動を時系列に書いた表を開いた。そして、高柳が会報の訂正原稿を十和田商工会へＦＡＸで送った日付や細かい情報を加え、アルファベットも改めた。

A　二〇一四年　五月二十三日出国／ドイツ滞在／三十日帰国　＝出張
B　七月一～二日　＝青森出張、講演
C　九月四日出国／ドイツ滞在／七日帰国　＝秘
D　九月二十九日　＝訂正原稿をFAXで送る
E　二〇一五年　二月二十日出国／ドイツ滞在／二十四日帰国　＝秘
F　五月四日　＝外崎、死亡
G　六月九日　＝安念、東昇に電話
H　七月四日　＝楽日トラベルでレンタカーを予約
I　八月お盆　＝北陸行き（一度目）
J　十二月　＝北陸行き（二度目）
K　十二月十七日　＝安念、ホームから失踪
L　十二月二十六日　＝安念、遺体で発見

「全体がはっきりしてくるな。Bの青森出張で高柳は外崎と会い、触発されたことがあって、誰にもいわずにCのドイツ旅行、結果、なんらかの感触を得て、商工会の会報のまずい部分を削った。そのまずい部分とは『南ドイツ新聞』『合弁相手、ヒュッター・ウント・シュルツ社の傘下のラインハルト社』それに『ヨーロッパでの大戦の犠牲者が失ったものに光を当てよう』とする記事の三

つだ」

「ドイツ語でなんといったっけ、［夜間飛行］のこと？」

「ナハトフルーク。これと高柳が隠したかった三つの事との間に関連があると考えるのが妥当だな。留美子と千帆美がいないから検索能力は当てにならないけど、［夜間飛行］と会報の削られた三つとの関連を調べてみるか？」

しかし、二人して何度もクロス検索をかけても、日本のサイトはもとより、ドイツやアメリカ、イギリスのどのサイトからも関連事項は出てこなかった。

「仕方ない。検索は東京に帰ってからあの二人に頼もう。やっぱり外崎栄吉のことが優先だ」

私たちはレンタカーのグローブボックスに入っていた広域東北地図を広げた。

スマホのグーグル・マップや車載のナビはピンポイントの地点を探すのは便利だ。しかし、見知らぬ土地で大局的な位置を頭に入れるには紙の地図に限る。遠い太古の昔、まだ片言の語彙しか持たなかったわれわれの祖先が、情報伝達の手段として骨片や木片で洞窟の壁に位置を示す線や円を描いた時、必要だったのは細部ではなく大局観のはずだ。私たちはつい三十年ほど前までグーグル・マップやナビに頼るのではなく、大局観に基づいて移動していた。「おおよそここら辺」というセンサーは今では楽観すぎると批判されるだろう。しかし、その楽観を排除して得られる利便性とは、いったいどのような意味を持つのか——。

「今晩は泊まらないといけないから、松崎、どうせなら秘湯にでもするか？　蔦《つた》温泉は最高だぞ。透明な源泉が湯船の底の板の間からぼこっ、ぼこっと湧き出ている」

「いいね、そういうの！　突然あずさ二号に乗りますって感じで」

「男二人だからな、極めて散文的なディスカバージャパンだ」

私たちはそそくさとＩＣＴの利便性あふれる世界に戻って、散文的にスマホで宿を予約した。

7

十和田商工会で教えられた外崎美津の自宅は十和田市街の近郊、県道青森田代十和田線に面していた。蔦温泉を出発して奥入瀬《おいらせ》に続く渓谷沿いの国道を走る。ヘアピンカーブをいくつかやり過ごし、山間部を抜ければ、田が広がり、際《きわ》を用水が流れる県道に出る。

外崎家は、やや古さは感じさせるものの、雪の多い地方に見られる無落雪の屋根の二階建てで、青森の冬にも耐えられそうにがっしりしていた。

途中、地元の図書館で調べることを思いつき、少し遠回りだが留美子たちに倣って、私たちは十和田市民図書館で外崎栄吉の情報を探すことにした。長く地域の商工会の仕事をしてきた人物について書かれた本や冊子、記事があるのではないかと思ったからだ。前日、十和田の商工会でもっと詳しく聞くこともできたが、高柳についてのリサーチなのに、外崎についても細かく聞こうとすれば、きっと不審がられるという計算が働き、小此木との暗黙の合意で控えたのだ。

小一時間ほどかけて探し、地域経済のコーナーで、十和田市の市制三十年の歴史をまとめた出版物の中に、外崎栄吉を紹介する短い記事を見つけた。それによると外崎栄吉の経歴は次のようなものだった。

一九二五（大正十四）年六月十四日青森県三戸《さんのへ》郡倉石村生まれ。高等小学校を中退し、実家の農家を手伝ったのち函館へ渡り、市来《いちき》男爵家で書生として働き始める。一九四二（昭和十七）年五月に十七歳で応召。中国戦線を転々とし、台湾で終戦を迎える。復員後その年のうちに再度函館へ渡り、市来家に寄寓。一九四八（昭和二十三）年、当主の市来仁《じん》が死去したのち青森に戻り、三本木町（現在の十和田市）で小さな食料品店兼雑貨屋を開業。一九七三（昭和四十八）年スーパー一号店をオープンさせ、以後直営店を四店舗、大手コンビニのフランチャイズ店二店舗を経営するに至る。

リフォームされた玄関は木材と黒い石材のコンビネーションでモダンな仕上がりになっている。玄関を上がった正面に虎が描かれた大きな年代物の漆の衝立が置かれていた。

私たちと同年配の、ジーンズに白い薄手のセーターを着た主婦らしき女性が膝をついて迎え入れてくれる。

「義母が珍しく腰を痛めてお出迎えできなくて申しわけないっていってます。嫁の真知子です」

と玄関横の居間へ案内する。玄関から廊下にかけて無垢のヒバが貼ってあり薄い香気が心地いい。

その居間に外崎栄吉の妻の美津が待っていた。

外崎美津は今年八十五歳になると自己紹介した。雪国の人ならではのくすみのない肌のきめ細やかさだ。真知子が姑の横に座る。

「わたし、愛知県の生まれで、いざとなれば通訳の代わりですから気にしないでください」

真知子はそういって笑った。

小此木が口火を切る。

「外崎さんの奥さま、ここにいる松崎が」

と私に手を向ける。

「今年まで在職していた会社の社長が急死されたんです。生前の足跡を探る過程でご主人の外崎栄吉さんと面識があったと知りまして。十和田の商工会から連絡があったとは思いますが、こうして伺った次第です。突然で申しわけありません。いやー、でも、なんですね。こういっては失礼ですけど、もっとおばあちゃんの方かと思っていました」

ヤリ手の元営業マンの最初の一言に外崎美津の笑みがこぼれる。

「なんも。この歳さなれば生ぎられるだけでありがたいって思ってます」

声には張りがあり、夫の栄吉の商売を手伝っていたからなのだろう、「東京の人たち」にも分かるように話そうとしている。

「失礼ですけど、奥さまも南部のお生まれなんですか?」

「わだしですか?　違います。生まれたのは弘前。実家どいっても、もう誰も残ってませんけど……」

「そうですか。さて、本題に入りましょうかね。ご主人の栄吉さんのことですけど、ずっと十和田で生活されていたものと思っていました。でも、一時期ここを離れられていたようですね」

「んだ。函館さしばらく。あの頃、函館はこごらの若い人にとって津軽の街どは違って都会で、農家のちゃこ坊や三男坊が食えのなって函館さ流れで行ぐごとはよぐありました」

「函館では書生をされていた」

「ええ。市来様という男爵様の屋敷で書生ばね。おとっちゃん、尋常小学校の時は読み書きとか算盤が得意だったらしくて、書生さ上がって牧場とかのごどばしばらく任されていたどいってました」

「それが昭和十五、六年頃。それから戦争が始まって兵隊にとられて、戦争が終わって復員されて、また函館で生活されてますね」

「ずいぶん気に入ったのか、こっちさ戻っても仕事が見つからないと思ったのか、向こうさ渡りました。したばって、戦前とは違って函館も戦後はひどい生活だったみたいで、男爵様も財産税やらなんやかやで無一文さなって、給金もタダ同然だけど仁様を慕ってね。その仁様も、戦後何年かで亡ぐなられて、そのあとはしばらくのこぎりばして生活していましたが、その後こっちさ戻って来ました」

「のこぎり？」

「んだ、連絡船で闇物資を扱う仕事だばって。函館からは雑貨ば持って、青森からはコメば持って。頻繁にぎざぎざの刃先のような海を行き来すっから、のこぎり」

「ご主人はスーパーで成功されたわけですから、経営の手腕を持たれていたのでは？」

「どんだべかのお……のこぎりをして、どこで誰が何ば欲しがっているかの勘は付いたと思うばって」

「今でいう流通のコツですね。奥さまのお力も大きかったんじゃないですか？」

「めぐせじゃ。あん人とわだしは連絡船の中で知り合ってきゃ。新制中学出てすぐの七つ下のわだしさ気があっだのか、あんまり気前よぐ食うものとかくれるもんだから、しがたね、付き合ってやるがど、七十年、ははは。あっちゅう間でした」

「いやー、人生ですね。生前のご主人は、交友範囲はやっぱり広かったんでしょうね？」

「広いっちゅうか、商工会もやってだので知り合いはいたと思います」

「その、お知り合いについて、青森ではないんですけど、北陸の富山の安念さんという方はご存知ですか？」

「おーろ、安念さん。売薬ばされてた方でねべか。一年に一回はその安念さんとどこだかの温泉で会うんだと出かけてました。特急二回乗り継いで」

「会われる時期は決まっていたんですか？」

「雪が降りだす直前の十一月が、人も少ないしゆっくりできるからと、毎年その時期に」

「ご主人が亡くなられる前の年も十一月に？」

「んだす。十一月の上旬だったべか」

「外崎さんと安念さんはどうやって知り合われたんですか？」

「それはね、まだ、とっちゃんが戦後まもなぐ函館さいた頃、戦争中はさすがに中止になっていだ富山の置き薬を安念さんが誰よりも早ぐ再開して市来男爵様のお屋敷さ届げだのが知り合ったきっかけでね。男爵様の体の調子もよぐなかったみたいで。病院行くのも高くつくし、せめて置き薬をと思ったんかね。おとっちゃんと安念さん、年も近いし、若い者同士気が合ったんでねべか」

「安念さんとはお会いになったことはあるんですか？」

「んだす。函館で。栄町だかのハイカラなコーヒー店の美鈴で売薬に来た安念さんとおとっちゃんとわたしの三人で。無口な人でね。たいした話ばしたどいう記憶もありません」

「ご主人が亡くなられて、安念さんから連絡はありましたか？」

「葬儀の後こちらがら通知のハガキば送りました。そしたら香典と花ば向こうがら送ってもらって。したばってそのあとは、取り立てては――」

「その安念さんもすでにお亡くなりになって。富山の安念さんには遠い親戚だけで身近なご家族がいらっしゃらないようなので、こちらには連絡がなかったかもしれませんね」

「そうですか……不義理ばしてしまって」

「ご主人は肺炎で亡くなられたんですね？」

「はい。それが、あんた。三月に青森で会合あった帰りに酔っ払って近くの用水さ滑って落ちて。送ってくれた人がすぐに引き上げてくれたばって、そこから風邪引いてそれをこじらせて肺炎罹って二カ月ほど入院したべか。年が年で、あっちこっちダメだったもんで」

「それは大変でしたね……酒はよく飲まれたんでしょうか？」

「よぐってもんではないです。日本酒だげね。体さ悪りから止めろっていったばって。三、四合飲んでもしゃきっどしとった人だったけんど、あの日は魔が差したんだべか」

「青森で会合があったんですか……ところで、ご主人の交友関係でもう一人。会社の社長をしていた高柳幸敏という名前をご主人から聞かれたことはありませんか？」

「高柳さん……」

「東京の会社の社長で、ご主人の栄吉さんとは十和田の商工会の創立五十周年記念の時に会われたようです」

「ああ、高柳社長さん。はいはい、思い出しました。大企業の社長どひょんのごどで知り合いになったといってたのが、その高柳さん」

「ひょんなこと？　なんのことか聞かれてますか？」

「商工会の祝賀会から帰った時はえらくご機嫌で。まさか今になってなんとかの外国の名前ば聞ぐとは思わながった、仁様が突然生き返ったみてだとしゃべって喜んでました。あんまり外でのごどは何あったやこうやったとわだしに話さない人だけんど、よくよく嬉しがったのかご機嫌でした」

「そうなんですか。そのことと関係あるかもしれません。高柳社長についてご主人からもっと具体的なことを聞かれていらっしゃいますか？」

「さあ……さっきいったみたいにあんまりしゃべらない人でねえ。めっぽう耳が遠くなってから、なおさら。でも、しばらくしてね、その社長さんど、そのあど気まずいごどさあっだようで怒りが収まらない風でした」

「どうしてまた気まずくなったんでしょうね？」

「手帳のことだと思います」

「手帳？」

私と小此木は驚きの視線を交わした。

「そうだす。市来仁様の形見の手帳だばって」

「市来仁男爵の手帳があるんですか！」

「ええ。それを善意で貸したばって、返された時はページが一枚半分千切れてたとぼやいてました。なんぼ立派な会社の社長だか知らないばって、常識っちゅうものがあるどいって」

「そうなんですか？　市来仁の手帳……商工会の祝賀会の時、外崎さんが封筒に入れたものを高柳社長に渡すのを見たと白戸さんからお聞きしたんですが、ひょっとしてそれが手帳だったのではないでしょうか？」

「んだんだ。そうやって渡したといってました。それからだす。しばらくしてから大きな高そうな鳩サブレの黄色い缶と一緒に手帳が戻ってきて」

「しばらく？」

「一週間くらいでねだか。その時に手帳が破れてたとかどうだかと騒ぎになって」

「その手帳というのは、外崎さんにとってまたとないほど大切なものだったんでしょうね？」

「何回も読み直して、外国の言葉も一字一句覚えたようなことをいってました」

「市来男爵は短期間ながら海外生活もされて、失礼ですけど外崎さんのような地方の若者には憧れの的だったのではないですか？」

「そうだす。当時の若いもんからすれば雲の上の人で、海軍の将校さんだったし。どこか洋行さされた時の話もよぐ聞いでいだがも。でも、わし、わがらねけんど、あの男爵様、地元では評判はね、あんましよぐなかったす。最期は、はあ、駅の待合室みたいなとこで野垂れ死にさ、されて」

「評判が悪かったんですか……そうそう、形見の手帳とさっきいわれましたが」

「んだす。生前、これだけはなんとか保存してくれとおとっちゃんが仁様からいわれてたみたいで、亡ぐなられて形見分げにもらったちゅうことでした。華族様だけんど戦後の混乱でほどんどの財産も無ぐなって、それに加えて仁様も外国で事業に失敗されだどかで、形見もその手帳と万年筆だげだったみたいで」

「そうなんですか。大切なものなんですね。その手帳は、今は？」

「それだべ。おとっちゃんの納棺の時、わだし入れてやりました。あれだけ大事にしてたもんだけど、古いだけで遺されても困るから。息子は古いからこそ価値あるって反対だったすけど」

「……」

私たちががっかりしたのを見かねてか、嫁の真知子が、

「コーヒー、淹れてきます」

と立ち上がろうとしたのを小此木が制した。

「あー、すいません、長居してしまって。お疲れでしょうし、私たちも飛行機の時間がありますし、ここらで失礼します」

「だすか？　今度またいらしてください。なんもないところでけんど」

車に戻った私たちをサンダル履きの真知子が追いかけてきて、「おきな屋」と書かれたリンゴの絵のお菓子の包みを渡してくれた。親しげに手を振る真知子の姿がサイドミラーに短く映った。

「高柳と外崎の接合点ははっきりしたが、手帳は残念だったな。あればいろいろ分かったのにな」

レンタカーの中で私は残念がった。

「まあ、そう落胆するな。『夜間飛行』が姿を現す宿命なら、向こうの方からやって来るさ」

「宿命とは、また大げさな」

私は笑った。

8

しかし、その宿命は予想を超えた早さで、予想を裏切る形で私たちに訪れた。

東京に帰ってすぐ、外崎美津宛てにチャンドラーのハードボイルド小説の主人公「マーロウ」という名の大きめのプリンのセットを送った。おもねる甘さがなく、郷愁を感じさせる味だ。嫁の外崎真知子から電話があったのは七月十五日、それが青森に届いたと思われる頃だった。

「このたびは美味しいもの送ってもらってありがとうございました。おばあちゃん、一人で二個もペロッと。送り状に携帯の番号があったもので、失礼かと思いましたがお礼だけでも」

そういって恐縮し、続けた。

「電話したのはもう一つ理由があって。この前いわれてた市来仁という人の手帳のことをうちの人に話したんです。そしたら、ああ、それなら棺《ひつぎ》に入れられる前に、何が書いてあるのかとパラパラめくっていたら、ページが何枚か破れて取れそうになったので、これはいけないと、とりあえず寝室の簞笥の上に置いて、それが忘れたままになっていたと、こういうんです」

「そうなんですか！　おばあちゃんはお棺《かん》に入れたと思い込まれてたんですね」

「ええ。確認したら、そのまま簞笥の上のごそっとしたものの中にありました。主人、こっぴどく叱られたんですけど、お義母さんがどうせ捨てるなら松崎さんたちに送るよういい出して。それで、もしご入り用なら、明日にでも手帳送っていいでしょうか？　そんなもの邪魔になるだけだとうちの人はいうんですけど。どうしましょうか？」

「ぜひ送ってください。甘えついでになんですけど、できれば速達で」

「はい、お任せください。なんか、メモみたいなのが手帳に挟まってて、それもついでに入れておきます。見て必要なかったらそちらで処分してください。それと、高柳さんという方のお話で思い出しました。お義父さんが亡くなってから家にその高柳さんから連絡があり、わたしが応対しました。用水に落ちた話にはびっくりされてました」

「そうですか。どうもありがとうございました。おばあちゃんにもよろしくお伝えください」

私はその情報をメンバー間のＬＩＮＥで共有した。

青森から速達が届いたのは、翌十六日だった。封を切ると、一筆箋に真知子の実直そうな筆跡で挨拶が書いてある。市来仁の手帳は同封された半透明のジップロックに一枚のメモと一緒に包まれて入っていた。ジップロックを開け、それを取り出す。八十年以上前の手帳としては光沢が残っており、黒革は時を超えてしっとりと手に馴染んだ。半分千切れそうになっていたページがすぐ開いた。紙は更紙《ざらがみ》か筋入《すじいり》ハトロン紙のようだったが、薄く、経年によるものなのか、紙同士が貼り付きそうになっている個所もあった。

私は慎重に一枚一枚を確認した。その後、もう一度ダメージを受けたページを開き、詳しく見た時、驚きのあまり声が出そうになった。そこには、いろいろと書かれている他のページと違い、日付とともに、一つの単語と、六つの数字だけが記されていた。

1937.2.11 nachtflug 494518

私は気持ちの高ぶりを抑えるので精一杯だった。

没食子《もっしょくし》インク特有の陰影を帯びた、[夜間飛行]だった。

9

七月二十日、四人で会うのは十日ぶりだ。

私たちは、青森での録音を聞き、高柳の十和田商工会の訂正前と訂正後の二つの会報の原稿をもう一度読み、高柳が外そうとした個所を確認した。続いて、速達で送られてきた手帳を出すと、三人は感慨深げに見入った。

「ズシリと伝わってくるものがあるわね」

留美子が覗き込む。

「『夜間飛行』のページ以外にはどういったことが書かれてるの？」

「要するに覚書だな。軍人は報告書を書く必要があって、記録が習慣だったらしい。公使館の誰それに会ったとか。ドイツ人かオーストリア人で何回も書かれている名前もある。技術的なこと。銀行。地名もあるようだ。散文的だな。理系だからなのか、あるいはそんな性格だったのか……そうだ、一つ忘れていた」

「えっ、また忘れてたんですか？　今度はなんですか？」

千帆美のいい方に留美子が笑って頷く。

「Reinhardtd《ラインハルト》という名前が頻繁に出てくる」

「それって、高柳社長が講演の原稿から削ろうとした会社じゃないの？」

留美子が指摘する。

「そうなんだ。惹かれるだろう？」

私は青森で小此木に話した内容を再言した。ラインハルト社は自動車の製造ラインを製造する古い企業で、十年前にヒュッター・ウント・シュルツのグループに加わっている。高柳は、立場上ラインハルト社のことは知っている。また、ネットで見る限り、財務状況からは健全性が窺える——。

「ここまでで整理すると？」

「考えられるのはこういうことだ」

それまで黙っていた小此木が話しだす。

「外崎栄吉は亡くなった市来仁男爵の形見の手帳を何度も読み返すうちに、ラインハルトの名前を覚えてしまった。そして七十年近く経って、外崎はその名前を十和田商工会の記念講演で思いがけず聞くことになった。これはもう懐かしいやらびっくりするやらで、講演が終わるや否や高柳社長に駆け寄る。高柳社長の方も、なんでこんな地方在住の老人がドイツの企業の名前をわがことのように懐かしく話すのか不思議で堪《たま》らなかった。よくよく聞いてみると、ラインハルトという名前が何度も登場する手帳があるという。高柳社長は、ドイツの新聞記事の内容と関連させて、ラインハルト社についてどんなことが手帳に書かれているのかを知りたいと強く思った」

「ドイツの新聞記事の内容って？」

「高柳社長が講演の原稿から削った部分だ。ドイツの地方紙に載っていた、ヨーロッパでの大戦の犠牲者が失ったものに光を当てようという、美談に見えたその記事の内容」

「それで手帳を貸してもらう。そして『夜間飛行』を見つけた」

「でも、どうしてこのページが破れそうになったんですか？　思い切って破ろうとしたのかな？」

「いや、千帆美、それは違うと思う。高柳も人から借りたものを破るなんてぞんざいな真似はしないだろう。で、これは俺が考えたんだけど」

私は自分のスマホを取り出した。

「メモに残しておきたい情報は、最近ならどうする？」

「写メかコピーするかだわね」

「高柳もそう考えた。［nachtflug］自体は紙に書き写すにしても、それが書かれた手帳のページは画像として残しておきたいと思う。それで、そのページを手で抑えてスマホで写メを撮るかコピー機を使おうとした。そうしたら、思った以上に紙そのものか、あるいは綴じの部分かが脆くなっていて破れかかった」

「慌ててもとに戻したけど、ページの半分がちぎれそうになったのね」

「破れた箇所をセロテープで補強するわけにもいかず、高柳は手帳をそのまま外崎へ送り返した」

「鳩サブレと一緒にですね」

「形見にもらった手帳だ。破れかかったページを見て外崎は怒り心頭だったろう。外崎はそのことで高柳社長を詰問した。高柳社長と耳が遠い外崎老人のやり取りは、安念氏の場合とは違って、電話ではなく手紙で行われたのだろう。年を重ねると誰でもそうだが、こうと思ったら周りが見えなくなる。大正生まれの外崎は多くの戦友や友人を亡くしている。あの戦争についての、どこかへ向けようのない怒りと悲しみが甦って、その時期に繋がる大切な手帳を破った高柳の行為へと向けられた。戦後生まれの高柳が外崎のそうしたやるせない思いを心底から理解することはなかったろう。軽く謝れば済むと思っていた」

「うちのおじいちゃんも怒りっぽいですから、かわいいわたし以外に対しては」

千帆美がくすっと笑う。

「のらりくらりとかわす高柳社長とのわだかまりが解けないまま、外崎は十一月に安念と赤倉温泉で会い、手帳についての愚痴をこぼした」

小此木が続ける。

「同世代の安念は外崎の思いに呼応し、高柳社長を許せないと思うようになった。翌年、外崎の訃報に接した安念は、高柳社長に一言いわないではおけない心境になった。自分の奥さんの交通事故の時も大会社は誠意ある対応をしなかった。そう思っている彼だ。奥さんのこともオーバーラップして、亡くなった外崎の代わりに有名企業の社長の高柳に直接コンタクトを取りたいと思った」

「それが、会社にかかってきた、青森の件で、って電話になったのね」

「ここで、また、時系列に新しい状況を加えてみようか」

小此木は別にそれを書き出した。

Ａ　二〇一四年　五月二十三日出国／ドイツ滞在／三十日帰国　＝出張

Ｂ　七月一〜二日　＝青森出張、講演、市来の手帳入手

Ｃ　七月九日前後　＝手帳返送、外崎怒る

Ｄ　七月十五日　＝訂正前原稿ＦＡＸ

Ｅ　九月四日出国／ドイツ滞在／七日帰国　＝秘

Ｆ　九月二十九日　＝訂正後原稿ＦＡＸ

Ｇ　十一月　＝外崎、安念と赤倉温泉で会う

H　二〇一五年　二月二十日出国／ドイツ滞在／二十四日帰国　＝秘
I　五月四日　＝外崎、死亡
J　五月十日前後　＝安念、外崎死亡を知る
K　六月九日　＝安念、東昇に電話
L　七月四日　＝楽日トラベルでレンタカー予約
M　八月お盆　＝北陸行き（一度目）
N　十二月　＝北陸行き（二度目）
O　十二月十七日　＝安念、ホームから失踪
P　十二月二十六日　＝安念、遺体で発見

「こうして見ると、小此木君の推論も理にかなっていそうだわね」

「そうはいっても、ここまではいろんな情報を基にはしてるけど、やっぱり状況証拠でしかない。しかも、メインテーマの［夜間飛行］にはドンピシャに辿り着いてはいない」

小此木は私たち三人を見回した。

「しかし、Eの二〇一四年の九月四日から七日のドイツ行き後に削られた講演原稿の内容が鍵になることは濃厚だ」

その部分を抜き出した。

Ｄ　七月十五日　＝訂正前原稿ＦＡＸ
Ｅ　九月四日出国／ドイツ滞在／七日帰国　＝秘
Ｆ　九月二十九日　＝訂正後原稿ＦＡＸ

「ドンピシャっていいですね。青春のバカヤローみたいで」

千帆美が含み笑いをする。

「削られた部分ってドイツの地方紙と企業の名前だったわね」

「そうだ。南ドイツ新聞と、ラインハルト」

「すいません、わたし分からないんですけど」

「何？　千帆美ちゃん」

「高柳社長、青森の外崎さんに対して、どうするのが正解だったんですか？」

「青森へ飛んで、すぐにでも会う。面と向かって手帳が破れたことを詫びて、外崎の心に寄り添って、それこそ、市来仁についての彼の想いを共有するとかすれば、気持ちも収まったかもしれない。高柳はそういったことを学習したのではないかな。だから安念には直に会うことにした」

「安念氏とはどうなったの？」

「それは分からない。シナリオは二通り考えられる、最良のものと最悪のものと」

小此木の声は抑制が利いている。

「当事者は二人とも死亡してるからね」

「やっぱり［夜間飛行］が鮮明にならないと全体が分からないわね」

「それはそうだな」

「こっちの方はなんて書いてあるんですか？」

手帳に挟まれていたメモ用紙を千帆美が広げる。ホテルのベッドサイドのテーブルに置かれているものよりも一回り大きい紙だが、上部には「HOTEL IMPERIAL WIEN」と印刷されている。その中央には鉛筆で「Bis Morgen」と走り書きがある。軽い筆圧の瀟洒《しょうしゃ》な字だ。女性の筆跡のように思われた。

「ビス・モルゲン、また、あした、程度の意味だ」

そう答えながら釈然としなかった。市来仁はどうしてこのメモを取っておいたのか？　日常の挨拶程度のメモだし、署名もない。

千帆美は「HOTEL IMPERIAL WIEN」を検索していたのだろう、顔を上げる。

「インペリアルホテル。ウィーンで最も格式のあるホテルらしいですよ。一八七三年のウィーン万博の時にフランツ・ヨゼフ一世の命令で設立されたんですって。でも、なんでこのメモが手帳に挟んであったんですかね？」

「俺も同じ疑問だ。たまたま挟んで忘れたのか、意識して挟んだのか、分からない」

「このメモもそうだけど、分からないことがまだいっぱいあるわね」

「手帳に書いてあった名前とか数字を調べる必要がある。そこで、今度は手帳の持ち主の市来仁を調べてみるのは？」

小此木の案だ。

「わたし、賛成します」

「そうですよ。だって、市来男爵って［夜間飛行］と手帳に書いた本人じゃないですか」

「こういうこともあろうかと思って、基本的なことは参考程度に調べてはある……」

私の出番だ。

「えっ、今日だけは手回しがいい」

小此木が笑う。

「安念とか外崎は一般人だから情報はネットでは見当たらなかったけど、市来仁は腐っても鯛、ちょっと使い方が間違ってるかな、華族は華族だからね」

用意していたプリントを配る。市来仁のプロフィール。


市来仁（いちき じん　一九〇二―四八）。祖父市来為基（いちき ためもと　一八三九―一九〇七）は旧薩摩藩士で、明治十年（一八七七）、北海道開拓長官黒田清隆より函館支庁勤務を命じられ、開拓使大書記官函館県副県令を務め、明治二十年（一八八七）に宇都宮県令として転出するまで十一年間函館に在住。また、明治八年（一八七五）千島樺太交換条約締結に際し、理事官補として調印にも立ち会っている。その間、市民公園、河岸の改修、水道施設の計画など近代函館の基礎を築いた功績は高く評価されている。上水道は函館を去った二年後に完成、日本人の手に成る初めての上水道となった。また、明治十一年（一八七八）に現在の本町《ほんちょう》・杉並町の電車通りから大森浜にかけ、約五十万坪の土地を購入、西洋式の模範農場を経営した。仁の父市来幸吉（いちきこうきち　一八六九―一九四四）は、函館との地縁もあることから造船会社道南ドック再建に際し、出資元の安本銀行の要請で経営に参加し、その経営を立て直した。また、父の代からの西洋式の農場の経営も軌道に乗せた。

仁は、造船技術を京都帝国大学で学んだ。造船技術を学ぶうち、自動車の機械構造やその生産技術を熟知し、海軍技術少佐として、オーストリアのウィーンで研究を行う目的で昭和十一年（一九三六）に渡欧した。帰朝後、横須賀の海軍研究所に戻り、戦局の悪化を受けて聯合艦隊に配属となったがマリアナ沖海戦で負傷。父幸吉の死により家督と爵位を継承、退役して函館に移居し、農場経営に力を注ぎ、当地で終戦を迎えた。多くの中小華族の例に漏れず財産の大半を失い、失意のうちに死去。仁の妹輝子は昭和二十年（一九四五）三月、東京本所にあった市来家の東京の邸宅で空襲に遭い死亡している。

「今の時代、男爵ってリアリティがないんだけど、要するにヨーロッパと同じような貴族ってことでしょう？」

「歴史の授業で習ったんじゃないかな。男爵は公爵以下五段階あった華族の一つ」

「特権階級のイメージが強いね、その特権がどんなものかによるけど」

「何人くらいいたんですか？」

「フローで約千人といわれている。貴族といわれる人たちは、フランスでは革命時に十万人から三十万人もいた。イギリスには現在でも世襲貴族が七百五十人いるわけだけど、それに比べれば、当時の日本の華族も少なくはなかった。ただ収入は、島津家や前田家などほんの一握りを除いて、ヨーロッパの貴族の半分くらいしか保証されなかったらしい。日本の場合、爵位は家の名誉という意味合いが強かったんだと思う」

「でも、華麗な生活は保障されていたんでしょう？」

「必ずしも全ての家がそうだったとはいえないようだ。爵位の品位を落とすような卑しい職業に就いてはいけないとする法律があったくらいだから、必死で生活していた華族もいたろう。背に腹は代えられない場合もあったみたいで、靴店で働いたり力仕事をしたりすることもあったらしい。そうした就労は糾弾されたようだ。現代ならリーガルショップで働くのもダメ、鹿島建設の現場で働くのもダメってとこかな。今では考えられないほど職業観がブラックだ。兵役にも特権は認められなくて、公爵の息子が二等兵で入営したともいわれている。世間の好奇な目にはいつも晒され、冠婚葬祭とか社交界での世間体も維持していかないといけない。一方で、登録した財産は負債が返せなくなっても差し押さえを受けないとか、帝国大学に優先的に入学できるとか、貴族院議員になれるとかの特権もあったけど、プレミアムな名家は別として、彼らの生活も案外窮屈だったはずだ」

「市来家はどうだったんでしょうね？」

「仁は最後の当主。外崎のおばあちゃんの話だと評判は良くなかったようだ。戦後無一文になって駅で死んでいたのが見つかった。貧すれば鈍すってとこかな」

「市来仁の経歴にはウィーンに滞在したと記されているし、手帳の断片的な内容もそれを裏付けている。メモのホテルもウィーンだ。［夜間飛行］の中心地はそこと考えていいのではないかな」

小此木は思案顔だ。

「ドイツ語が話されている街だしね、ウィーン」

「それでなんだが、市来仁に関して二つ調べた方がいいことがある。一つは人物像。祖父の市来為基や父の幸吉とは違ってイメージしにくい。どういう生き方をしていたのか？　悪いといわれる評判の中身はどうなのか？　そのアウトラインを知りたい。二つ目、ウィーンでの市来仁。それと［夜間飛行］の繋がり」

そこが鍵になると私も思った。

「うーん、手詰まり感があるな」

「柳の下にはドジョウだっけ、留美子と千帆美のコンビでもう一度現地調査に行ってこないか？」

「コンビ？　わっ、マジ、レトロ！」

「ほー。じゃあ、どういえばいいんだ？」

私が咬みつく。

「ペアですよ、あるいはバディ。やっぱ」

「あー、ムズイ」

思わず口に出る。

「行き先はウィーン？」

「まだそこまでは……もっと近く」

「はいはい。『行ってこい』って、函館ですよね。ロープウェイで夜景を見て、イカ刺を食べて、教会で写メを撮ってこいと！」

「千帆美ちゃんは初めて？　わたしは二回ほど行ってる」

「それ、上からでイラっとする聞き方ですけど、いいです。留美子先輩に付いていきます！」

「富山の時とは違って、ＶＩＰの旧男爵の足跡を辿るから情報は集まるんじゃないかな」

「そうかもしれませんね。市来、函館、で検索すると、市来町という地名が出てきます。町の名前になってるらしいです。市来男爵記念館とかもあるから、調べやすいといえば調べやすい」

「そうだといいわね……千帆美ちゃん、あなたいつ休み取れるの？」

「今度、秘書室に内部監査が入る予定があるんですけど、えーと、二十二、二十三の土日なら」

「ではそこで片づけましょう。そうだ。君たち二人にレポートを課します」

留美子は小此木と私を交互に見た。

「はい、長澤教授」

「南ドイツ新聞の記事。えーと」

講演の原稿から削られた部分を留美子は確認する。

「ヨーロッパでの大戦の犠牲者が失ったものに光を当てようという、美談に見えたその記事の内容……それが具体的にどんな内容だったか。それとラインハルト社についても」

「ラインハルトについては青森でネットで調べた。でも、残念ながら一般的なことしか分からなかった。もっと詳しいことを知っておいた方がいい」

「やっぱりネットでですか?」

「その時は、留美子と千帆美に調べてもらおうかと思ってた。でも、もっと有効な方法があることに思い当たった。クラウス・ランゲ。前に話したと思うんだけど、日本語がそこそこ話せる現地の弁護士だ」

クラウス・ランゲは、東昇エンジニアリングがドイツでジョイントベンチャーを立ち上げる際、社の代理人として働いてくれた弁護士だ。当時駆け出しだった彼の仕事はまだそれだけで、東昇エンジニアリングの法務部門の正社員のように働いてくれた。今ではミュンヘン市内に事務所を構えているらしく、クリスマスカードには順調なキャリアアップの報告が年を追うごとに増えている。

彼に調べてもらうのが手っ取り早い。

「ただ、ドイツ語でメールするのは面倒臭い」

「部長は日本語でメールするのも面倒臭いじゃないんですか。わたしとのLINEのやり取りも単語だけだし。男子小学生の学級日誌かと思いますよ」

千帆美のいうとおりだった。メールやLINEは苦手な部類だ。コミュニケーションは知覚のいくつかの情報を使って行われる。恋愛の対象なら、電話では物足りない、会いたいと思うのは、もっと情報が欲しいということなのではないか。その電話でも、相手の息遣い、声の響きなどでなぜ相手がこんなことをいうのかを推論することができる。しかし、メールやLINEはそうはいかない。親しいからこそ礼儀が求められるべきであり、そう思うと一字一句吟味して、相手がどのような意図でこういうことをいってくるのか、どんな返事を待っているのか、考えなければいけない気になる。忖度のスイッチを常にONにしなければならない。対面での会話なら一晩中続けられる相手とでも、メールやLINEになると途中で気疲れすることが多い。

私たちの世代は、デジタルネイティブのZ世代とは違って、生まれながらにしてWindowsやMacが傍にあったわけではない。ITやICTが、ゼロの状態から指数関数的に生活を席巻していったことを実体験している世代だ。ひょうたん島のドンガバチョのような小ズルい大人にはなりたくないと思い、フォノシートで東京オリンピックの録音を聞き、初めての衛星放送でJFKの死を知り、ショルダーバッグのような携帯電話を使う友人を羨望の眼差しで見て、一太郎という名のワープロが最良と信じ、DOSこそがOSの救世主だと論じ、携帯のストラップの希少性を競った。過去の時代の人が現代社会に紛れ込み途方に暮れるSFがあるが、中世や近世の人でなくてもいい、たった三十年前の人を現在の山手線の中にワープさせたとしたら、たった三十年なのにワンダーランドに降り立ったと思うだろう。車内では皆が小さな黒い画面を見て、その画面の上に指をスライドさせている。いったい何をしてるのかと。

努力して上達すればキャリアと呼ばれる。努力せずに上達すればセンスと呼ばれる。私はメールやLINEにはセンスがない。

「分かった分かった。頑張ってドイツ語でメールする」

私はそう告げた。

10

夏の函館は気温の上昇に伴って海霧が発生する日がある。留美子と千帆美を乗せたＡＮＡ７６５便は、視界不良のため最終の着陸態勢の途中で二度ゴーアラウンドし、三度目のアプローチで函館空港にようやく降り立った。七月二十二日、午後三時の到着予定が五時近くなり、夕暮れる夏の街をタクシーで函館山の麓、元町のホテルへ向かった。大正末期に建てられた海産物商社の本店を改装したロビーは、気だるそうにその出自を旅行者に物語っている。チェックインした時は霧もすっかり晴れ、暖色の街の灯が海へ向かってなだらかな傾斜を描き始めていた。

何度か北海道に来たことがある留美子とは対照的に、初めての千帆美は目新しい光景に気分の高揚を感じているようだった。

直線で構成されている札幌や旭川、帯広がいかにも北海道らしい街とすれば、坂が多く、入り組んだ街並みが残る港町の函館は北海道の都市らしくないともいえる。しかし、この街も間違いなく北海道であることを生態系的に実感するのは夜になってからだ。森や林、山の裾野から民家の庭の小さな植物に至るまで、ブラキストン・ラインを北に超えた植生は、本州とははっきりと異なる香りを漂わせている。匂いは生の根源でもある。青臭さが際立つような、そうした本源的な違いに千帆美は気づくだろうかと留美子は思う。

市来町を歩いてみたいと望んだのは千帆美だった。町名に残った市来男爵家の夢の跡があるとすれば、それを知っておきたいというのが理由だった。二人は翌日の日曜、市来町保存会を主宰する郷土史家柳瀬逸雄《やなせいつお》と会う約束をしていた。市来男爵記念館の検索から辿り着いた人物だった。

函館山からの夜景を年代を追って比較すると、明かりの輪が、大門《だいもん》と呼ばれる駅前から本町あるいは五稜郭と呼ばれる中心部の商業地区へと移動しているのが手に取るようにはっきりと分かる。行政区画の市来町は、市電がその五稜郭から大きなカーブを描き、大門へと向かう途中の左側の一角に当たる。函館を代表する公立高校と創立百年を超えるメソジスト系の女子校との間に広がる住宅地で、牧場の痕跡は今では見当たらない。この一角に市来家の屋敷があったことは電車通りを入った歩道に小さな碑が残っていることでしか分からない。明日、郷土史家と会う予定の一軒家のカフェはその碑から女子校の方へ五分ほど歩いた場所にある。この辺りの函館屈指の高級住宅地には桜並木が続き、ゴールデンウィークには本州に一カ月遅れる花のたおやかな連なりをみせる。しかし、七月の今は、その並木もこげ茶と薄い緑だけの隊列を組み、次の短い出番までの長いスタンバイを無言で受け入れているようだった。二人はそのカフェの場所を確認し、千帆美が前もって予約したレストランへ向かった。「ラ・クチーナ・ヴェンティトレ」は秘めやかにライトアップされていた。入り口に薪が積んであり、北国の風情が出迎えてくれる。民家を改造したイタリアンレストランで、港町の食材が良質なバターとチーズでアレンジされたコースを堪能した。

元町に戻ってホテルから函館山へ向かい八幡坂《はちまんざか》を上がる。振り返れば、街路灯のランナウェイの先には余生を送る青函連絡船が濃紺の港に係留《とま》っている。坂の途中に二階建ての清楚な造りのカフェがあり、ドアを開けるとコーヒーカップが並ぶ棚の前で物静かな「元町珈琲店」のバリスタが迎えてくれる。彼女が煎れる漆黒の一杯に港町の夜がひしめく。

「やたらいいですね、シブくて。この店の雰囲気。霧笛が鳴ればいい、みたいな」

「あれは飲み屋でしょう、浜の。カフェではないからねえ」

「そうでした。ほろほろ飲んでないですよね、コーヒー、わたしたち」

「そうよ。だけどね、千帆美ちゃん、前に函館に来た時教えてもらったんだけど、ここから離れた八雲町《やくもちょう》とか森町《もりまち》というところから、ニシンが獲れた時代にはトランク一杯に札束を詰めて漁師たちが函館に遊びに来たそうよ。一晩で使い切って帰ったんですって」

「すごいですね。使っちゃったのか」

「遊興、花街《かがい》でね」

「へー。北海道版歌舞伎町ですかね。でも、そういった派手な面影は今はないじゃないですか」

「そうね。消えてなくなったように見える。でもね、その時の大金の蓄積が幻のようにどっかに残ってる」

「えっ。隠されてるんですか？」

「ええ、掘ればざくざくと、じゃなくって、地下水脈のような形で」

「水流？　地下の？」

「例えば文化かな」

「ああ、分かるような気がします。博多も古いっちゃ古い街ですけど、いろんな文化が外に出まくってますね。でも、函館はそれが潜っている、とか」

「上質のウイスキーやブランディのように、文化は時の重なりを取り込んで熟成するものよ。それは洗練されれば洗練されるほど透明感が増して、誰でも受け入れてくれる器量を持つようになる。街もそう。だから、そうなるまでは多感期の女子みたいにツンデレされたりしても、わたしたちよそ者《エトランジェ》の方が街に対して寛容でないとダメだと思うわ。この港町の函館もそう。芳醇になる前に栓が開けられなければいいんだけど」

「男と女みたいですね。じれったい方が長く続くかもですね」

「意味深なことというのね、千帆美ちゃん」

カフェには、留美子たちを含む数組のエトランジェが思い思いのスタイルで寛《くつろ》いでいた。

夏の夜が浴衣の裾のように軽く動き、サイフォンにコーヒーが滴る小さな音だけが聞こえる。

11

「ここはね、進駐軍の将校の住居だったのを戦後譲り受けた人の娘さんが店に改造したんだ」

平屋建ての「カフェ・ド・カンパーニュ」について柳瀬逸雄はよく通る声で教えてくれた。ツイードのジャケットにグリーンオパールのループタイ。八十歳前後だろう、丸みを帯びた体型からも顔つきからも人柄がにじみ出ている。

「進駐軍って分かるかな」

千帆美の方に顔を向ける。

「分かります。函館にもいたんですか?」

「そうだ。五千人から六千人も駐留してたんだ。五島軒も――」

と明治時代から正統の西洋料理を提供し続けているレストランの名前を挙げる。

「接収されて進駐軍の司令部が置かれ、レストランの経営どころでなくなってさ。アメリカの兵隊たちはね、わがもの顔でね。函館の駅にも進駐軍専用の待合室が作られたり、大人たちは臍《ほぞ》を嚙んでたようだべさ。ガキだった時分、十字街で通りすがりにアメリカの兵隊さんにほっぺたをちょされて。怖くはなかったけど、いつもは威勢がいい浜の女の母親がその時急に顔を強張らせたのがやたら印象に残ってさ」

「函館もだいぶ変わったでしょうね」

「建物が新しくなったとかはあるんだども、札幌や東京があっという間に変わったのに比べると、ここは変化をしゃにむに後回しにするようなところがあって、若い人はあずましくないね」

（保守的ということではないと思うのだが）柳瀬の返答を待つまでもなく、留美子は一つの印象を持っていた。地域に暮らす人たちが守りたいと消極的に思っていることと、棄ててはいけないと積極的に思っていることの間には、当然のように大きなギャップが存在する。

「今日は市来仁さんのことを聞きたいのだったかい。仁さんのことを聞きたい人はいないべさ。先々代の為基さんや先代の幸吉さんのことなら研究してる人さいるんだけんど」

「はい。失礼ですが、東昇エンヂニアリングという会社のこと、お聞きになったことは？」

「ああ、名前だけは」

「その社長のことを調べているうちに、青森の外崎栄吉という人が市来家の書生をされていたことが判明したので、それで市来家についても知りたいと思いまして」

「そうかい。書生さんね、戦後復員してきた若者が市来の家に戻って一時期逗留してたと聞いたかもしれんな……いたとしても書生なんか雇う余裕もなくてタダ働きだったべさ。ともかく、市来家は特権階級の戦後の没落を代表するような家でね、家の格に当主の才覚、市来家は当主が仁さんでなかったら戦後も落ちぶれずに安泰だったかもしれんのに、仁さんはね、ありゃはんかくさいんだわ。ダメ人間でね。三代目は分水嶺とよく聞くけど、可哀想にまさにそれだ」

「いわゆる斜陽ですか。それでも町名が残っていたり、保存会があったり」

「それはね、仁さんの祖父《じい》さんや父親がこの土地に功績があったから」

「仁氏は初代や二代目に比べてそんなに見劣りする人だったんですか」

「そりゃ、あんた。浮浪者みたいに函館駅の待合室で亡くなっていたからね。ただ、コートだけは立派な舶来もんで、それさ、すっぽり包《くる》まって。毎日判を押したようにそこに来ていたというんだけど、屋敷もあるのになんで毎日だったのかね。日中の暖を取るのに来てたという人もいるけどさ。外国だかどこかへ遊びに行って、親から無理して送金させて全部パアにして帰ってきたみたいで、薪炭を買う余裕もなかったという話だ」

「ご家族はいらっしゃらなくて、お一人だったんですか」

「先代、つまり、仁さんのお父さんが亡くなられたのが昭和十九年。妹さんが一人おられたんだけど戦争中に亡くなられて。輝子さん。きれいな娘さんだ。あの、ほら、男爵薯《いも》を作った川田男爵。そこの娘さんも別嬪で評判で、聖書だか祈禱書だかを持って長い黒髪を揺らしながら、函館の西の当別《とうべつ》のトラピストの礼拝所に通う姿は絵のようだったと年寄りたちから聞いててね。川田男爵の娘さんの方はクリスチャンの洗礼を受けてね、結局結核で市内の湯の川のトラピスチヌの修道院で亡くなったんだけんど、市来の輝子お嬢さんの方は逆に勝ち気で、乗馬姿がすらっとして似合ってたらしいんだ。東京の本所で空襲にあって亡くなってね、終戦の年だ」

「仁さんは函館で亡くなったとおっしゃいましたが」

「それが、あんた、海軍さんで、なんとかの研究所にいてから、南方へ派遣されてひどい怪我してさ、父親が亡くなったこともあって退役したんだけども、部下も大勢戦死させたことを気に病んでたそうだ。あの時代だから、近くの開業医が検死したのかね、死亡診断書には心不全と書いてあって、要するに死因は分からんかったんだ。いろいろ無理したんだろうね。はじめは行旅死亡人《こうりょしぼうにん》として扱われそうになったんだけんど、ほら、コートが英国製の立派なもんで、それで仁さんと分かったんだ。そしたら、毎日のように駅に来てたと売店のおっかさんが覚えててね、他には仁さんのこと、気に留める人もいなかったべさ。最後はみんな持っていかれて無一文で、電車にも乗らずに、体悪いのに歩いてきたんかね、なんでまた、駅にね。四十六歳。運が悪いというか、運をあっちこっちで使い果たしたというか。死に顔は安らかだったらしいから、自分の置かれた境遇もあんまり身に入ってなかったかもしれんな」

「仁さんは結婚されていなかった？」

「これも噂なんだけど、仁さん、戦争前は資産がある男爵家の跡取りだから結婚相手には事欠かなかったんだろうが、華族の人たちのスキャンダルに巻き込まれたとかで、それで外国へ行かせられて財産をすったとか。ゆるくない人生なんだわ」

「お話をお聞きすると、市来仁の評判があまり良くないのは理解できるような気がするのですけど、記録とか残っていないんでしょうか、彼に関して」

「いや、自分が保存会の代表になってから市来町に住んでた古い人たちに教えてもらって覚えていることだね。直系でないけど市来の係累の人たちは東京におられて、たまにけっぱって顔を見せてくれるだ。したっけ、仁さんのことについてはあんまり表に出すべきではないと思ってたんだけど、なんも今日は別嬪さん二人だから、ついついしゃべってしまった。いやいや失敗だ。あんまり大ぴらにしないでくださいよ、市来家の黒歴史だからさ」

「分かりました。先ほど申し上げたように書生だった外崎栄吉さんのことも知りたかったので」

「まあ、くりかえすけど、書生さんのことはうっすらと聞いたような気がするだけで、名前まではね。仁さんが亡くなってすぐにいなくなったんじゃないかね。恩知らずに聞こえるかもしらんけど、あの当時はお互い生きていくのが精いっぱいで、みんな似たり寄ったりだったのさ」

「そうですか。いろいろ教えてくださってありがとうございました」

仁以外が当主だったら今でも市来家は函館で安泰なのにと繰り返して、柳瀬の話は終わった。

12

七月二十二日、留美子と千帆美が函館へ行っている間に、私はクラウス・ランゲのクリスマスカードに書いてある事務所のアドレスにメールを送った。メアドの末尾はドイツは「de」だ。久しぶりのドイツ語はいくぶんぎこちなく、ビジネス向けのメール用例集の味気ない例文のようになってしまうと思いながら、久しぶりに辞書を横に置いてキーボードを叩きはじめた。

ランゲとのメールのやり取りは意表を突く内容を含むものになった。

——亡くなった高柳さんの後任は松崎さんと思っていた。

——いや、なんの変哲もない、ごく普通の定年退職だ。

——あなたが東昇のトップとして最適だと今でも思っている。私が直接知る限り日本の企業の人事は極めて非合理的で非生産的だ。日本の企業と関わった外国人でそう考える者は多い。

——その誉め言葉は退職祝いとしてもらっておくよ。随分安上がりな退職祝いだけど。

——価格が高いことと価値があることとは一致しない。

——それをいうなら、人事の話でも、合理的であることはベターやベストであることとは一致しないぞ。日本の会社の上層部はベターやベストの結果は必ずしも合理的で生産的な選択からは導き出されないと信じ切っている。

——松崎さん、あなたも合理性を中世のバチカンから派遣された修道士のようなイメージで捉える傾向があるな。合理的であることがドライでクールだというのは神話にすぎない。日本の組織風土の基軸がウェットでウォームなのが神話にすぎないのと同じだ。

——組織風土とはまた教科書っぽいな。俺は、文化や風土はある時には繭になるが桎梏《しっこく》になる時もある、いってみれば親と子のようなものだと常々思っている。まあ、そんなことはいい、仕事の方は順調みたいだな。日曜に仕事をするなんて。どんな魔法を使ったのかな?

――ドイツの法律は、日本企業の内部統制の理屈とはパターンが違う。もし私が成功しているとすれば、そのパターンの違いが理由だ。あなたたちが嫌がる修辞を用いるなら、西欧式合理主義の中で仕事をしているからだ。もちろん東昇の仕事をあなたがたと一緒にした経験もプラスに作用しているが。

――それは心強い。一人の人間として以上に弁護士としての君を信頼できると思う。

――ハハハ、今度は私が感謝の意を示せばいいのかな。それで、久しぶりの連絡は仕事の話のようだな。

――それはそうなんだが、ややこしいかな。

――なるほど。ややこしいのは私も同じだ。どうだろう、89-4509-9877、事務所の番号だ。今ここにかけてくれたら折り返しあなたの携帯にかけ直す。事務所の経費だ。

一分後、私はスマートフォンで話をしていた。久しぶりのランゲとの会話は、忙しく高揚感に満ちていた日々を蘇らせた。

「私は八十パーセントはドイツ語、二十パーセントは日本語で話す。松崎さんは七十パーセントはドイツ語、三十パーセントは日本語で話してくれ。これでバランスをとる」

「おいおい。計算が合わないぞ。相変わらず抜け目ないな。今日連絡したのは高柳幸敏に関することだ」

「そうなのか。それで？」

「高柳が倒れた時、俺は東昇の社長の執務室で彼の傍にいた。そして、彼は息絶え絶えで俺にドイツ語のある言葉を伝えた。それが何を意味するのか、なぜ俺に伝えたのかを友人たちと一緒に解こうと思っていろいろと調べている。その途中で、市来仁という海軍将校がウィーン滞在中に使った手帳の中に、高柳が俺に告げたその言葉を見つけた。『nachtflug』」

「……『夜間飛行』？　なるほど。ロマンティックな言葉だ」

「高柳は三年前のミュンヘン出張中にある企業をめぐる情報に接している。始まりはそこではないかとわれわれは考えている」

「三年前？　詳しくはいつ頃かな？」

「出張記録とパスポートの記録によれば二〇一四年五月二十三日から三十日。時差はあるけど」

「それで、その情報とはどの企業のものなのか、松崎さんは分かっているのか？」

「ヒュッター・ウント・シュルツのグループ企業、ラインハルト社だ。君にお願いしたいのは、高柳が知った情報がどんな種類のものだったのか、それを調べてほしい」

「……」

「ランゲ、もしもし、聞こえてるのか？」

「ああ、聞こえている。松崎さん、どうだろう。思い切ってこっちに来ないか。お手伝いできると思う。今私が持っている情報が誰、あるいは何と繫がるのか判断できなかったが、あなたとのこの電話ではっきりした」

「そうなのか。それで、こっちというのはミュンヘンのこと?」

「もちろん。たった十二時間のフライトだ。二時間三十分の長編映画を五本見れば着いてしまう。企業戦士でなくなった今の松崎さんは時間を持て余しているだろう。私の方からも高柳氏に関して話したいことが実はある」

「高柳に関して?」

「それも含めて、会った時に話そう」

「ちょっと考えさせてくれ。数日内に連絡する。できるなら友人たちと四人で行きたい。彼らの都合を聞かないといけない」

「そうか。ぜひ来てほしい。できるだけ早い方がいい。会える日を心待ちにしている」

第四章　検　証

1

全日空とのコードシェア便、ルフトハンザ航空715便は、羽田を十二時三十五分に発ち、ミュンヘンには時差の関係で同日十七時四十分に到着する。

八月一日、ゲートにはクラウス・ランゲの弁護士事務所のオクタヴィア・ケーニヒが出迎えてくれていた。黒に近い茶の髪をミディアムパーマでワンレンにしている。送られた写メより短くしたようだ。黒いウールのワンピースに低いかかとのローファーを履いている。ピアスも指輪もターコイズを使い、目の色をアクセントにしている。千帆美は同世代の気安さからか、早くも英語まじりのガールズトークで打ち解けている。

ランゲとの電話の三日後、七月二十五日、留美子と千帆美からの函館の報告を聞きがてら、私たちは四人でミュンヘンへ飛ぶことを検討した。思ったとおり、三人は即座に賛同してくれた。小此木は、キャッチフレーズの「ゆとりフリーター」としてヨーロッパへ自費で視察に行くと宣言した。留美子は、春セメスターの授業は終了し、テストの代わりに学生にはレポートを提出させることにした。千帆美は、本人によれば複数の上司の妨害を受けながらも特別な例外として有休を含む三週間の休暇を認めさせた。そして私は、妻の容子に呆れられる以外は自由だった。慌ただしく準備し、異なった生活をしている四人としては驚異的な速さで羽田へ向かうことになった。皆はオープンチケットを夏季の高い料金帯にも拘わらず準備してくれた。

私はランゲに電話し四人でミュンヘンへ行く日程を伝えた。ランゲはミステリアスな言葉を残した。

「了解。しかし、危ういな――」

私たちはオクタヴィアの運転するメルセデスのVクラスでランゲの事務所へ向かった。事務所はミュンヘンの東、プリンツリーゲン広場の近くのビルにある。意図的に古びた意匠を加えた石造り風のビルで、弁護士事務所であることはエントランスに埋め込まれた小さな青銅のプレートで分かるだけだった。

古色な外観とは対照的に、オフィスは機能的で明るいインテリアで統一されていた。ランゲと私は儀式のように握手とハグをこなし、そうすることで歳月のブランクが消えていくように思えた。弁護士のランゲは、ブロンズの髪が後退し、眉間に刻まれる線が深くなっている。

「松崎さんは全く変わらない。ミラクルだ」

「いや、ランゲの方こそ逆に若返ったのでは？」

「いやいや、今さら『お世辞』についての講義は要らない」

そう笑うランゲに、私は小此木宏、長澤留美子、森千帆美の三人を引き合わせる。

「はじめまして」

日本語の挨拶のイントネーションはできる限りフラットにと、私が機会ある毎に何回も教えたことを忠実に守っている。

全員を紹介し終えてから、ランゲと私は互いの二十年分の仕事と生活について、ドイツ語のウォーミングアップも兼ねて話した。

「あの、そろそろ、日本語とか英語も使っていいとか?」

黙って聞いていた留美子がじれったそうに口を挟む。

「これは失礼。私はそのうち日本語もましになるでしょうから。日本語とドイツ語と英語と、松崎さんが好きな『しゃんぽん』でいきましょう」

「ちゃんぽん、だ」

私は笑って応じながら、あえて唐突に切り出した。

「ランゲ、君は二〇一四年の九月四日から七日の間と、翌二〇一五年の二月二十日から二十四日の間、そのどちらか、あるいはどちらとも高柳と会ったろう?」

ランゲは弁護士だ。ドイツに来た高柳と会っていても、職業倫理上、秘匿するかもしれない。考える隙を与えず、反応を見たいと思った。ランゲは即答せず、五秒くらい置いて答えた。

「そうだ。実際に会ったのは二〇一四年九月の一回きりだ。しかし、どうしてそのことを?」

「ドイツ、特にミュンヘンで、重要なことをプライベートで調べたいとする。ランゲ、君の名前しか浮かばない」

「なるほど。まあ、分からないでもない」

　ランゲは続ける。

「亡くなった高柳さんが松崎さんに［夜間飛行］というメッセージを残した。松崎さんに解読もしくは利用してほしいという願いがあったものと思われる。したがって、高柳さんから依頼された内容についてそれを松崎さんたちに開示することは、かえって故人の意に即していると判断できる。彼とミュンヘンで会ったのは二〇一四年の九月だったけれど、コンタクトはそれより前、七月下旬にはあった。それが最初だ」

「で、ランゲ、君が高柳から依頼されたその内容とは？」

　私たちの来訪の目的をすでに察していたのだろう。テーブルの上には一冊のファイルが用意されており、それをランゲは手に取った。

「松崎さんとの電話で市来という名前を聞いて驚愕した」

「それで押し黙ったのか」

「ほとんど声が出そうだった。高柳さんからの依頼は、まさにその市来のことだった。正確には二〇一四年八月八日、突飛なものだった。市来男爵家の長男が一九三六年から翌年にかけてウィーンに滞在している。その市来仁がラインハルト家と関わりがあった。その情報が欲しいと。日本で調べても分からないと高柳さんはメールに書いていた。ウィーンでの市来仁は三十代だった。戦後すぐに亡くなっていると説明があった」

ランゲの口から市来の名前を聞いて、留美子と千帆美が驚いた様子を見せる。

「市来仁と、手帳にあったラインハルト家……そのものズバリですね」

「私の事務所は個人についての調査は行っていないと伝えた。すると高柳さんは、市来仁とラインハルトのことは現代にまたがる経済問題に発展する可能性があり、調査結果によっては法的な助言が必要になるので、弁護士の私に任せたいと答えるにとどまった」

ランゲはすでにプロの弁護士の表情を見せている。

「彼は私の古い友人でもあり、大企業の社長だ。なぜ八十年前の日本の貴族の足跡を調べる必要があるのか、高柳さんから直接聞かなくても、調査の過程で自ずと明らかになっていくと私は考えた。仕事柄、さまざまな調査をしてくれる小さな事務所、君たちのいう『下請け』は常時用意している。そのようなところを活用すれば、男爵の足跡も辿ることができると思った」

ランゲは組んでいた足をほどいて身を乗り出した。

「それはそれとして、私の印象としては、高柳さんが残したメッセージへの解答に、あなたたちは近づいていると思うんだが」

「ある程度はそうだ。この三人の」

と小此木、留美子、千帆美に手を向け、

「観察と分析の賜物だ。まだ道のりは長いけど」

と付け加えた。

「なるほど」

私は、高柳が彼の妻の真由美にドイツへのプライベートな二回の旅行をなぜ出張と偽ったのかという疑問から、高柳と二人の老人、安念と外崎との接点を探りだし、「夜間飛行」が記された市来仁の手帳に行きついた過程を要約した。ランゲは注意深く聞いていた。

「すばらしい。高柳さんは今あなたたちが持っているような情報を私に伝えたわけではない。一義的に、市来仁のオーストリアでの動向を知りたいだけのようだった」

「で、オーストリアでの市来仁については何か分かったのか？」

「ドイツやオーストリアでは両大戦とその間に起きた出来事は、歴史ではなく未だ現実だ。公的私的を問わずアーカイブスは保全されている。結論からいうと調査自体に困難はなかった」

「わたしたちは市来仁と関わりが深い函館へ行って、市来家に詳しい人に彼のことを聞いたんですが、ウィーンでの市来については全く分かりませんでした」

留美子は英語を使った。

「その点については概略は分かりました。市来仁は一種の公的な立場でウィーンの機械部品製造企業と関わっていたのです」

ランゲは丁寧な日本語で留美子に答えた。

「その企業がラインハルトということか」

私は思わず口走っていた。ランゲは私に視線を戻した。

「そうなのだ。一九三〇年代のことだが、オーストリアの工業力は一面的にはドイツを凌駕しており、ヒトラーが一九三八年、アンシュルス、すなわち、オーストリアの併合を強行した理由の一つが、その工業生産力を欲したからだともいわれている」

　ラングは足を組み直し、ソファーに深く座った。

「市来が日本政府に命じられたのは、ヨーロッパのそうした先進的な技術力を持つ企業で実地に研究を行うことだった。艦船や艦載機製造のためということも視野に入っていただろうが、とにかく日本の製造業の技術力アップのためというのが研究の主眼だったらしい。考え方にまだ少しは余裕が残っていたのだろう。その研究先に選任されたのがラインハルトだ」

「市来仁がそのラインハルト社に派遣された理由は分かるんですか？」

　小此木が聞いた。

「ええ。それも概略なのだが、市来は、京都帝国大学の工学部を卒業し、海軍の技術少佐として横須賀にいました。機械工学に詳しいだけではなく、ドイツ語に堪能だったのが派遣の直接的な理由のようです」

「直接的？」

　他にも理由があるのかと私は思った。

「そうなんだ。市来は一九三三年に起こった、一部の華族を巻き込んだスキャンダルの当事者の一人で、ほとぼりが冷めるまで海外へ逃避したとも噂されている。真偽はともかく、市来仁はウィーンの滞在先としてラインハルト社のオーナー経営者の自宅を希望した。彼がホテルや下宿屋を選ばなかったのは間違った選択ではなかったようだ」

「ホテルには泊まらなかったんですか？」

留美子が聞く。

「市来のような階級《クラス》の人間にとって、従卒やバトラーのような使用人が付くのであればホテル暮らしもいいだろうが、表向きは政府派遣の研究生だったので、単身で来ざるを得なかった。食事や洗濯といった身の回りのことも考えると、現地の相当の家、すなわちラインハルト社のオーナー家に任せる方がいいと、日本の公使館でもOKを出したのではないかな」

「そのラインハルト家が経営する会社で市来仁は自動車の生産ラインについて研究したんだな？ウェブでラインハルト社のことを調べたが詳しくは分からなくて」

「ラインハルト家の草創は工具を製作していたライプチヒの工場だ。やがて自動車の製造が本格的になると、自動車そのものではなく、製造ラインに目を付け、これを専業にヨーロッパで確固たるシェアを持つに至った。時代は自動車の黎明期。自動車本体のように他社との競争にさらされることも少なく、業績は伸びた。ラインハルトの一族には経営センスがあったのだろう。第一次大戦の被害はそう大きいものではなく、大戦後も勢いは止まらなかった。一九三〇年代に入ると、高い技術力を持ったオーストリアの複数の企業を傘下に収め、ビジネスの基盤をライプチヒとミュンヘン、それにウィーンの三カ所に置いた。ヨーロッパの多国籍企業の走りともいわれている。ウィーンは傘下に置いたオーストリアの企業の本拠地だ。当主フェルテン・ラインハルトの妻クリスティアーネの生家のエッゲルト家もあり、貴族的なマントを纏《まと》いたいラインハルトの一族にとって、共和制になったとはいえハプスブルクの残り香に満ちていたウィーンは、必要不可欠な街だったのではないかと思う。家名のロンダリングだ」

「そう考えると、日本の貴族を逗留させるのも家の箔をつけるためにはおあつらえ向きだったのか」

「当時の世界情勢から考えるとそうだ。軋轢が生じつつあったイギリスの貴族よりは日本の貴族を世話する方が政治的に安全だった」

「両者の思惑が一致したわけだな」

「そのようだ。話をラインハルト家のビジネスに戻すと、第二次大戦前の軍需によって経営は安定し、オーナーであるこの一族はドイツ圏では名門になりつつあった。その終焉は、しかし、あっけなかった。一九四三年一月、フェルテン・ラインハルトとクリスティアーネが突然ダッハウの強制収容所送りとなった。

二人の娘をライプチヒへ逃がすことでフェルテン・ラインハルトは精一杯だったようだ。翌年クリスティアーネは恐らく流行性の疾患で死亡。そのまま終戦。ダッハウがアメリカ軍に解放された時、フェルテンはかろうじて生き延びていたものの、二年を超える収容所暮らしと妻の死や娘たちと引き裂かれたことでメンタルに変調を来し、一九四六年の十二月にアメリカ軍所管の医療施設で死亡したことが確認されている」

「経営者がそうなると、ラインハルト社はもちろん安泰ではなくなりますね」

留美子が頷く。

「パイロットが突然いなくなった飛行機のダッチロールだった。フェルテン・ラインハルトが拘禁されてほどなく、ヤン・ビヤホフなる人物が社長になって、ドイツ国軍の軍需施設に転用された。

そして敗戦が濃厚となり、二進も三進もいかなくなった。ライプチヒの創業時からの本社は一九五〇年、前年にソ連占領下から独立した東ドイツ政府の命令により国有化された。ファシズムに協力した企業が、懲罰的に真っ先に国有化されたのだが、そうではなかったラインハルト社がなぜ早期に接収されたのかは不明だ。東ドイツかソ連の指導者のお定まりの気まぐれによるものだろう。

市来仁男爵に話を戻すと、彼がウィーンに滞在していたのは、したがって、ラインハルト家が華やかな光を放っていた最後の短い期間だった」

「でも、ラインハルト社は現在でもあるんですよね？　高柳社長の講演にあったように」

留美子が身を乗り出す。ランゲは頷いて続ける。

「ポイントはベルリンの壁崩壊後の東西ドイツの統一だ。統一は東ドイツの社会主義経済を西ドイツの資本主義経済に編入することでもあった。そして、東ドイツの社会主義的所有権をどうやって、私的所有権に移行するかが歴史的課題となった」

「そうだろうな。経験したことのない規模と内容だったからな」

二十世紀の折り返し地点辺りに生まれた私たちの世代にとっては、ドイツの統一は二世紀か三世紀後、もしくは核戦争後のことだと思っていたので、リアルタイムで送られてきたベルリンの壁崩壊の映像はフィクションのようでもあった。

「幸いだったのが、西ドイツ、ドイツ連邦共和国に経済力があったことだ。経済力を背景に、統一条約の附則では、ナチスや東ドイツの支配下で不法に没収されたり、強制的に売却された財産の、所有権の返還の法的手続きが示された。西ドイツには、東ドイツに接収された資産を持っている人も多く、その声を汲んだとの見方もできるが、経済大国西ドイツの勝利宣言でもあった。その上で、それを確実にするために、東ドイツの資産は新たに作った機構である信託公社が一旦所有し、それを払い下げる方式を採った。これもまた、西ドイツが裕福だったからできたことだ。ラインハルト社の経営権はこうして売りに出され、それを買ったフランスの電器メーカーのアドリオン社の子会社として資本主義的に復活した後、M&Aでわれわれのよく知るヒュッター・ウント・シュルツの傘下に入って現在に至っている。ヒュッター・ウント・シュルツに加わったのが十年くらい前のことなので、松崎さんはたぶん知らない。組織体としては、だから、規模と形態、法的な立ち位置はともかくとして、創業時から継続していると見なされる」

「そんな風に名前が残ったのか。それで、市来仁の続きは?」

「話はここから核心に入る」

ランゲは含みを持たせる。

「ラインハルト家当主のフェルテンと妻のクリスティアーネの間にはローラとマルレーネという年齢の離れた二人の娘がいた。姉のローラは、一九〇一年生まれ、一九一七年に職業軍人ハンス・フィーツェと結婚、一年も経たないうちに夫が戦死、独身のまま一九五三年に東ドイツ国民として死亡している。姓は戻していない。一方、妹のマルレーネは一九二一年生まれ、一九三九年、ウィーンの名家の一つマイヤー家の長子フランツと結婚した。姉妹はウィーンで第二次大戦の開戦を迎えた。終戦の時は二人ともライプチヒにいて、そのまま東ドイツの国民になった。一九五二年五月に国境が閉鎖され、姉の看病を続けていたマルレーネは二度と自分の夫に会うことができなかった。

一九九〇年十月にドイツが統一されたことでマルレーネはドイツ国民となった」

　オフィスは森閑としていてランゲの声はよく通った。

「ラインハルト家には、繰り返しになるが、ビジネスの拠点としたライプチヒとミュンヘン、それにウィーンの三カ所に邸宅があった。この三カ所のうち、一番小さなミュンヘンの邸宅は、それでも敷地が四千平米あり、そこには現在も、個人の邸宅としては当時珍しかったコンクリート造りの近代的な屋敷が建っている。戦後アメリカ軍に接収され将校クラブとして暫く使われた後、NATOの軍需施設に切り替わった。その後、七〇年代の米ソの緊張緩和《デタント》をめぐる政治的思惑でカトリック系の慈善団体であるドイツ・カリタス連合体に払い下げられ、今はホスピスになっている。二〇〇〇年、戦争中に略奪された財産を調査するNPOによって、その敷地がラインハルト家の所有だったことが判明し、その過程でマルレーネ・マイヤーがライプチヒの救護院のような劣悪な施設に収容されていることも明らかになった」

　ランゲはファイルを閉じた。

「事態はマルレーネにとって良い方向へ動いた。ドイツ政府とカリタス連合体、マルレーネの代理人との間で協議がなされ、その結果、彼女が骨髄異形成症候群を患っていて定期的に輸血を受ける必要があり、身寄りもなく屋敷の所有権の主張をする気がすでにないことなどを確認し、希望を聞いたうえで、もとは彼女の自宅だったホスピスへ転院、療養が続けられている。毎日をベッドで過ごす生活だが、頭脳は明晰で、思考や記憶力にも問題はない。会話は支障なくできる。つまり――」

ランゲが私たちに鋭い視線を向ける。

「市来仁のことをよく知っているラインハルト家の娘の一人マルレーネ・マイヤーは今九十六歳。ここミュンヘンで生存している」

ところどころ日本語を交えて話すランゲに留美子と千帆美が真っすぐに反応する。

「そうなんですか、すごい！」

「それで、高柳にはその調査結果を知らせたのか？」

「二〇一四年九月に彼がミュンヘンに来た時、詳細を伝えた。だから、彼は市来仁を知る唯一の生き残りの証人マルレーネと会っているとは思う」

「思う？」

「高柳にはマルレーネ・マイヤーの情報は渡した。それを受けて高柳が彼女と実際に会ったかどうかは分からない。私はもちろん詮索しなかったし、高柳もマルレーネ・マイヤーと会ったか否かを含めて何も語らなかった」

「あくまで秘密にしたかったんだな。それで、われわれの方はマルレーネ・マイヤーと会えるかな？」

「いろいろと考えてみた結果、あなた方を彼女のところへお連れすることは、彼女の人生の最終章にとっても有意義なことだと思う。ホスピスには連絡してあり、いつでも会いに来ていいとのことだった」

「君は同席してくれるのか？」

「そのつもりだ。早い方がいい。明日午後でよければ先方にそう伝える」

私たちはお互いを見やり、頷いた。ランゲはその場でホスピスに電話を入れ、午後一時に面会するアポイントを取った。

「さて、もう一つ。高柳が出張中にドイツで得たという情報なんだが」

ランゲはファイルに挟んでおいたコピーを手に取る。

「二〇一四年五月二十三日から三十日までの間に、ラインハルト社についての南ドイツ新聞の報道は一つ。高柳からは聞かされなかった、私独自の調査だ。これが、まさに――」

私を熱っぽく見た。

「松崎、あなたが欲しい情報と一致した」

そういってそのコピーを私に渡した。記事は二〇一四年五月二十六日のものだった。

戦前・戦中発行の株式を募集

ヒュッター・ウント・シュルツ社は、CSRの観点による特別措置として、グループ企業であるラインハルト社の一九三〇年一月一日より一九四五年五月五日の期間に発行された株式について、記名、無記名にかかわらず、株券に記載されている株式総数を二〇一四年五月二十七日の終値、一株四十八・九一ユーロで買い入れると発表。

同社によると、ただし、記名株式であれば額面に記載された所有者と現所有者との関係を示す法的なエビデンスが必要となる。また、特に、当該期間にナチスによって不当に所有権が移転された恐れのある株券については状況を精査する必要があり、個別の対応となる。株券の現物はヒュッター・ウント・シュルツのベルリン本社まで持参の必要がある。買い入れの期間は二〇一七年度中に終了するが、応募状況に照らし、ヒュッター・ウント・シュルツ社の取締役会で決定し、買い入れ終了日の三カ月以上前に発表する。また、実際に買い入れた株式はヒュッター・ウント・シュルツ社の取締役会の議を経てラインハルト社の資本に算入する。詳細および連絡手段などについてはヒュッター・ウント・シュルツ社のウェブサイトを参照のこと。

「高柳はこの記事を二〇一四年五月の出張中に知ったんだな。朝、ホテルで新聞を読んだか、あるいは訪問先の会社で見たか、見せてもらったか……」

と呟く私に、ランゲは質問を返した。

「この記事には裏がある。後で話す。松崎さん、この記事をどう思う？」

「そうだな。この内容を出張中に知って、高柳は最初は自分の会社にも関連する面白い記事だと思った。青森の商工会のスピーチでも、グローバル化だからこそ海外のビジネス相手の事情にも気を配るべきだという例として使った。ところが、その商工会の祝賀会の会場で偶然、ラインハルトのことをよく知る老人と遭遇した。聞けば、市来という男爵がウィーンに滞在中のことを記した手帳を持っていて、そこにはラインハルトという名前が頻繁に出てくる。しかも市来家は、ヨーロッパでの仁の無謀とも思われる投資のせいで戦後、絵に描いたような没落をしているらしい」

小此木が引き継ぐ。

「高柳氏はそういった断片的な因子を重ね合わせて推論した。そして、仁の投資先はラインハルト社との推測に辿り着く」

小此木は続ける。

「市来仁の手帳を外崎老人から借りて詳しく読み、その可能性が高いことを確信する。散文的な記述の中にポツンと、『夜間飛行』と『バーゼル』という地名がある。ランゲさんに市来仁のことを調べてほしいと連絡する」

「結果、マルレーネ・マイヤーが生きていると知った」

「繋がりますね」

千帆美が頷く。

「Xって、この記事のことだったんですね」

「X?」

ランゲはまだ知らない。私は、高柳がドイツで得ただろう情報を「X」と呼び、それが「夜間飛行」を解くカギになると考えていたことを明かした。

「[夜間飛行] とXすなわち、二〇一四年五月二十六日のミュンヘンの地方紙の記事とを結ぶ線――」

「明日、マルレーネからその線に結びつくどんな話が聞けるのか……」

「質問があります。ヒュッター・ウント・シュルツは、どうして戦前に発行されたラインハルト社の株式を今頃になって買い付けることにしたのかしら?」

留美子が皆に視線を向けた。

「それが――」

ランゲが留美子の問いに応える。

「記事に隠された裏事情だ。これは官庁の情報網なんだが、ラインハルト社は二〇一四年、自動車の組み立てラインの自動化のある技術に関して、特許《パテント》の申請が秒読み段階にあった。ここで問題が起きた。そのことをどうやって嗅ぎつけたのか、アメリカのヘッジファンド、グロス・キャピタル・マネジメントがラインハルト社に対してhostile bid《ホスタイル・ビッド》、日本語ではなんといったかな?」

「敵対的買収」

「そうだ、その敵対的TOBを仕掛けるらしいと分かった。困ったのが親会社のヒュッター・ウント・シュルツだ。新技術の公開まで待てば株価は高騰し、ファンドはTOBを諦めることが予想された。したがって一定期間TOBを防ぐことが喫緊の課題となった」

「それで株式を集めようとしたのか?」

「そうなんだが、話はそこから複雑性を増す。戦前発行の株がなんとか集まったとしても、全体の割合からは微々たるものだろうし、だいいち、どれぐらい集まるかも予測できない」

「それなら、どうして公募したんですか?」

「ヒュッター・ウント・シュルツはCSRの観点から戦前に発行された株式を買い取ると表向き謳っている。明確には書かれてないが、公募は戦時中のユダヤ人財産の救済の一環であることを匂わせている。そのアクションの人道的な側面を承知で株の買い取り期間中に無理やりTOBを仕掛ける者がいたら、その行動は社会的に批判を招くだろう。何よりアメリカのそのファンドにはユダヤ資本が入っている」

「なるほど、ファンドはその間は道義的にも手が出せないというわけか」

「そうなのだ。実際この記事が出てからはTOBが仕掛けられることはなく、半年後にラインハルト社はパテントを申請。株価は高騰し、ファンドがTOBを仕掛けてもプロフィットが見込めない水準に到達してしまっている」

「ヒュッター・ウント・シュルツの目論見どおりになったんだな。裏の目的は達したとはいえ、株の買い付け自体を取りやめにするわけにもいかないわけだ。体裁やイメージもあるからな。ランゲが調べた今の裏情報を高柳が青森の講演で触れたところをみると、ヒュッター・ウント・シュルツに表敬か契約かで行った時に、向こうの人から聞いた公算が強い。高柳がどこまで読み解いたかは分からないけれど、近々ドイツへ行くつもりだともいっていた。その、株式の買い取りはいつまでかはっきりしているのか？」

「そのことなんだが」

ランゲは表情を変えないで私たちを眺めた。

「今年三月三十一日のヒュッター・ウント・シュルツの取締役会で決まった。期限はちょうど今日から一週間後、八月八日火曜日午後六時だ。時間がない。だから君たちに来てもらった」

（それで危ういといったのか……しかし期限が迫りすぎている）私はランゲの無表情な横顔を睨んだ。高柳は買い取り期限が八月八日に決まったことを知っていた。だから、それまでにドイツへ行こうとしたのだろう。高柳は真相に辿り着けたのか――。

2

　ロンドンやパリとは異なり、ミュンヘンの街のたたずまいには喧騒や陽気さとは離れた「東欧の影」が、建物に未だに残る銃痕のようにそこはかとなく滲んでいる。山本直純作曲のCMで、サッポロ、ミルウォーキーとともに、ボニージャックスが歌ったミュンヘン。

　ランゲの事務所での初めてのミーティングの後、私たちは食事に行った。「ホフブロイハウス」は一五八九年創業、醸造元直営のミュンヘンで最古のビアホールだ。一階のホールではアーチ形の高い天井に陽気な喧騒が木霊し、何事にもオプティミスティックであれば、時はゆらゆらしながらもポジティブに移ろうものだと、店内の客たちに教えている。

　千帆美は初めての本場の白《ヴァイス》ビールと白ソーセージ《ヴァイスブルスト》の白の複合に心酔している。留美子はランゲが勧めたアスマンスハウゼンの辛口の赤と紫キャベツ《ロートコール》が付いた鹿のローストのミントソース添えが気に入ったようだ。そのランゲは店に預けてあるマイジョッキを専用の棚から持ってきて、小此木と私と一緒にダークビールを飲んでいる。私たちはドイツと日本の生活習慣や社会観について議論を展開し、二時間近くをビアホールで過ごした。千帆美は自分の英語の語彙力を最大限に生かして、世代が同じオクタヴィアとロックやファッションのガールズトークに余念がなかった。

　ランゲとオクタヴィアと別れて、私たちがホテルに帰ったのは午後九時過ぎだった。飲み足りないわけではなかったが、それぞれの部屋へ戻るまでにはもっと共通の時間があってもいいと思わせる季節だった。旅の醍醐味の一つは、全てが弛緩して沈下していこうとする夜に対して無駄に抗ってみることにある。ホテルのバーの片隅のソファーへ私たちが向かったのはそうした共通の気持ちがあったからだろう。

「明日、進展があればいいですね」

「そうだね、ミュンヘンまで来たんだから」

「でも期限がこんなに迫っているとは予想外だった。もっとも、期限があることすらも分からなかったんだから」

「[夜間飛行]の利用期限か」

「焦りは禁物」「まだ一週間！」といったやり取りの後で、気持ちの高ぶりを避けるように、互いの個人的事情に向かって会話の主題が移っていく。

「一緒に暮らそうと思った相手はいなかったのか？」

聞くつもりもなかった留美子への質問を私にさせたのは、[夜間飛行]を探る旅が深い過去に入り込んでいる気負いがあったからなのか……。

「セクハラだけど許す！」

留美子は一人で頷いていった。

「相手がいなかったのか？ でなく、いないのか？ でしょう！」

「部長、そうですよ！」

千帆美が睨んでみせる。

「わたしはね、自分の原罪から抜け出せないでいるの。いや、それも違う」

と微笑む。

「原罪――という名の居心地のいい逃避場所ね」

下北沢の駅から歩いて十分ほどのアパートに留美子はしばらくの間、二歳年上の医科大の学生、四宮《しのみや》恒男と同棲していた。玄関で靴を脱いで共同の靴箱に入れ、鈍く磨かれたような手すりのついた階段を上がる。部屋の薄っぺらいドアにはひし形のすりガラスが嵌まっていて、傷だらけの真鍮のノブを回せば、六畳の、住む人のテンションを決して上げることのない狭い空間があった。部屋に一つある窓もすりガラス。それを開けると隣のアパートの壁。

四宮恒夫の実家は広島の福山では老舗の呉服店で、その経済力に頼れば洒落たマンションのワンルームに住むこともできたのに、なぜか、そうはしなかった。彼はインターン闘争で揺れた国立大学にほど近い水道橋の医科大学の医学部に在籍していて、一九六九年の安田講堂の攻防以後収まりかけていた闘争が、余波のように激化するのに伴い、アパートに帰らない日が多くなっていった。留美子は大学からの帰り、新宿で小田急線に乗り換えて、その部屋で四宮を待ちながら、小さなテーブルに伏して朝を迎えることもあった。夕飯の食材はいつも共同の冷蔵庫に小さくまとめて入れてあった。

たまに四宮が早く帰ると、お帰りなさいと声をかける留美子に、(ああ) と聞き取れないくらいに低い声で応え、それでも不機嫌というわけではなく、直ぐに留美子を抱き寄せた。ひし形のすりガラスが嵌まった薄っぺらいドアと小さなテーブルの間に、セブンスターとうっすらと麦わらのような汗の匂いがした。

二人のつましい夕飯を、アンテナをいくら調節しても乱れるトランジスターテレビの画面と音声が飾った。その他の時間は「民青」と大きく書かれたビラを校正する四宮とその横顔を眺める留美子との構図だけが生活としてあった。

「イケメンだったんでしょう、もちろん？」

千帆美の問いに留美子は微笑む。

「二人はね、今から考えるとね、あれ以上ないくらいステレオタイプの状況にいたのよ、友人の紹介というスタートから何もかも。でも、わたしには全てが輝きだった――」

留美子自身は思想的には無関心《ノンポリ》だったので、四宮とは政治的にやり合うこともなかった。つまりは、二人は昭和四十年代終わりから五十年代初頭にかけての大学に籍を置く典型的ともいえる男と女だった。コップに差した二本の歯ブラシとか、彼の大きめのごはん茶碗とか、二人分が混ざった洗濯物とかが、男と女が一緒にいることの証だと留美子は思っていた。

その日、凍てつくような晴天の二月初旬、留美子は病院での診察の帰りに駅のそばの花屋で深紅のバラを一本買い、うすいブルーの一輪挿しに活けて部屋のテーブルに飾った。

（気づくかな？）四宮に診察の結果を告げる自分を想像して留美子の気持ちは高ぶっていた。

警察からの電話があったのは、ご飯だけは先に炊いておこうと共同のキッチンに立った時だった。取り次いだ管理人の心配そうな表情に胸騒ぎを覚えた。

恐る恐る電話口に出た留美子に、警視庁神田署の公安は名乗らずに四宮が腕を骨折して入院したと告げた。彼が通う医科大学のキャンパスの近くで機動隊の盾に腕を払われて転倒したらしい。公安の口調には、機動隊員の過剰防衛もあり温情で伝えてやっているという傲慢さがあった。入院の手続きの関係で連絡先を知ったのだろう。

胸騒ぎが安堵感に変わっていくその速さに我ながら驚く。下着やタオル、フィリップスのシェーバーとMG5のアフターシェーブローションなどを手早く用意し、薔薇を湿ったティッシュに包み一輪挿しと一緒にバッグに入れた。ラッシュの新宿駅で国電の中央線に乗り換えて病室の四宮に会えたのは、その電話から一時間経った午後七時頃だった。

どの程度の怪我なのかも分からず、それよりも四宮の落胆の度合いが激しいのではないか、自分が顔を見せればかえって落ち込むのではないか、三方をカーテンで仕切られるような大部屋の中の狭い空間で、こんな場合、何を話せばいいのかなどと思いを巡らせながら教えられた病室へ向かった。その病室の扉を開けた時、五感を包んだのはエアコンの心地よい温かさだった。四宮はベッドに起き上がりイヤホンでラジオを聞いている。

「やあ！」

四宮はそれまで聞いたことがないほど朗らかに笑いかけた。

「びっくりした。個室だったのね」

下北沢の部屋よりはるかに広い病室で、四宮は思い切りリラックスしているように見えた。

「自分の大学の病院だから。恩師の一人が副病院長で気を利かせてくれた」

といった後、

「おもしろいな。俺の体のことより君は病室の広さのことを先に指摘するんだ。まあ、骨折といっても左腕だし、大したことはない。計算よりは痛かったけどな」

とギブスの腕を持ち上げてみせ、

「いい方を間違えた、想像よりは痛む」

はにかんだ。

「ごめん……でも、元気そうで安心した」

(なぜ、わたしに連絡くれなかったの？)という問いを飲み込んで、留美子は小声で応える。

病室の隅についている小さなキッチン。四宮には一輪挿しに水を注ぐ留美子の背中が強張っているのが分かっただろうか。

四宮は計算といった。留美子は聞き逃さなかった。医学生であれば、体へのダメージも計算できるだろう。機動隊員を挑発し過剰防衛させる。小競り合いを見てきた四宮にはポイントは摑めていただろう。

彼への愛情が身深く募るとすれば、これからわたしを支えていくものは何？　と留美子は四宮に背を向けたまま思った。共感？　憐憫？　それとも、嘘？

「痛む?」

と聞く留美子に、四宮はニヤリとして応えた。

「我慢できる範囲内だ。それより、朝、話したいことがあるっていってたけど、何?」

「ふーん。そんなこと、いったっけ?」

薔薇が白い病室の中で影絵のように色を失っている。

「なんでもないよ」

留美子は付け加えた。

「なんだ。そうか。ところで、俺の方は頼みがあるんだけど」

「何?」

「明後日、おふくろと親父が来る。会ってくれないか?」

四宮の怪我を留美子へ恩着せがましく渋々連絡してきたのは警察だ。その警察が彼の両親にも親切心で連絡したとは到底考えられない。留美子へは直接知らせなかった四宮本人が実家へは自分で話したのだろう。

ストレッチャーのカラカラという乾いた音が廊下を遠ざかっていく。

「そうですか、分かりました」

留美子は小さく頷く。

「それから、もう一つ」

「はい」

「短い時間でもいいから、都合して毎日来てほしい。もうセクトには関わらない」

甘い口調に変わってきていた。

「……」

留美子はくるりと回って、花瓶を置いたキャビネットを後ろ手に挟む。

いつか、怪我は治る。もちろん傷痕は残るだろう。その傷痕に手を添えて、どうしたの、この傷？　と、彼に聞く人がいる。「この傷は――」と彼は話す、あるいは、何もいわず、はにかんで、それ以上その人に話させないように、私にしたようにその人を固く抱き寄せる――。

「急にね、彼との生活がオセロの駒のように反転したの」

グラスを揺らし、氷の音をさせながら話している。

全てが教科書に従った人生をこの人は生きている。偏差値七十の大学。学生運動。六畳ひと間の下北沢のアパート。同棲。負傷、ミニチュアみたいな挫折。

どこかの大学病院の医局か、大きな街の総合病院の勤務医か、小さなクリニックの開業医か。四宮には社会的にも経済的にも満たされるだろう生活が待っている。穏やかに時は過ぎ、その穏やかさが彼の人生の輪郭を浮き立たせるだろう。そして、そういう彼の横にいるのは、わたし、長澤留美子ではない――。

ピークアウトした学生運動。下北沢の六畳ひと間のアパート。葛藤を手繰り寄せるように抱いた一人の娘のことも、また、四宮は遠い日々の戦利品のように大事に取っておくだろう。たとえ長澤留美子という名前は忘れることがあったとしても――。

四宮は自由な右の手を伸ばしてきた。留美子はそれを大切なものに触れる時のように両手に柔らかく包んだ。彼の手はいつものように固く、いつも以上に温かかった。その手をそっとウエストのあたりに持っていけば四宮は留美子がその日告げようとした妊娠を知ることになるだろう。ひょっとして彼は歓喜するかもしれない。あるいは動揺するかもしれない。どちらも同じ、と留美子は思う。仮面劇を観るように留美子は四宮の感情をすでに捨象していた。

揺蕩《たゆた》うようにその手を離し、四宮を刹那見つめ、留美子は病室を出た。後ろ姿の彼女に四宮は言葉をかけなかった。


「ひょっとして、赤ちゃんは?」

留美子との付き合いの程度からいって私にしかできない質問をした。

「わたしが殺した」

音を一斉に飲み込むくぐもった声が私たちの間を行き交った。

「だから、原罪っていったでしょう」


下北沢の四宮のアパートを出て、留美子は借りたままにしていた下井草の自分の部屋に帰った。身の周りのものはできるだけ運んだ。がらんとした自分の部屋で思ったのは、ああ、赤ちゃんと二人分頑張って生きなくっちゃということだった。親にも頼らずに。

「妊娠はしたけど、責任とか義務とかのプレッシャーを感じたわけじゃない。美容院で、ストレートをやめてウルフカットにしてというくらいのノリで考えたのね。二十歳をいくつも出てない女子の、今から思えば精一杯の強がりでしかなかった……でも、そんな強がりを捨てたら『わたし』という、どうしようもないけど普通程度にガタガタと動いてはいるシステムが、跡形もなく崩れ去っていく気がして」

留美子はやや遠い目をする。

「お金が要るなと思ってバイトを二倍にしたのよ。大学はフルで授業に出る必要がなかったし、昼は渋谷の本屋で、夜は三軒茶屋の喫茶店《サテン》で働いた。二つのバイトとも立ちっぱなしでしょう。そんな生活が一ヵ月続いたある夜、お客のオーダー取って戻ろうとしたらふっと意識がなくなって、気がついたら近くの病院に寝かされていた。意識が戻ったわたしの肩から腕を年配の看護婦さんが優しくさすってくれて、胸がざわざわした。でも、自分からは聞けなかった。少し経って、男の先生に、男の子でした、といわれて。でした、という過去形を理解するのに時間がかかったわ。そして、ふっと心を過《よぎ》ったのは悲しいという気持ちより、ほっとした安堵感だった。その後、安ど感自体が、自分の子への罪悪感とわたし自身の挫折感にじんわりと置き換わっていった。四宮のことを考えたのはしばらく経ってからかな……四宮のように計算しつくされた挫折でもなかったし、彼のようにリスクをきちんと認識して、最小のリスクで最大の効果を得たのでもなかった。けれど、自分ではない何かを盾にして安全地帯に逃げ込んだというテクストでは、四宮と同質なのではないかと強く思った。四宮はわたしへの気持ちを犠牲にして、わたしは生まれてくるはずだった男の子の母親としての自分を犠牲にして、お風呂屋さんに持っていくカタカタ鳴る小さな石鹸のようなあの時代を生きようとした。

自分の体のことを労わらなくてもいいと思ったのは間違い。お腹の子と二人分の体と考えなくっちゃいけなかった……今のようにスマホやSNSがあるわけではないけど、彼からは何回か電話もかかってきたし、手紙も来た。結局一度も電話には出なかったし、手紙も開封しないで全て燃やした。でも――」

留美子は私たちを見ずにいった。

「でもね。今でも、会えなかった赤ちゃんとあの人の残影が、冬の潮にね、行きはぐれた小舟のように漂うの。原罪のようにある意味心地よく……だから一人なのかな」

今から思えば、大学で留美子を見かけない時期がしばらくあった。私は別にそのことを気にも留めないでいたのだが。

留美子はやがて大学に戻り、何事もなかったように再びゼミに顔を見せるようになって、誘われるままに時々静かに麻雀にも加わった。

「そうだったのか」

いえたのはそれだけだった。

「いやねえ、しんみりしちゃったじゃないの！　ねえ、人の話はいいから、次は松崎君の番よ。前に、誰かを尾行したことがあるっていってたよね」

留美子は私に話を向けた。
「どこの彼女だったの？」

3

平均的なサラリーマン――中学、高校の思春期を通して、私が父の伊知郎《いちろう》について固めつつあったイメージはそれ以外になかった。留美子の同棲相手との男女の距離がステレオタイプなら、十代の私のそれは家庭環境にあった。

平均的なサラリーマン。それが「平凡な」サラリーマンとは違うということを体得したのは、あの頃の父の年齢と被った時だった。「平凡」には、個体に付随するさまざまな個性を消し去るネガティブなイメージが含まれる。

京橋にある、食品の輸入販売を手がける商社が父の職場で、通関業務を担当するセクションにいた。毎朝、違う柄のネクタイを締め、ジョージ・ジェンセンのシルバーのタイピンとセットのカフスを付けてから朝食を摂る。ボーナスで一着ずつダーバンのスーツを買い、三カ月に一度の白髪染めと、晩酌のオールドの水割り。タバコはマールボロ。「平凡」にはなりたくないと願う男たちの標準値があった。

昭和一ケタと括られる世代の父と、戦後生まれと括られる私との交点は、私の思春期には見つけようもなく、その乖離《かいり》は父の生き方への反発に繋がっていった。その過程もまた、今から思えば息子と父という枠組《パラダイム》みの標準値だったともいえる。

父にそっくりだといわれ続けてきた。幼い頃はそう指摘されると誇らしい気にもなったが、高校生になる頃には外見が似ていることが偽善的な親子の証左のように思えて、そのこともお定まりの反発に繋がっていった。思春期には、子は反発と思い、親は反抗と思う。私の育った環境はシビル・ミニマムの生活を描くドラマのセットに過ぎなかったかもしれない……。


「ねえ、父さんだけど、最近ちょっとおかしいわよ」

姉の千恵が私の部屋に入るなりそう切り出したのは、私が高校二年の七月半ば頃だった。

「おかしいって？」

「うきうきしてる」

「親といえども他人事だろう。俺は忙しいんだ」

「あのね、もしわたしの勘が当たっていたら、せいちゃん、あんたに影響が大きいよ」

「父さんがうきうきしててなんで俺に影響するの？」

「ほんと、男は単細胞だわ。浮気よ、う・わ・き」

「はあ、あの男に限ってない、ない」

「何よ、わたしはそれで苦労してんの。そのわたしがいうんだから間違いない」

五反田の御殿山にある短大に通う姉は、本人の申告によれば、彼氏の浮気が原因で別れたばかりだった。

「母さんにいったら？　父さん本人に直にぶつけてもいいし」

「だから、そんなことできないでしょう。別居とか、離婚とかになったらどうすんの！」

机をバンと叩く。

「あんた受験する時、うちの中がごたごたになってるよ！」

「大げさだなあ。で、どうしろと？」

「まずは確証よ」

「確証ないことで騒いでるの？」

「そうじゃなくって調べんの、調査よ、調査」

「えー、それ専門の探偵みたいなとこに頼むの？　そんな金ないよ」

「何万も取られるとこに頼まないわよ」

「だったら、ん？　ひょっとして俺にさせようと思ってる？」

「あのね、わたしでもいいよ。でも、曲がりなりにもぴちぴちしたいい女が一人でうろうろしたら世間の目がうるさいでしょう」

「いやー、いってる意味が分からないんだけど」

「いいわよ、浮気の一つくらい。お父さんだって聖人君主じゃないんだから。わたしが許せないのはつまりこう」

組んだ腕に薄く汗が光っている。

「わたしたちのお母さんが洗濯してアイロンをかけたワイシャツを着て、わたしたちのお母さんの作ったた朝食を食べて、わたしたちのお母さんの行ってらっしゃいに頷いて、わたしたちに罪悪感をひた隠しにして女に会いに行く。それってダメでしょう、わたしたちの父親として。男として。人間として」

「……」

「せいちゃん、時間余ってるでしょう。もう一度いうけど、ベストの心理状態で受験したかったら、自分のリスクは自分で取り除かないと」

正義とはシビル・ミニマムを守ること——四人の孫を授かった今でも姉の価値観は変わらない。勝気な姉には勝てない。幼稚園以来。

私は週一回、形だけの陸上部の部活と塾のない木曜日に、父の退社時間を見計らい、会社の玄関が見える場所で張り込むことにした。姉から巻き上げたなけなしの軍資金で買った、三年前にオープンした銀座のマクドナルド日本一号店のチーズバーガーとコーヒーを横に置き、チャート式の参考書を見ながら父の退社を待った。

父は数人の同僚と連れ立って会社を出た。二手に分かれ、父は同年配の男二人と姉と変わらない年齢のミニスカートの派手めな女と一緒に、地下鉄丸ノ内線の最寄り駅へ向かった。もう一つのグループは、年嵩の行った一人と、若い潑溂とした三人の女たちだった。私はバーガーの残骸を袋に片づけ父の後を追った。通常の通勤路線なのだろう、丸ノ内線に乗り、池袋で東上線を乗り継いで夕飯に間に合うようにふじみ野の駅に降りた。同僚の二人の男と一人の女とは池袋駅で別れていた。

私は二十分ほど駅の近くの小さな本屋で時間をつぶし、何事もなかったかのように家に帰った。そのような追跡劇はそれから三回続き、あと一回同じようなら姉の思い過ごしだと、今度は強硬に断るつもりでいた四回目の木曜日のことだった。

父は一人で会社を出ると、地下鉄ではなく国電の有楽町駅の方へ足早に向かった。私は前にもまして気づかれないように父を追った。

恵比寿で下車した父は、歩きなれた様子で五分ほど線路沿いを足早に進み、片側一車線の通りに面したマンションに入った。そのマンションは、当時の多くのマンションやアパートがそうだったように各階に外廊下があり、見上げればその外廊下を通る人影が見える。父は四階の左の奥の部屋の前に立ち、いつも持ち歩いているアタッシェケースを置き、ネクタイを直すのだろう、手を胸のあたりで動かし、ドアチャイムのボタンを押した。直ぐドアは開けられ、父は入っていった。外廊下の蛍光灯の青白さだけが広がっていた。

私は、自分の父親のおそらくは情事をそれ以上見張るのが心情としてできず、そのまま家に帰った。父が帰ったのは十一時を過ぎていたと思う。風が通るよう自分の部屋の窓を開け、ドアも開け放していたのでリビングの話声が聞こえる。聞きなれた母やよいの関西のイントネーションだ。

「ご飯は？」

「食べてきた」

「ではお風呂ですか？」

「ああ」

「明日も遅いの？」

「いや、そんなことはないけど、どうしてだ？」

「今ね、スーパーで伊豆祭りっていうのがやっていて。お魚、おいしそうなのがあったから。お刺身とか煮付けもいいかなと思って」

「お前にしては珍しい献立だな。ああ、明日は早く帰る」

それだけの父と母の会話が終わってシンとした頃、姉が入ってきた。音をたてないようにドアを閉める。

「ねえ、どうだった。今日あたりさあ、怪しいと思うんだけど」

「別に。同僚の人と新宿で降りた。飲んで帰っただけじゃないのかな」

父を擁護するつもりはなかった。一部始終を話すつもりもなかった。

「頼りないわね。あんた、ちゃんと仕事してんの？」

「仕事？　あのね、もう責任果たしたからね。お役御免だよ」

「仕方ないわね。それじゃあ今度わたし後をつけてみる」

「ああそうですか。ご自由にどうぞ！」

姉ならやりかねない、早く対処しなければと私は思った。しかし、どうやって？　母に告げる？

私はキッチンにいる母のことを考えた。父が手を付けなかった父の夕食を冷蔵庫にしまっているのだろう。母にはさすがにストレートにはいえない。かといって、父に直接尋ねるのも悪手だ。十七歳の少年と四十五歳の壮年の間には男同士として圧倒的な、社会的エネルギーの差がまだある。無防備なまま戦闘状態に入るわけにはいかない。

　なんとかしなければと考えた結論として、次の日、父が早く帰宅しそうなので、あのマンションのあの部屋に電撃的に単身乗り込んでみようと思った。姉は連れて行かない。

　玄関先で女へ告げることはすでにまとめてあった。ドアを開けてもらえないなどということは想像もしなかった。その相手が私と直に話すことが、大人であれば逃れられないことと疑わなかった。自分は松崎伊知郎の息子であること。姉に頼まれて父を尾行していたらここが発覚したこと。自分は再来年、大学受験があり、あなたのせいで家族全員が傷つき、もし受験に失敗したら、一生恨むこと。それに、慰謝料を母が請求するだろうこと。

　女とのやり取りを早く切り上げれば、母の用意する魚料理を冷め切らないうちに食べることができるだろう。相手は後ろめたさを感じている弱い立場だ。「今、父から離れてくれれば、あなたが迷惑をかける人は最小限に収まります」。温情をかけるように語りかけようと、何回も暗唱した。

　翌日、夕方の六時頃、マンションの四階の一番奥まったあの部屋の前で、私は自分をなんとか落ち着かせようとした。すでに心臓は自分のものではなくなっている。ドアチャイムのボタンにかすかにふるえる指先を向ける。電子音が大きく無情に鳴った。

「はーい」

　明るい声だ。私の脚色に相応しくない声。ドアを開けた女は外に立つ私を数秒見つめたのち、区切るように頷いて、入るように促す仕草をした。

女は、十七歳の私が年嵩が行ってると思い込んだ父の同僚だった。今から思えば三十代半ばほどでしかなかったろう。

「あのー、俺、松崎伊知郎の――」

いいかけると、彼女は微笑んで手を伸ばし、私の唇に人差し指を置いて身を引いた。

「さあ、どうぞ」

洗いたての髪を厚いタオルで巻いている。

「ごめんね。お風呂から上がったばかりなの」

そのタオルを外し、長い髪の毛先をそのタオルに押し付けるようにした。着ていた白いワンピースをぼかすようにところどころ濡れていた。シャンプーの香りが漂う。

「あのぅ――」

「いいから。入りなさい。お腹すいてるでしょう」

そのまま奥へと消える。雰囲気に押されるように赤い高いハイヒールの横にアディダスのスニーカーを脱ぎ、スリッパに履き換えてリビングの入り口に立った。

「座ってて待ってて。TVつけよっか」

ラジカセから聞こえていたショッキング・ブルーのカセットを止めて、TVに近寄ってスイッチを入れる。

「ファンタもコーラもあるわよ。どっち？　ああ、ごめん、小さい子じゃないんだからコーラだよね」

冷蔵庫から出したコーラの瓶の栓を抜き、私の前に置き、キッチンに戻った。

川崎のぼるの漫画のTVアニメの再放送に目をやっていると、奥のキッチンからは五感を悩ますような匂いが漂ってきた。

何やってんだ、俺！　そう思って何度か腰を浮かせようとしたものの、結局はソファーに浅く座り直しただけだった。

イカと里芋の煮物。三つ葉のおひたし。ヒラメのから揚げ。栗ご飯。蜆《しじみ》の味噌汁。出された料理は視覚的には覚えているが、それらをどうやって食べたかは記憶から飛んでいる。ただ、味付けの優しさが胸に落ちていった。

「どう？　お口に合うかしら？」

その大人の聞き方にどぎまぎして、

「はい。文句なくおいしいです」

と答える自分の制服の開襟シャツ姿が恥ずかしくなったりした。TVは旬のタレントのトーク番組に変わっている。

向かいに座った彼女は、その番組のディレクターが意図したように驚いたり笑ったりした。そんな彼女のほっそりとした面立ちと切れ長の目元は私から言葉を奪った。

プッシュホンのルルルという呼び出し音で私ははっと自分に戻った。電話に出た彼女は、かけ直すことを相手に告げた。八時を過ぎていた。

「スイカでも食べようよ」

彼女はさっさとテーブルを片づけようとした。

「あの」

父との関係を清算してほしいと彼女に告げることが自分のミッションだという意識は消えていなかった。だが、実際に口に出たのは――。

「帰ります」

やっとそういった私に、

「あらごめんなさい。電話のことだったら気にしなくていいよ」

と笑った。私は不器用に立ち上がった。

「わたし、来月結婚するの。今の電話は相手から。あなたのお父さんは結婚のこと、知らない……」

ソファーに座ったままの彼女からは笑みが消えている。

展開の急変に返す言葉もなく向かった玄関の赤いハイヒール。スニーカーを履こうとした私にその色は残火《ざんか》のように映った。そして、無言のまま振り向いた時だった。驟雨《しゅうう》から子どもを庇う若い母親のように私を引き寄せた彼女は、つま先立ちになって私の首筋に軽く短く、唇を付けた。一筋、涙が彼女の頬を伝っていた。

咄嗟の激震に固まる私。ただ、鮮烈な口づけは深く冷たく、冷たさを残しながら温かく跡形もなく崩れていった。

彼女は私を両手でドアの方へ向かせ、そのまま背中を押した。

あの日以降、あの透きとおった氷が砕けていくような唇の感傷を何人かのガールフレンドに求め、それを得ることは決してなかった。

部屋を出てドアを閉めた時には、彼女はもう玄関にいる気配はなかった。


「そんなことがあったんだ、高校生の松崎クンに」

千帆美が頷いている。

「で、肝心のお父上はどうなったの」

留美子が聞く。

「見かけ上は何も起こらなかった」


「ねえ、父さん、最近落ち込んでない？」

姉はベッドに座って「同棲時代」が連載されている「漫画アクション」の最新号のページをパラパラとめくりながら、森永の、英語であれば「ツイッギー」という名前が付いたチョコレート菓子をサクサクと食べている。

「そういうことだってあるよ。ああ見えてもちゃんとした社会人なんだから、会社で嫌なことだって一つや二つや三つや四つ、誰にだってあるよ。姉貴と違って一年中、二十四時間ぱっぱらなんてありえないだろう」

「はあ？　ぱっぱらって、何よ！　娘として例外的に心配してるんだから。体でも悪いんじゃないかと思って。やっぱり昼下がりのなんとかなんじゃないの?!」

私に「小枝」を一本渡しながらいった。

「父さんならしばらく経てばもとに戻るよ」

「あんた、いろいろ知ってるんじゃないの?」

「なんで俺が知ってるの?! まあ、男同士だから、気心は分かるっていうか、だよ」

「いやね、変なとこで男同士とか持ち出しちゃって。兄弟、違う、親子仁義じゃないんだから」

たぶん姉は感づいている。だが、その時も、それ以後も私を追及することはなかった。

私が女に会いに行った日以降、父は、前もって母に伝えた接待や飲み会の予定の日以外は定時に帰宅し、明るい表情も徐々に戻った。

別れは彼女から切り出したのだろう。その本当の別れは、父ではなく、代役の私にされたのかもしれない。そして、あの晩の私の訪れは父には話されることもなかっただろう。

一過性の情事だったのだろうか。婚期が遅いと思われていた部下の女への、上司の同情めいたおざなりの恋だったのだろうか。それとも、ただ、料理の好みを媒体とした淡い付き合いだったのだろうか。

私はあの晩を境に、父とは思いのほか楽に接することができるようになった。父の秘密を握っているという優位性からではない。外見が似ているという親子の偽善を生物学的に父と私が共有しているとすれば、親の秘密を握りつぶしたという息子としての偽善を、心理学的に私だけが持っていると思えるようになったからである。

ミュンヘンのホテル・ミラベルのバーには深夜の輝くような時間がキラキラと降り注いでいる。海外の夜。日常とかけ離れた状況。今までしまっておいた過ぎた日のページの手触りは、固く、市来仁の手帳のように少しでも想いを乗せれば破れてしまいそうに思えた。雪女に口止めされながら、ついに秘密を明かしてしまった男のように、過去をさらけ出した留美子も私も、いつかペナルティーを受けることがあるのだとしたら――。

千帆美と私はバーのチェックを終えて、みんなに遅れてそれぞれの部屋へ帰った。自室のドアの前に立った千帆美は瞬時、私に向き合うように身を翻した。あの夜の唇の冷たい感触が思いがけず蘇った。だが――。

「いよいよ明日ですね。おやすみなさい」

はにかんだようにそういっただけで、千帆美はドアを閉めた。

4

翌日、八月二日は快晴だった。ミュンヘンの郊外へとプラタナスの並木道が誘っている。鮮やかな色の振幅の中に夏の生気は満ちていた。

ランゲの運転する車で二十分くらいかかった。彼から聞かされていたように、かつてのラインハルト家の屋敷は鉄柵に囲まれた静雅な建物だった。年月が見えない網となってツタとともに絡まっている。

レセプションはエントランスホールとして使われていた場所にあり、照明を抑えた悠然たる内装は、老人の施設というよりはリノベーションを施した三つ星ホテルの雰囲気があった。

訪問内容を記す申請用紙に、ランゲが自分の名前と人数を書き、受付の女性に彼のＩＤを確認させた。そうした簡単な手続きが終わった頃を見計らって、クリスタ・ミュラー院長はフランシスコ会のシスターらしい簡素な修道服で私たちの前に姿を見せた。ロザリオは修道院長のシンボルだ。正確にはこの施設は修道院ではないけれども、胸元に付けているナースウォッチとともに自らの仕事に対するプライドと気概をアピールしていた。院長よりももっと控えめな制服を着たナースが傍らに付き添っていた。

「ランゲ弁護士。マイヤー夫人は以前お伝えしたように健康状態は良いとはいえません」

彼女はマルレーネ・マイヤーの骨髄異形成症候群の症状の概略と、血小板が減少するので定期的な輸血の必要を告げた。ランゲに聞かされたとおりだった。

「以前日本の方が二度お見えになった時と比べてさほど変化はありませんが、あの方を過度に刺激するようなお話は控えていただきます」

院長の白い頭巾《ウィンプル》は新調したてのように一点の汚れもなく、また彼女のエメラルドグリーンの瞳にも一点の濁りもなかった。

「そうですか。その日本人の訪問はやっぱり一度ではなかったのですね？」

ランゲが呟く。

「彼は高柳というのですが、その時、高柳氏は病室に長くいましたか？」

私は探るように問いかけてみた。

「そのようなお名前でしたね。ええ、一度目は通訳の方とご一緒で一時間ほどいらっしゃったと記憶しています。二度目はお一人でいらして、すぐお帰りになりました」

セキュリティの一環として訪問客はIDを見せ、氏名を記入しなければならなかったので、高柳はパスポートの本名を使わざるを得なかったのだろう。

身寄りがないドイツ人の老婆に、立て続けに遠い日本から会いに来る人がいる。そのことにミュラー院長は懐疑心を抱いているに違いない。背筋を凛と伸ばした初老の修道女は、しかし、そうした心のうちを私たちには見せなかった。

「では、参りましょう」

院長は修道服《チュニック》を翻して、大きなガラス窓が広い庭に面した明るい廊下を物音立てず歩いた。何本もの菩提樹やミズナラの生き生きした葉が昼下がりの倦怠をはね返している。

「もうすぐ秋になります」

ミュラー院長は留美子と千帆美の様子から見て取ったのか、二人に英語で話しかけた。

「黄色や赤の落葉が絨毯となってエリーザベト・フォン・アイケンが描く絵のようになります」

「わー、すてきですね」

アイケンの絵は知らないものの、留美子と千帆美は密度の濃い色彩が広がるヨーロッパの秋を想う。

マルレーネ・マイヤーの病室は奥まったところにあった。無機質な褐色のドアを開けると、質素ながら居心地のよさそうな部屋の中央に、医療用ベッドに体を横たえた老女が見えた。窓から差し込む晩夏の陽光が床に白い咫尺《ししゃく》の帯を描いている。ほんの僅か、クレゾールの匂いが漂っている。

「マルレーネ、お客さまですよ。今度もまた日本の方たち」

ミュラー院長が身を屈めていい、私たちの方を向いて、「言葉を区切って優しく話してあげてくださいね」と付け加えた。

「松崎といいます。ドイツ語があまり上手くないので、ゆっくりしゃべります」

疾患のせいか、顔色は蒼白に近く、表情には動きがない。それでも彼女は私の言葉を理解したかのように小さく微笑んで見せた。ブルーの寝衣の胸元の、やや大ぶりのロケットが付いた細い銀のチェーンだけが華やかさを主張するように光っているが、肌には年齢とともに大きくなっていったそばかすがところどころ暮明《くらがり》を作っている。

「私はクラウス・ランゲ。弁護士で、ここミュンヘンに事務所があります。今自己紹介したセイイチ・マツザキの他は、マツザキの友人のルミコ・ナガサワ、チホミ・モリ、ヒロシ・オコノギです」

「お会いできてうれしい」

マルレーネは私たち全員を見ていった。張りが残る声だっだ。

「今日伺ったのは、夫人の御実家ラインハルト家に関して聞きたいことがあったからです。すでにユキトシ・タカヤナギには概略をお話しになっているとは思いますが……」

「ええ。その日本の紳士に聞かれたのはラインハルトの家のことよりもジンのことでした」

「ジン、とは市来仁のことでしょうか？」

「ええ、イ・チ・キ。わが家にジンが来た当初は、家族も男爵《バロン》、バロン・イチキと呼んでいたんだけど、彼が『ジンでいい』って何度も繰り返すうちに、年齢が近い姉がいつの間にかジンと呼ぶようになって、そのうち、わたしも、父も母もそう呼ぶようになりました」

「お姉さま、ローラ・フィーツェですね？」

ランゲが確認する。

「そうです。ローラ！ 人知れず物語を紡ぐように若い日を生きたローラ！ ああ、ジン！ あの頃がわたしたちにあったとは信じられない。おとぎ話の世界を生きていた、あの頃――」

マルレーネは窓からの陽光が眩しそうに目を細めた。

「市来男爵はラインハルト家でしばらく過ごしていたと思うのですが。一九三六年から」

「ええ、一年ほど。三七年の二月頃まで。急にお国に戻られた。でも、今でもお顔ははっきりと。姉のローラは、ジンは自分のタイプではないといつもわざといっていたけど、わたしは好きだった。黒い髪に浅黒い顔。背はオーストリアの男に比べたら少し低かったけど、無駄のない体格……」

「そうですか。一九三六、三七年といえば、夫人は十代半ばではないですか？」

「夫人《フラウ》は止めてくださいね。マルレーネでいいわ。そうですよ、ジンがウィーンの家にいた年は、わたしがちょうどデビュタントとして夫と一緒にデビューした頃ね」

「フランツ・マイヤー氏？」

「ええ、よくご存知ね、フランツ。わたしは十六。あの頃はその潑剌さが永遠に続くと信じていた。二十年、三十年、四十年後の朝になっても十六歳のままのわたしが目を覚ます——まあ、年頃の娘なら誰でもそうでしょうけど」

私の訳に千帆美が反応する。

「自分の世界だけに酔う年代ですものね」

「でも、わたしの記憶だけなら、ジンについてお話しすることはやっぱり限られてしまうわ」

「そうでしょう。八十年近く昔のことですから」

「ほんとに日記があって心が休まるわ。前にいらした方にもいったんですけど、そちらをご覧になった方がいいわ」

「えっ、日記？　日記があるんですか?!」

私たちは驚いた。市来仁の手帳。そして今度は日記——。

「マルレーネ、あなたが書いた日記ですか？」

「いいえ、そうではありません」

マルレーネ・マイヤーは震える手で胸のロケットに触れた。

「姉のローラが書いた日記です。その日記とこのロケットの二つだけが家族のものでわたしに遺された宝物。日記はそこにあります」

彼女はベッドサイドの本棚の上部に指を向けた。棚の一段にはバイブルの横に色褪せた背表紙の三センチほどの厚さの書籍のようなものが見えた。誰にでも、どうしても捨てられないものがある。生きた証。アイデンティティ。自己実現。それらの片鱗を求め、思いを募らせた日々。市来仁は手帳に、ローラ・フィーツェは日記にそれを託した。

誰の眼にも触れず朽ちていくだけだとしても、誰にでもどうしても残しておきたいものがある――。


「日記とロケットだけが遺ったといわれましたが、その他のものは？」

「いくばくかの価値がありそうなものは、ソ連の兵隊や東ドイツ政府に取り上げられてしまった。こんなものだったらお情けで持たせてもいいと思ったんでしょうね。姉の日記は何冊かあったんだけど、ローラは、この一冊だけはなんとしても手放そうとしなかった。そうして、亡くなる時に、マルレーネ、頼んだわ、って、わたしに託してくれたの」

「頼む、といわれたんですか？」

「どうしても必要な場合は、この日記を割きなさいともいわれた」

「日記を割く？　どういうことですか？」

「それがね、分かったのは姉が亡くなってからだった。ソ連軍の情報部の将校だとかいう吐き気のするいやな男が、なんやかや理由を付けてわたしをモスクワへ連行しようとしたことがあって、誰かと強制的に結婚させるつもりだったのかと思います。その男はギャンブル好きで、モスクワの誰かからお金をもらっていたのかもしれません」

私はマルレーネの話の概略を日本語で皆に伝えた。

「最低！」

千帆美の日本語だ。

「schrecklich《シュレクリヒ》！」

ランゲがドイツ語に直す。マルレーネは千帆美を見て笑った。

「で、どうされたんです？」

ランゲがマルレーネを促す。

「もちろん、価値がある物もお金も取り上げられ手元にないし、どうしようもないと諦めていました。それで、あるだけの荷物を木綿の袋に詰め込んでモスクワへ行く用意をしようと、日記に手を伸ばした時、姉の言葉が甦ったの。『日記を割く』って面白いいい回しでしょう？」

全員が頷く。

「それでね、詳しく日記を調べてみたの。そしたら、裏表紙に不自然な膨らみがあるのを触って見つけた。ちょうどその上半分くらいにうっすらとした感じで。全部を剝がそうと思ったけど、あとで日記が詳しく調べられることも考えられた。その時、姉のいう『割く』がひらめいた。割くとはうっすらと裏表紙の紙を分からないように切ることではないかと」

「なるほど。裏表紙をナイフみたいなもので切ってみたんですね？」

「ナイフもカミソリも持たされてなかったから、カトラリーを使って上の辺を横に切ってみた」

マルレーネは咳が出るのを抑えようと喉に手をやる。

「水、差し上げましょうか？」

千帆美がベッドサイドのテーブルに置いてある水が入った吸い口をマルレーネに手渡す。マルレーネはゆっくりと口に含む。

「裏表紙の紙の上を開いて、その紙を破らないようにカトラリーを差し入れて、そこに収められていたものを取り出したの。薄い茶色い紙で包まれてた。思わず声が出そうになった。さあ、皆さん、何が包まれていたと思いますか？」

ランゲの訳を聞いて小此木が推測する。

「ひょっとして現金だったのではないですか？」

ランゲが再び訳す。

「よく分かりましたね！」

息継ぎのような細い声が大きく聞こえた。

「百ドル札が十枚。お札の左側のＧＯＬＤのマークがあの時ほど輝いて見えたことはなかった」

「では、千ドルもあったのですか？」

ランゲは感心している。

「そうですよ。新札できちんと畳んであった。終戦を見越して姉が仕込んだのでしょうね。ラインハルト家では戦争中も姉一人でそれくらいはなんとかできた」

私は一九五〇年の千ドルの価値をざっと暗算した。千ドルは日本円に換算して当時の為替レートで三十六万円だ。当時の大卒の初任給が約二万円とすると、現在の十分の一程度。したがって、今の貨幣価値では三百六十万円に相当するだろう。アメリカのドルを手に入れるチャンスがほとんどなかったソ連の将校には、その数倍の価値があったはずだ。

「わたし、若い頃は姉のことをそんなに好きではなかったの」

「そうですか、仲のいい姉妹とお聞きしていましたけど」

「年も離れてたしね。ローラは地味で禁欲的。楽しいとか、うれしいとか、これっぽっちも表情に出さないの。それでいて密かにロマンティスト。結婚は母の一族が押し付けた、もしあれが結婚というのならだけど、自制の塊になってた。戦争が終わって全部失くしてしまったわたしたちだけど、泣いたり、当たり散らしたわたしと違って、姉は淡々と状況を受け入れているようで、それが癪に触って。華やかなヒロインになることもなく、着飾ることもなく、誰かに身を焦がすこともなく人生を終えてしまう人なんだと思っていた、日記を読むまでは……あんな情熱をどこに秘めていたのかしら。それに、密かに千ドルも隠すなんて、ほんとに魔法をかけたよう。生きていこうとする情熱は姉の方があったのでしょう。最終的にはそうはならなかったけれど」

「その金をソ連の情報部の将校は受け取ったんですか？」

　私が質問する。

「ええ。その男には十枚の百ドル札のうち八枚だけ渡しました」

「金だけ受け取って知らん顔をして、あなたをモスクワへ連れて行く危険性はなかったのですか？」

「それも考えました。だから、『もし、わたしを他所へ連れて行こうとするなら、このドルを手に入れたアメリカのルートを使ってお前《ドゥー》を告発する』と、はったりを利かせたの。その男も告発されることを恐れたのか、わたしはソ連に連れて行かれることはなかった。あるいは八百ドルは予想以上に効果を発揮したのだわ。そして、わたしは残りの二百ドルを闇で換金して小さな雑貨店で商売する権利を手に入れた。その店を切り盛りして東ドイツでなんとか生き永らえた」

マルレーネの吐息は小さい。

「こんなお話、カビが生えたような昔のことだから、若い人にはつまらないでしょう？」

「そんなことはありません。引き込まれました」

「前にいらした日本の紳士にもお話したのよ。こういうお話はね、孤独な年寄りには」

吐息が揺れる。

「壊れかかった遊技場みたいなものなのよ……」

いろいろな情景が臨場感をもって去来するのだろう、うっすらと顔に赤みがさしている。ランゲが優しく尋ねる。

「それでは、お姉さまの日記を拝見してもいいですか？」

「どうぞ、どうぞ。今までわたしの守り神だったけど、お役に立てば姉も怒らないわ」

「マルレーネは前にいらした日本の紳士には、その日記をお貸しにはならなかったんですよ。そしたらその方、一ページごとに写真をお撮りになって。全て撮り終えるまで三十分かかりましたわ。二度目に来られた時もやっぱりお貸しにはなりませんでした」

ミュラー院長が付け足した。

高柳は一人で必死になって写メに残したのだろう。高柳が連れてきた通訳がソ連の情報部の将校に似ていたから日記を貸したくなかったと、後になってマルレーネに告げられたと院長はいった。

「そうだったのですか……マルレーネ、あなたのそうした気持ちも汲んで日記を拝見します」

ランゲが日本語で私たちに、「お先に」と声をかけて日記を手に取る。

もともと鮮やかなワインレッドの革の装丁だったのだろう。今は退色が目立ち、動乱の一世紀を一手に引き受けたような苦渋が上書きされている。野の花の装飾だけが日記の持ち主の主張を受け継いでいるようだった。表紙の下にはメーカー名か「A.E.Köchert《ケッヒャート》 Wien」と薄く金箔が押されてあった。

ランゲは時間をかけて目を通し、そして私に手渡した。裏側は切って開いた痕跡が分からないように貼り直されている。凹凸が手に触れる。十枚の百ドル札が抜かれた空間の感触だった。

日記は端正な筆記体のドイツ語で書かれてあった。紙面に柔らかく置いたような字は、一方で意志の強さも感じさせている。どこかで目にした筆跡だった。

「どうしようか？」

私が皆を見回す。

「今、拾い読みしたのだが、必要な市来仁の情報は登場する時期が限られている。マルレーネの国立歌劇場舞踏会《オーパンバル》の夜から、市来がウィーンを離れる朝までだ。それに、日記は普通、書く人の視点で事実や内面が綴られるものだが、この部分は会話を交えて書かれている。まるでシナリオだ。ローラが見た『物語』とも読める。ローラの性格か、それだけドラマティックな時間が流れていたのかもしれない。彼女の心情を尊重して原文のまま取り出してみよう。読むのは比較的容易だが、訳さないといけないな。この部屋でというわけにもいかないか……」

マルレーネの表情には疲れが滲みつつある。

「辞書があればなんとかなるかも。わたし、第二外国語がドイツ語だったから。あんまり勉強はしなかったけど。でも、社会学だからドイツ語も必要だったし、どうかな」

留美子は不安気だ。千帆美が首を傾げる。千帆美の学生時代はすでに二つ目の外国語は必修科目から外されている。その千帆美が一案を出す。

「でも、アプリがあるから。訳、まだまだ不自然だけど、何いってるかくらいは分かりますよ」

世代の格差は、私たちの生活のあちらこちらにじわりじわりとカウンターパンチのように効いてきている。

「マルレーネ」

ランゲが彼女の髪へいたわるように手をやった。

「あなたさえよければ、この日記をお借りしたいのですが」

彼女は片手をなんとか持ち上げ、ランゲの腕に触れて呟いた。

「申し上げたでしょう。お役に立つなら、どうぞお持ちになって」

「ほんの短い間、明日までお借りするだけです。市来仁が深く関わる部分だけ拾わせてください」

「Bitte《ビッテ》――」

頷いて目を閉じた老女の表情に、九十五年の歳月が雨の後の水盤の波のように細かく震えた。

第五章　事　実

ローラの日記　1

一九三七年二月五日

ゲストのアリアが終わる。

「さあ、ワルツを踊りましょう《アレス・ヴァルツァー》！」

ダンス・マスターが厳かに宣言する。白と黒の色たちが徐々に動き出す。交わったとしても決してグレーにはならないことを主張しているかのように重なり廻り始める。老練なピアニストが優雅に奏でる黒鍵と白鍵の動きだ。オペラハウスは沸騰間近のケトルのようになっている。

シュトラウス。華々しく、なぜかわたしたちには切ない。

マルレーネが踊っている位置はここからは離れている。人に生命体としての頂点があるなら、今日のこの瞬間だったと彼女たちはやがてしみじみと悟るに違いない。

マルレーネは、デビュタントの娘の中でもひときわ目立っている。高く巻き上げたブロンド、すんなりと伸びている白いローブのウエストライン。今風にブラジャーで胸を平たく押さえてるのに、形のいい乳房のふくらみが弾けそうになっている。妹の唯一の欠点、そばかすは跡形もなく消えているように見える。

オペラグラスを離そうとしなかった母がようやくそれを膝に置いて満足げに妹に見入っている。

「今年の『扇のポロネーズ』は例年以上に軽やかで申し分なかったわ」

デビュタントたちの登場が終わった。わたしには決して向けない母の自慢げな視線だ。

「二十年も前なら、陛下もお見えになってそれはもう宮中の舞踏会より華やかでしたのよ。ジン、お国ではこのようなオーパンバルはおありですの?」

「いや、国を挙げての舞踏会はもうありません」

ジンがホールに目を向けたまま答える。

「たぶん、皆楽しさを表情に見せて踊ることが苦手だからなのだと思います」

「まあ、そうですの。日本のお嬢さまたちは、クーデンホーフェ＝カレルギー伯爵夫人のように、皆さま社交の世界に慣れていらっしゃる方ばかりと思っていましたわ」

「日本でも、ヨーロッパのいくつかの国のように何事も控えめであることがレディの慎みと嗜みだと思われています」

「お話を伺っていて思い出したことがありますのよ。カレルギー・ミツコ伯爵夫人とどこかの晩餐会で母がご一緒した時がありました。とある紳士が、アメリカの映画で女の人が銃を発射するシーンがあって、胸が躍ったというお話をされた時、ミツコさまが『わたしの国では、武家の女性たちは常に懐刀を携えておりました。外出する時も、家におります時も』とおっしゃって。皆さん驚かれると、『もっとも百年前のことですが』とお笑いになったそうよ」

と母はわたしに視線を向け、

「その頃の日本であれば、ローラなら文句なしに模範的なレディになれますわ。でも今のウィーンではだめね、もっとやわらかに装ってもいいのに。そのヘアーも眼鏡もドレスも、短剣を隠し持ってるようだわ」

大昔、適当な相手がいないのでオーパンバルには出ないといい張ったわたしを、母は今でも許してはいない。変わった娘を有無をいわさず嫁がせることこそ家名を守る最善の策と考えたのだろうか、帝室の頃からの厳格な軍人一家にわたしを追いやった。姓をラインハルトに戻さないのは、その痛みを分かってほしいからだ、特に母に。皇太子と情死を遂げたマリー・フォン・ヴェッツェラーより、ある意味暴力的かもしれない復讐――。

ジンは笑いを押し殺している。指は無意識に肘掛の上でメロディを追っている。無骨そうに見えるその指は、意外に繊細だ。幼い頃に亡くなったお母さまに習ったという折り鶴を、日本から持ってきた紅い折り紙で素早く作ってくれたことがある。ヨーロッパの折り紙とはやはり違う。紅い鶴は幸福をもたらすと彼はいった。わたしはお気に入りの濃い紫のバッグにそれを入れている。シュテッフル・デパートにディスプレイされていた装飾の少ないバッグ。母もマルレーネも寂しいバッグだというけれど。

いつも思うのだがジンには、草原のかなたから往古ヨーロッパを目指して大勢の軍を進めた武将たちのイメージがある。神秘性。中世の草原を渡る風は低くざわめき、細長い眦《まなじり》に囲まれた漆黒の瞳は、ヨーロッパのどの香りをその風の中に感じていたのだろう。往時のアラブ人やヨーロッパ人の畏怖を追体験する。

マルレーネはのびやかに艶やかにターンをこなしている。フランツをマリオネットのように操っているよう。品定め。フランツ。妹の審美眼は独特だ。フランツはまだ十九歳なのに改めて見ると全身がぶよぶよしている。背丈は妹より少し低い。でも、妹は気にしていない。

「フランツがね、ダンスの練習の時にね、蠟燭を一本持って消えないように練習するようといわれちゃったの。でも、何度練習しても絶対途中消えるの。ダンスの途中ではなんとか消えないようになったんだけど、やっぱり消えるの。どうしてかって？　鼻息が荒いのよ！」

ケラケラと屈託なく笑う妹。フランツ・マイヤーをおもちゃのように扱う。でも、首ったけだ。

男と女のことは分からない。

好みの男の人のタイプはわたしとは違うけど、母も妹もそのことは知らない。わたしが男の好みについて考えているなんて想像もしていないだろう。

「ジン、お国ではヴァルツァーが上手な方もたくさんいらっしゃるでしょう？」

母の得意のお世辞だ。

「そのような同胞もいますが……私たちはヴァルツァーとはいわずにワルツといいます」

「なんですって？」

「わ・る・つ、です」

「まあ、イギリス人のようですわ」

「そうかもしれません」

でも、英語とも違うとわたしは思った。一字一字の母音が聞きようによってはやわらかくリフレインしている。東洋の国の舞踏会で微笑みながら踊る娘たちをわたしは想像する。ワルツ——その音をわたしは心に刻んだ。

ジンがぽつんと加える。

「ウィーンのデビュタントのバルは悠々としていてしかも sensuel だ」

母はいわゆる良家の子女にしてはフランス語を使おうとしない。ウィーン宮廷ドイツ語《シェーンブルン・ドイチェ》は産声から使っているように話すのに。sensuel の意味も分かろうともしないだろう。

オペラハウスのホールの娘たちはジンが表現したように晴れの舞台で例外なく官能的《サンスエル》だ。煌々と照らされることがなかったわたしの日々。わたしは官能的ではないのだ。

しかし、sensuel の代わりにドイツ語の sinnlich《ジンリッヒ》を使っていたなら、三日間夕食の席でジンは母から嫌味をいわれただろう。

デビュタントたちはお伽話を語っている。マルレーネは主役だ、少なくとも母にはそう映っている。母は華やかでどこにいてもヒロインになれるマルレーネがお気に入り。逆にわたしは父のお気に入りだ。

物心がつくかつかない頃から父に連れられてオフィスや工場へ行くたびに心が躍った。タイプライターのトントン、チンという音、電話のベルのリーン、リーンという音、椅子を引くザーという音。工場のグリースの匂い、熱の波。

それらが生み出すものは何かと聞かれたら、母もマルレーネも即座に「お金」と答えるに違いない。もしわたしが聞かれたら、そう、たぶん「お金でないもの」と答えるだろう。そして、父ならその心組みを共有できる……。

わたしは父のお気に入りだ。

帳簿の数字が物語るドラマ。数字たちがひそひそ囁き合う情景もわたしは好きだ。なぜって、血が通った人間が動き回った結果を数字はすました顔で見せるからだ。その気取った横顔ほどわたしを落ち着かせるものはない。でも、その気持ちはレディとして禁句だ。はしたないと多くのオーストリア人に思われるだろう。

父が今夜オーパンバルに来ていないことを母は気にしていない。この桟敷席を父はやっとの思いで確保した。その内幕を父はわたしだけには教えてくれた。母はゆったりと優美に当たり前のようにビロードの肘掛に腕を乗せている。

ライマル・エーベルト！　名前を思い出すだけでも鳥肌が立つ。

わたしはあの男が死ぬほど嫌いだ。数年前のあの騒がしい一揆でなぜ永遠に追放されなかったんだろう。そうはならずにお父さまにも取り入ってわが物顔で復活している。爬虫類を思わせるネチネチと濁った目、薄い唇をいつも歪ませている。パイプの脂《やに》を煮詰めたような息。なで肩をカモフラージュするパッド入りの安物のジャケット。父はよく我慢できると思う、だんだんと弱い立場になってきていてどうしようもなくかわいそうな父――わたしなら「やれるものならやってみなさいよ！」と後先考えずに叫ぶだろう。傍にコーヒーがあればなおさらいい。ライマル・エーベルトの上半身にカップごとぶちまける。歪んだ唇がぽかんと開くのを見るだけで一週間は楽しめる。

早く帰って家にいる父の顔を見たい。

でも、帰りの車の中でヴェロニカと二人きりになるかと思うとそれも憂鬱だ。ジンが一緒に帰ってくれればいいのだけれど。

「お母さま、わたし帰るわ、お父さまが心配で――」

そのまま俯いてみせる。

（お父さまが心配？）母は変なことをいい出すとばかりにわたしを見る。自分の娘のオープンバルよりも仕事を優先させる父は気にかけるべき対象から外れている。

計算どおり、母は「そうなの」と呟いただけだった。ドレスの下で足を組み替えもしない。シルクのチュール地に緑のリボンがところどころ縫い留めてあるドレスだ。

わたしは目にも留まらない速さでジンへ視線を向ける。目にも留まらない視線という矛盾したサインを、ジンはしかし期待どおりに受け取ってくれる。

彼は、「それでは僕がローラをお屋敷までお送りしましょう」と申し出てくれる。

「ジン、戻っていらっしゃる？　とお聞きしたら失礼に当たるかしら？」

母のうわべだけの質問に、ジンは、

「いいえ、ラインハルト夫人、残念ですが、政府にそろそろ研究の報告を書かないといけませんので今夜はこれで失礼します。マルレーネのあでやかさは心ゆくまで拝見いたしました」と返している。

これで、ヴェロニカを宥《なだ》める憂鬱からささやかながら逃れられる。小間使いの彼女の心配を、ジンと話すきっかけと考えている自分が怖かった。

席を離れる前にもう一度フロアに目をやった。ホールは引き続きヴァルツァー、ヴァルツァーだ。この山あいの小さな国が誇るもの。誇れるもの。その集大成がヴァルツァーだ。子守歌から生まれたともいわれる音律。だからなのか、ヴァルツァー抜きに人生を語れるウィーンっ子はいない。

ローブデコルテ。白のグローブ。

マルレーネ、あなたの子どもたちに、今夜どれほどきれいだったかをこのローラが伝えるわ！その子たちがうんざりするほど何回も、何回も。もっとも、この姉をマルレーネの家族が温かく迎え入れてくれることが前提だけど。ビジネスにしか関心がない気難しい中年女だと見られたら、きっと嫌われるわね。ミュンヘンかライプチヒかウィーンのおうちで、ベランダから入って来る季節、季節のそよ風に包まれて、わたしは一番小さな甥や姪を膝に乗せ、あなたのお母さんはあの日ウィーンで一番きれいだったのよ、あなたもきっと年頃になれば、デビュタントとしてお母さまたちのようにバルで踊るのよ。マルレーネは子どもたちのセーターを編んでいる手を止めて、今からダンスの練習を始めなくてはね、とその子たちに語りかける。お父さんはね、ダンスの練習の時ね、手に持った蠟燭を鼻息でいつも消しちゃったのよ。マルレーネは十六歳の時と同じように笑う。ローラおばさまはどうして結婚しなかったの？　おそらく聞かれる。「一度はしたのよ、相手の人はすぐ戦争で亡くなったの」「へえ、その亡くなった人が好きだったからそのあとも結婚しなかったの？」子どもたちは平気で聞くだろう。「さあ、どうかしらね。今になってみれば、分からない――」

いつか訪れるだろうそうした情景を心に描いて、わたしはもう一度マルレーネの踊る笑顔を心に焼き付けようとした。

豊かな諧調と歓びが踊る男たちと女たちを包んでいる。エルビン・ペンツ博士が作ったスノーグローブのように儚さが余光として回った。

ヴェロニカがクロークから戻してきたコートを受け取り、出口へ向かう長い階段を急いだ。

ローラの日記　2

ケルントナー通り《ストラッセ》は閑散として冬の外気に傷んでいた。

ジンとわたし、それにヴェロニカを乗せた車の中は、最近の夜のウィーンの街のように悴《かじか》んでぎくしゃくしていた。十分ほどで家に着く近さなのに、乗ったとたんヴェロニカは我慢できずにもうハンカチで目頭を押さえ始めた。

「何かあったのかな？」

堪らずジンが聞く。ヴェロニカは黙ったままだ。

「ヤーコプがね、警察に留置されているのです」

わたしが代わりに答える。

「弟さんが逮捕されたのですか？　でも、どうして？」

ヴェロニカの弟ヤーコブが連行されたのは一昨日のことだった。

「トゥーレ協会の会員の男が殺害され、ヤーコブが容疑者の一人として拘留されているのです。絞殺だそうです」

「トゥーレ協会？」

「不気味な人たち。ゲルマン教団がやっと無くなったかと思ったら、また変な集団が現れて」

「ゲルマン教団？　ユダヤ人を社会から排斥したいとかなんとかいう集団だったのでは？」

「そうです。それが分裂して残った人たちがまた集まって。トゥーレ協会もそんな人たちだとすると、ヤーコブの件は厄介かもしれません」

対向車のヘッドライトが車内を横切る。ヴェロニカは目に当てたハンカチを離そうとしない。

ヤーコブ・アイケはバンドネオンが得意だ。あちこちの居酒屋で客のリクエストに応じ、演奏して小遣いを稼いでいる。

三日前、ヤーコブとその殺された男が曲のことで喧嘩になったのを見られている。男はヤーコブを足蹴にして、「このロマ野郎！」と唾を吐きかけた。ヤーコブはバンドネオンを守るように抱いて抵抗しなかった。

その腹いせに、次の日の夜、ヤーコブが男に仕返しに行ったのだと警察は見ているようだ。現場に彼の指紋などは残っていなかったが、被害者と同居していた第一発見者のトゥーレ協会員が帰宅途中にヤーコブと遭遇しており、ヤーコブは慌てて足早に走り去ったと警察には供述したらしい。

「殺人があった時間、ヤーコブはどこかで演奏していなかったの？」

「それが、その日に限って映画を見ていたらしいの、一人でね」

「それを証明してくれる人は？」

「彼はあの内気な性格でしょう。目立たないようにBSLを出てそのまま帰って寝たそうなの」

「BSL？」

「ああ、ごめんなさい、ブライテンズィーア・リヒトシュピール。ウィーンでは一番古い映画館よ。問題はそこがファイルプラッツで、ただでさえ人通りが少ない場所ってこと。だから目撃者はいないの。どうしてベラリアやアドミラルとか賑わったところにある映画館へ行かなかったのかしら」

「そうですか……であれば、いわゆるアリバイがない？　で、犯行現場は？」

「死体が発見された被害者の家だそうです」

ヴェロニカがようやく消え入りそうな声で話に加わる。

「で、ヴェロニカ、その家の場所はどこか知ってる？」

「はい。街を外れた農道を行った先の一軒家です。BSLから歩けば三十分だそうです」

「ジン、そうなの。BSLからその家まで歩いて、犯行に及んで引き返して映画館に戻ることもできなくはないって、警察は」

「だとしても、映画館に戻ったなら、もう一度入場券を買わないと入れないのでは？」

「そうなんだけど、その日、切符切りをしていたのはおじいちゃんで、映画が始まってからは居眠りをしていたらしいの。人の出入りはなかったと初めはいってたけど、警察の追及に分からないといい直したそうよ」

「他に映画を見ていたという証拠は？」

「ヤーコブが入場券の半券を持っているならともかく、男の子でしょう、すぐに捨ててしまってるのよ。それに、この街にも同じトゥーレ協会のメンバーが増えているらしくて、警察の上層部に繋がりがあるみたいだから釈放しないのよ。ナチの上層部にも、そんなオカルトに嵌まっているのがいるみたいだし」

「オカルト？」

「ごめんなさい。イギリスでいわれてること。魔術とか。総統自身は半信半疑らしいけど、オーストリアを併合するために利用できるものは神秘主義だろうと魔術だろうとなんでも利用しようとしているようで、不気味だわ」

わたしの情報は父からのものだ。

「なるほど、厄介ですね。なおのこと、ヤーコブが犯人ではないと論理的に証明する必要があるわけですね。逆に、それが証明されさえすればいい。その点ではヨーロッパで重視される論理的思考を、オカルトは措くとして、われわれ東洋人は刮目《かつもく》すべきことと捉えています」

「論理性や合理性が優先される社会……」

「ただ、最近の政情をみると、論理的といわれるドイツ国民がどうしてこうも狭隘《きょうあい》な主義に飲み込まれやすくなっているのか、疑問でなりません」

ジンは犯罪の捜査と政治を絡めて考えているようだ。

「政治ってそんなものじゃないかしら。正しいか間違っているか、それはその政治が行われた結果を見ないといえないことでしょう？　だから、正しいとか間違っているとかではなくって、正しいかもしれないとか間違っているかもしれないといった議論しかできない。でも、それではいつまで経っても前へ進めない。そうしてるうちに、何がなんでもこれが正しいんだ！　って全身の感情を表して叫ぶ人が現れると、その人が主張することを論理的に否定できないのでその意見を一部受け入れてしまう。一つの門が破られたら、あとは一気に陥落が待っている。論理的な集団であればあるほど弱いのではないかしら」

「それはいえるな」

「で、声高に叫ぶ男性の考えが間違っていると、新しい方法で証明されれば、その男性とは反対の考え方がいつの間にか正しくなる」

「あなたがそのような政治的なことを考えているとは驚きだな」

「わたしたちの世界。何千年の間、いろいろな危機を乗り越えて、人類は生きて今日もこうして動いている。ということは、なんやかやいっても正しい道、いいえ、違う、合理的な道を結果として選んでいることになるのかしら……」

「膨大な犠牲を強いる合理性とはカントっぽい」

「分からない……これからの人類への希望――それも逆説っぽいかしら」

「ヤーコブに話を戻すと、トゥーレ協会が絡んでいるなら、なおさら客観的に彼の無実を証明しないといけないな」

車はマリアヒルファー通り《ストラッセ》を南へ向かっている。三、四分で家に着く。

ヴェロニカと十歳違いの弟のヤーコブは仲がいい。移民の両親を早くに亡くし、姉のヴェロニカが母親代わりだ。居酒屋でロマと間違って罵ったのは、オーストリアに逃げてきたチェコやハンガリーからの移民について、その殺された男が無知だからだ。

ヤーコブは庭の手入れや雑用をこなし、器用な少年だ。近所の老人からバンドネオンを習い、短期間で楽譜も読めるようになった。少年らしい細い体つきは背が高い分弱々しく見える。

「僕はヤーコブのことは詳しくは知らないけど、聞く限りでは不可解な点がある」

「不可解な点?」

「ヤーコブは何歳かな? 十四か十五のようだけど」

「今年の九月で十六になります。マルレーネお嬢様と同じ歳です」

「そうか……であれば、一つ目の疑問は、まだ十五歳の少年が仕返しだといって、次の日一人で大人の男の家へ武器も持たずに向かうか、という点だ」

「なるほど、そうですね。腕力も強い方とはいえないし」

わたしはあの子のほっそりとした体つきを思った。

「二つ目の疑問点は、相手の男が一人で家にいるとなぜヤーコブが知っていたのか」

「ああ、そうですね!」

「それに、肝心な疑問点が最後に。なぜその男の家を知っていたのか」

「ええ、今おっしゃった三つ目の、家を知っていたかどうかについては、居酒屋から後を付けたのではないかと見られているようです」

「そうか……警察からすれば、犯行現場への一本道でヤーコブを見たトゥーレの目撃者がいるので、容疑者として留置しているのだろう」

「あの子はおとなしい、いい子です。でも、心は強くありません。罪も犯していないのに監獄に入れられるなんて、あの子は耐えられないし、わたしも同じです」

ヴェロニカの声は細く、黒く長い睫毛が濡れているのが明かりのない車内でも手に取るように分かった。

「幸い、担当の警察の方が優しくて、弟のことを気にかけてくださってるみたいなので、それだけが救いです」

門を過ぎ、砂利道に入って揺れと騒音が激しくなり、わたしたちを乗せた車は車寄せに着いた。

「僕でよければヤーコブの件は検証してみましょう、よければ一緒に。明日にでも」

車を降り際に、ジンがいってくれた。

「わたしからもよろしくお願いしますね。今はお父さまには頼れない……」

玄関のホールに並んで入りながらジンに伝える。

「ローラ、お父上も心配ですね」

ジンは父のことをさりげなく聞く。

「はい……でも、父がもう帰っているとしても、話すのは明日の朝にしますわ。娘のわたしの心配顔は見せない方がいいと思うので」

おやすみなさいの代わりに彼と交わした会話だった。

ローラの日記　3

一九三七年二月六日

午前中、父の書斎に呼ばれる。

スチームの調節がうまくいかなくて暑すぎるのか、ホールから書斎に入るドアの片方が開いていた。父は机の上に書類を広げて眺めていた。書類の色と大きさから帳簿だと思った。

わたしは足音を立てないように書棚の方へ回って、書籍の間に飾られている磁器の壺に目をやっていた。

「その日本のイマリの赤の原料は鉄の錆だそうだ。何年も何年も上澄みを替えながら新鮮な酸素を与え続けて育てるらしい。厄介なものに手をかけて、人の心を奪う美へと変容させる――その営みこそ文化の本質だと思わないか？」

父は机に向かった姿勢のままだ。

「まあ、お父さま、わたしが壺を見ていたのがどうして分かったの？」

「その棚には本と壺しかない。背を屈めたり、横に動いた気配がないから、立ったまま見られておる前の注意を引くものがあるとすれば、そのイマリしかないだろう」

わたしはいい当てられた悔しさからいい返していた。

「赤い色の話は誰からの受け売りなのかしら？」

「受け売りとは心外だが、ジンが教えてくれた」

父とジンがどうして芸術の話をすることになったのか。いつもは自動車やそのメカニックのことを話し合っている。嫉妬を感じてしまう、濃くはない嫉妬だけど。

「どうでした？」

父の正面に回って思い切って尋ねる。

「十五万シリングといってきた。十万ライヒスマルクだ。具体的な金額が出たのは昨日が初めてだ」

「嫌だわ。あからさまに。ギャングも顔負けの破廉恥さじゃないの。でも、どうしてそんな大金が必要なの？」

「ナチス本部への上納金にするといっている」

「上納金？」

「ラインハルトはナチスにとって害にはならない企業と認定される。それが口実だ。オーストリアはイギリスがストップをかけない限り遅かれ早かれ併合される。そうなればラインハルト社は接収の対象となる。そうならないうちに協力企業と認定してもらうのが上策だと、もっともらしく説明された。ドイツではアウトバーンの建設が本格化し、これからの自動車産業は国家の基幹事業になる。ビジネスの上でも決して損にはならないだろうとのことだった。軍需産業に手を染めることを躊躇している私への深慮も匂わせている」

「なんだか胡散臭い話だわね」

「私もそう思う。だからあいつにはいってやった。そうであれば、ナチの本部の相当の立場、副総統ヘスか宣伝省のヴァルター・フンクあたりからでもお墨付きをもらいたいと」

「で、ライマル・エーベルトはなんて答えました？」

「上納金の額に見合った職位の者から謝意が示されるだろうとぬかしやがった」

「アウトバーンのことだけど、道路のために自動車を作ろうって普通に考えたらおかしい」

「再軍備とアウトバーン、この二つでヒトラーは失業者をゼロにしようとしている。今日のパンに手に伸ばして明日の鎖に繋がれる。ネズミ捕りの中のネズミと同じだ」

「今日のパンといったって、実際もらえてるのかしら？」

「どうも違うようだ。アウトバーンを造っている労働者は何かと理由を付けられ、まともな賃金をもらってない」

「それでも、失業者が少なくなったといい張るの？」

「数値は数値だ。数値だけ見ればアメリカの失業対策《ニューディール》より効果が高いと書く新聞もある。自分たちに有利な数値はしゃぶりつくす。それが理念なきトップ連中の手口だ」

「アウトバーンは自家用車だけを考えてるんじゃないんでしょう？」

「さあ、どうかな。軍用の輸送なら鉄道の方が効率はいい。飛行機の滑走路だともいわれている。だが、自家用車のための道路とした方が上っ面はキレイで、ヴェルサイユ条約にも違反していないように見えて、文句のつけようがない」

「ビジネスのことを考えると、わたしたちにとってマイナスではないとは分かるわ。うちの会社の技術力はお父さまがいなければ提供できないと、ライマル・エーベルトにもナチの連中にも分からせないと」

「今のドイツは前の大戦以後空白の期間が長すぎて生産力が落ちている。技術力は喉から手が出るほど欲しいだろう」

「十五万シリングという金額は微妙ね。生かさず、殺さず」

「それが今回、オーストリア・シリングじゃなくアメリカのドルでなければ受け取れないと、条件が付けられてしまった。二万四千ドルだ」

「えっ？　そうなの？　それは問題だわ」

「いや、金額自体も大いに問題だ。今、帳簿を見ていたんだが、どうしても全てを現金では用意できない」

「いつまでに用意しなければならないの？」

「今月一杯だろうな」

「時間がないわね。用意できなかったら、どうなるの？」

「見せしめとして誰かが連行されるだろうな。ルイスはそんなことにはならないといっているが、どうだか……」

父の古くからの友人、大富豪のルイス・ロートシルト。彼は父には適当なことをいってるらしいけど、密かに自分のチェコの製鉄所の所有をスイスの会社に置き換えているという話を聞いた。したたかなユダヤ人の金融資本家だ。アメリカ風に言えばロスチャイルド、彼からの融資は期待できない。

「どこかから貸してもらえる当てはないの？」

「このご時世だ。みんな困っている。気前よく十五万シリングの現金を、しかもドルで、短期間で用意してくれる人は銀行ともどとも見当たらない」

「他には？」

「ライマルに払う五パーセントの手数料も含まれている。ありがたく思えと」

「手数料？　賄賂じゃないの！」

「連中はドイツの威を借りてやりたい放題になってきている。お前がいてくれて助かる。クリスティアーネに相談できることではない。お母さんも身内が絡んでいるから心の負担になるだろう」

わたしには理解できない。母の一族のエッゲルト家の人たちの顔を思い浮かべる。家名に異常なほど誇りを持っている人たち。これまでは母の曾祖母がユダヤ人であることなど問題にもならなかったのに、みんなびくびくしている。町ではすでに、ユダヤ人がどこかへ連れ去られているとの噂が飛び交っている。

「ユダヤ人かどうか、はっきり分からない人もたくさんいるのに」

「そんな理屈が通る相手ではない。優秀なアーリア人なんていってるが、アーリア人の定義に科学的な裏付けなどない。どこが優秀なんだ、バカ面ばかりじゃないかとみんなは陰口を叩いている。

それこそオカルト集団のたわごとに乗っかって政治的なSündenbock《スケープゴート》を作ろうとしている。ドイツ民族は鬱蒼とした哲学の森で育まれた民族だ。ユダヤ人は草木も生えない荒涼とした砂漠で暮らした民族だ。だからその差は歴然としているという人種主義的《フェルキッシュ》な思想がインテリといわれる人の間にも蔓延《はびこ》っている。憎悪はいつの時代も大衆の媚薬になる。コミュニケーションで、憎悪以上に即効性のある甘美な感情はないからな」

「ドルの都合をつける目途をどうしても立てないと。メインバンクもダメだし」

「そうなんだ。まさか、あそこまでがつぶれるとは予想もつかなかった。事態の悪化を察知できなかった不甲斐なさを身にしみて感じるよ」

「お父さまのせいではないわ。混乱に乗じて自分の思いどおりにしたい勢力がいるのよ。自分だけがよければいい人たち」

「マルレーネのオープンバルの日に否応なしに私を呼びつけたのは、家族のことも考えておけとのサインなのだろう」

「どこまでいやなやつなんだろう！　ともかく、ドルが欲しいのね」

「そういうことだ。しかし、実際困ったことになった」

もみあげは真っ白になっている。五十二歳にしては若く見えることを自慢していた父には、今回の一連の事態は予想以上に厄介なのだろう。

父はベストのポケットからパテックを取り出す。確か曾祖父《ひいおじい》さまから受け継いだものだ。

「ああ、リューズを巻くのをすっかり忘れていた」

「まあ、珍しい！　時間なら、昼食ができてる頃よ」

わたしは努めて明るく振る舞おうとする。

「おいしいものでもいただけばいい案も浮かぶわ」

「ああ、そうしよう。マルレーネの昨日のことも誉めてやらないといけないしな」

昨晩の妹の晴れ姿はもちろん母から伝えられている。

「あの子ならまだ起きてこないわ」

「そうだな。今日は大目に見てやらないと」

父とわたしは母とジンが待っている小食堂へと向かった。


父の窮地を母は知らない。もし知ったら、と思う。母にとっては体面が命だ。それを物差しにして全ての決定がなされる。母のアドバンテージは、四十代後半になっても、その物差しを表向き守ってあげたいと他の人、男性に思わせることができる点にある。

「ジン、今日は研究はお休みですの？」

母は独特のアンニュイな視線をジンへ向ける。

「ええ、たまには息抜きも必要かと思って」

ジンはとぼけている。

「午後、ローラが郊外へ連れて行ってくれるそうですから」

「まあ、珍しいこと！」

わたしは母に微笑み返す。

「そうなの、お母さま。だから、ジンを食事の後すぐにお連れするわね。マルレーネはまだ起きてこないでしょうから、ヴェロニカを連れて三人で行くわ」

「近頃はウィーンも物騒だから、あまり辺鄙なところへ行ってはダメですよ」

「ご心配なく。いざとなればここにモノをいわせます」

ジンが自分の腕を軽く叩いた。

「あら、頼もしいこと！」

母はジンとわたしを交互に眺めて、ほらっという視線を父に向ける。母はわたしの恋愛感情を百パーセント分かったつもりになっている。しかし、父は男女のそういうことに無関心だ。母にはもうしばらく好きに思わせておこう。ジンの気持ちも分からないのだし――わたしはそそくさと席を立った。


「で、イチキさま、昨日、検証するとおっしゃいましたけど、どうやってするのですか？」

車の中では昨日と違って目を潤ませずにヴェロニカが、食い入るようにジンを見る。

「いや、ふと思いついたものだから。夕方まで時間をつぶして、暗くなったら映画館から殺された男の家まで歩いてみませんか？」

「暗くなってからでないとだめなのですか？」

ちょっといやだ。

「そう。同じ条件で検証しないと見えないことがある。怖いですか？」

「もちろん怖いですわ。でもジンが腕に自信があるとおっしゃっていたから……」

「ああ、あれは、中学生だから十代半ばの頃かな、武道を軍事教練でやらされたことがある、くらいです」

「えー！　いっぺんに怖くなりましたわ、あなたのはったりに」

笑い声はいいものだ。なんとかなるという気持ちにさせる。

ジンの計画に従ってわたしたちは、ドロテーア小路《ガッセ》の迷宮を散策したり、カフェ・シュヴァルツエンベルクでミルクたっぷりのメランジェを飲んだ。年配の男性給仕《ヘル・オーバー》が勧めるオス猫の朝食《カーターフリューシュテュック》がジンは気になったみたいだった。この舞踏会《バル》の季節にしかない迎え酒のセット。ウィーン。その後も馴染みの店で辛子いっぱいのチーズ入りソーセージ《ケーゼクライナー》を食べ、夕方遅くまで時間をつぶし、暗くなったらBSLから男の家へ向けて歩くことにした。

「この道で被害者の家に向かうヤーコブを見た目撃者が本当にいれば、やっぱり万事休すだわね」

息が白い。

「いや、目撃者を探すのではなく、目撃していないものを探す」

「目撃していないものって？」

「いろいろと考えると推察できることがある」

「そうなのですか？」

「もちろん、ダメでも確かめてみる価値はある」

「難しいことをおっしゃるのね」

でも、わたしには分かる。要するに可能性とは数字の世界、確率の世界だ。そう、わたしの世界。ウィーンといえども二十分ばかり歩くと人家は少なくなる。わたしたちは車が一台なんとか通れるように道幅を広げた農道へ入った。突き当りに殺された男の家があるとヴェロニカがわたしたちに教える。通る車はなくなり、道の両脇にある数軒の農家は夜の冷気に静まりかえっている。犬の遠吠えの近さが寒さと不気味さに拍車をかける。

さらに十分は歩いたろうか。一昼夜歩きっぱなしだった気分だ。

被害者の家は今にも壊れそうだった。灯が小さい窓にゆらゆらと揺れている。電気ではなく蠟燭の灯だ。第一発見者、殺された男の同居人が家にいるのだろう。わたしとヴェロニカは腕を組まんばかりに体を寄せ合ってジンの後を追った。

その男の家を訪ねるのかと不安になってヴェロニカと顔を見合わせた。しかし、ジンはそうはしなかった。家の周囲を探すのかと思ったが、そのような素振りもみせない。

ジンは何をするでもなく、くるりと反転してわたしたちと向かい合った。涼しい顔をしている。

「大方は分かりました。明日、もう一度この道筋を辿ればヤーコブの無実は晴れ、真犯人も分かるかもしれません」

わたしとヴェロニカはもう一度顔を見合わせる。無実？　真犯人？　どうして分かるの？　ジンはにこにこしている。

「ヴェロニカ、昨日、車の中でいっていた、好意的な警察の人とは？」

「ゼップ・カミンスキーです。警部さんです」

「その人に連絡できる?」

「必要があれば知らせるようにいわれているので」

「では、明日、その警部にも立ち会ってもらえるよう頼んでほしい」

「分かりました」

　ヴェロニカの瞳には期待の灯が輝いていた。

ローラの日記　4

一九三七年二月七日

　朝から晴れ。相変わらず寒い。

　詮索好きで勘のいいマルレーネにしつこく問いただされ、ヤーコブの件について全てしゃべってしまう。そのマルレーネも含めて、カミンスキーという警部、ジン、ヴェロニカ、わたしの五人がBSLのロビーに集結した。『うたかたの恋』のポスターの中のダニエル・ダリューが煽情的だ。観なくては。楽しみ。

　カミンスキー警部はジンやわたしより十歳ほど上に見える。重そうな茶色のウールのコートを前ボタンをかけずに着ている。フェルトのソフト帽も茶色、マフラーの間から見えるネクタイも濃い茶色だ。色を合わせているわけではなく、他の色を知らないかのようだ。警察官より市役所の戸籍課の小官吏に見える。ヴェロニカによればこの警部も東方からの移民の二世らしい。

知らない人が見たら、わたしたちをどんな集団かと思うだろう。何が起こるのか、結末はジンしか知らなかった。ヴェロニカの不安は再び頭をもたげて、肩を落として見るからにがっかりした顔を隠せずにいる。みんなは車の中でもまったく話をしない。ヒーターの温みのせいか、マルレーネはウトウトし、カミンスキー警部はしきりと窓の曇りを拭っている。十分ほど走り昨日の農道に入って車を降りたのは、大きいけど古い一軒家の前。その家は昨日見た気がする。

ノックすると老婆がドアを開けた。彼女は構える。警部が身分証明書を見せる。

「おはようございます、奥さまにお聞きしたいことがありまして。こちらの紳士から質問があるようなのですが――」

ジンに初めて接するウィーンの人たちの反応は大方同じだ。

この東洋人は何者か？　ドイツ語は分かるのか？　どこの国？　といっても中国と日本しか知らないが……身なりは立派だ。自分は外国人に寛容なウィーンの市民だし、ここはひとつ気さくに接してやるか――。

老婆は精一杯微笑んでジンに顔を向ける。ジンは彼のドイツ語が彼女に理解されないことを心配しているかのように丁寧に聞いた。

「お宅では犬を飼われていますね？」

(犬？　何？)。一呼吸置いて老婆が答えた。

「ええ、二四、チビと大きいの。アーフェンピンシャーとドーベルマンです。名前は――」

「ありがとうございます」

ジンは隙を与えず次の質問に移る。

「今日はいないようですが？」

「主人と息子が畑の見回りに連れて行ってるんですよ。もうすぐ帰って来ますけど。うちの犬たちに何か？」

「その犬たちは番犬にもなってるんでしょう？」

「ええ、それはもう。ここら辺りは夜になると人通りが少ないんですけど、通ればあの子たちが吠えるので分かります」

「そうですか。つかぬことをお聞きしますが、最近は夜吠えましたか？」

「ああ、昨日の夜確かに吠えました。なんだったのかしらねえ……まさか、狐が近づいたのでもあるまいしと主人と話したんですよ」

「これは大事なことですが、昨晩だけでしたか？」

「記憶はしっかりしてますよ。目は悪いけど。昨日だけでした、最近では」

「最近？　一週間前とか、十日とか？」

「ええ。この道の先になんとかという男が仲間と住んでる家があって。夏の頃は酔っ払って『旗を《ディー・》高く掲げよ！《ファーネ・ホーホ》』と大声で喚《わめ》いて」

ナチスの党歌！

「うちの二匹はキャンキャン、ワンワン煩《うるさ》かったし。最近は寒くなって騒がなくなってやれやれですよ、まったく！　それに、うちの子たち、その男たちに安い肉で懐かされたのか、そいつらだけにはもう吠えなくなってしまって。聞くところによると、その一人が殺されたっていうじゃありませんか。警察のお方、もうなんでもいいから残りの一人も逮捕してくださいよ」

カミンスキー警部は苦笑している。ジンが続ける。

「もう一度お聞きします。ここ一週間から十日にかけては昨晩を除いて二匹のお宅の犬は吠えることはなかったわけですね」

老婆は皆を見回し、わけが分からないといわんばかりに首を数回振った。

「ええ、ええ、そうですとも！」

「それを伺いたかったのです。奥さま、どうもありがとうございます」

警部がジンに確認する。

「ひょっとして聞きたいのは以上ですかな？」

ジンが頷く。普段、無分別に会話に入り込みたがるわが妹も状況を飲み込めずにいるのか、さすがに口を閉ざしている。

老婆はわたしたちを送り出してからも、窓辺に立ってカーテン越しに観察していた。

「で、結局どうなったのかな？」

走る車の中で、無駄足を踏まされたという気持ちを顔に滲ませながら、警部がジンに聞いた。

「あの老婆の犬は昨夜、吠えたといいましたね。それ以外の夜は、ここ一週間から十日は吠え声を聞いていないと」

「昨夜といえばわたしたちだわ」

そういうことね！　ここ一週間のうちに犬が吠えたのは昨夜のわたしたちに対してだけ。だからヤーコブは、目撃者が主張するように犯行があった晩にはこの農道を通っていないことになる！

「昨夜、検証したかったのは、見知らぬ人が通ったら実際に犬が吠えるかどうかです。もしかしたら吠えぬよう訓練されていたかもしれない。今聞いたところでは、殺された男とその仲間には吠えなくなっていた。一方で、見知らぬ人には吠えることが分かった」

だから昨夜来たのね。吠える犬がいる家を特定するために。

「したがって犯行の夜、ヤーコブはこの道を通っていませんよ」

「うーむ。なるほど。検証の方法もいろいろあるわけですな」

「そうですよ、昨日、あんなに寒くて怖い思いをしたんだから、ちゃんと受け止めてもらわないと。ねえ、ヴェロニカ」

「はい、生きた心地がしませんでした」

ヴェロニカが息を弾ませ賛同する。

「署で検討してからもう一度洗ってみましょう」

警部は渋々いった。

「ヴェロニカ、カールス教会の天使に誓ってこれで無実が確定よ」

わざといった。

「いやいや、まだそうと決まったわけでは——」

カミンスキー警部はまともに取り合う。

「犬が証人？　最高ね」

ようやく成り行きが分かった妹が笑う。

「もう一軒近くに農家があったようだけど、そちらも警察の方で確認してください。確認できれば犯人も論理的に特定できます。犯行現場へ向かう道はこの農道しかない。犯行の晩、この道を通った者がいなければ、第一発見者が犯人ということになる」

ジンは平然としている。

「そうですね。やれることはやってみます」

旧市街を囲むリングの大通りに戻り、中央警察署の前で警部を降ろすと、彼はそういい残した。

事柄の検証。それから始まることも、それで終わることもある。

それはそうと、ジンは密やかに醒めていながら行動的なのだ。音もたてず獲物に近づくネコ科の捕食者《プレデター》のようだ。でも、そうであれば、と思う。そのジンに捕まえられたいと思った女性は何人いたのだろう。わー。少女のような気持ちになる！　セーブしなければ——。

家に帰ってから、ジンに二人きりで書斎で話をしたいといわれた。ちょっと構えた。

「ローラ、お父上の心配事について聞かせてください」

書斎に移るや否やジンが切り出した。ああ、その話か！　ジンになら話してもいいかなと思ったわたしは、父、そしてわがラインハルト家に降りかかっている災難について話した。

「市の助役補佐のライマル・エーベルトが、母の一族のことを、どんな手を使ったのか調べ上げたの。別に隠すことでもないし卑屈になることでもないんだけど、母の曾祖母がユダヤ人であることを公表すると、父を脅してきた」

「助役補佐のその男と父上は知り合いなの？」

「そう、昔から父に取り入って引き立ててもらっていたわ。助役に近い役職にありつけたのもそのおかげ。それが、最近コロッと手のひらを返して、ネチネチと。前にジンから聞いた、飼い犬に手を嚙まれるとはこのことをいうのね――」

わたしたちはいつの間にか幼な馴染みのような口調になっていた。なんか、わたしたち、いい雰囲気？　いやいや、それだけのこと――。

「それで、父に良かれというふりをしてお金を出させようとしているのよ」

「金？」

「そう。自分の取り分も含めて十五万シリング。アメリカのドルで」

「現金で？」

「そう、現金で。一昨日、初めて金額の話が出たそうなの。ナチの本部への上納金っていってる。そうすれば協力企業としていろいろな面で優遇を受けられるって」

「それができなければ？」

わたしが父にした質問、いや、誰でも同じことを心配するか。

「下手をすれば父も母も身柄を拘束されるでしょう。父は、そうなれば会社が行き詰まるから、そうはさせないと考えているけど、うちの会社の経営のことをまともに考える連中ではないから。拘束されればすぐには釈放されないし、父の体も心配だけど、母の方がもっと傷つく」

「で、その現金を用意すれば、当面は危機を回避できるのかな？」

「半年か一年は持ちこたえられそうだわ。その間に、ナチの勢力をヨーロッパのまともな国が押さえつけてくれる——」

「今、この国や僕の国を含めて世界のあちこちで保護主義と軍事拡大の気運が台頭してきている。保護主義と軍拡の組み合わせは大衆受けするし、短期的な投資効果もリアルタイムで確認できる。問題は、そのような情勢は一線を越えれば誰も収拾できなくなることだ。その一線がどこに引かれることになるのかを慎重に見極めないといけない。とりあえず、敵の手中に落ちる前に、ラインハルト社に起こっている問題を解決する方法を見つけなくては」

「はい」

「で、十五万シリングを用意できるとお父上はいわれてる？」

「それが問題なの。悪いことに、メインバンクだったルイス・ロートシルトのクレディタンシュタルトがダメになって、今用意できる現金は三万しかない」

「会社の内部で用意するのは限界がある？」

「そうなの。今の状況でしょう、貸してくれる銀行はないし、それこそ高利貸しでもと思ったりもするけど、額が額だから後で取り返しのつかないことになる」

「選択肢は限られる」

「限られるのではなく、ないわね、客観的に見て」

「そんな差し迫った状況だとは。予想をはるかに超えていた」

「今は落ち込んでいるけど、父は生来の楽天家なのよ。波に漂っていればいつかどこかに着く、大波に逆らってまで泳ごうとは思わないところが、この街の男の人の俗物根性《スノビスティッシュ》だわ。王家の政略結婚だけで隆盛を極めたウィーンという街にどっぷりと漬かっているのね」

「ローラ、お父上と話をしてみたい」

わたしは父がいつも座っている革張りの回転椅子に目をやった。

「ジン、ありがとう。父に話してみます」

そういって立ち上がる。ジンも立ち上がる。ちょっと残念。


父が帰ってきたのは午後遅くなってからだった。父の表情は厳しかった。わたしはジンからの伝言を伝えた。夕食後に話をすることになる。

「ヤンも呼ぼう。なんせ副社長だからな。彼にも同席してもらわないと」

嫌な顔をしたわたしを見ないようにしている。

母とマルレーネの話し声だけが満ちていた夕食が終わって、父とヤン・ビアホフ、それにジンとわたしの四人で書斎で話をする。会社の経理の話だからと妹を遠ざける。

「それなら、その経理の話とやらが終わったらカードをしましょう、スカートがいいわ。四人だったら、ブリッジは途中で休んだらつまらないけど、スカートなら一人抜けても続けられるから」

マルレーネが屈託のない笑顔を見せて書斎に入るわたしたちを目で追っている。ヤン・ビアホフがドアを閉める。

「参ったよ。市庁舎でライマル・エーベルトと会って、現金を渡す期日を遅らせてもらえるようヤンと一緒に恥を忍んで頼んだんだが、木で鼻を括ったような返事しかなかった」

父は落胆している。ヤン・ビアホフは口角が下がりっぱなしだ。赤ちゃんの時からこの男が笑った回数は両手があれば足りると信じて疑わない。

「やっぱり銀行は無理なんでしょう?」

ヤン・ビアホフは待っていたかのように間を置かず答えた。

「普段取引のない銀行に融資を頼むと、その行為自体が噂を呼んで通常のビジネスに差し障りも出る。不可能ですな」

「ねえ、お父さま、思い切って会社を清算して、家族でロンドンかパリに移住するのはどう?」

わたしは無理に笑顔を作った。

「バカなことをいうものじゃない!」

父の口調は毅然としていた。

「自分たちの安泰だけを考えて工員や社員を犠牲にできるわけがないだろう。ローラ、いいか、こんな理不尽な政治の状況は未来永劫続くわけはない。続いたとしてもせいぜい数年かそこらだ。それからのことを考えてごらん。工員や社員を性悪な権力者に売り渡して目こぼしをしてもらったと末代までいわれることになる」

「でも、お父さまが会社の経営に携われなくなったら同じことでしょう？」

「いや、違う。最悪私の代わりに誰かが会社を引っ張ってくれる。工員や社員の家族も路頭に迷うリスクは減る。平時の企業ではなくなるにしても。企業はそれ自体が生き物だ。人間は変わってもそれ自体は生き続ける」

「わたしにとってお父さまはお父さま。一人しかいないの。でも、ごめんなさい。自分たちのことしか考えてなかった」

ヤン・ビアホフの表情は変わらないけれど、厚ぼったい瞼の下で濁った瞳が短く灯ったのをわたしは見逃さない。

財務のいくつかの表を見る限り、会社の業績は悪くない。凌げば現金は入ってくる。それを使わせてもらってもいい。しかし、製品を出荷して売上になったとしても、それを現金にするにはどうしても一カ月はかかる。今のヨーロッパの情勢ではもっとかかる……。わたしは居たたまれなくなって、ラジエーターのバルブを必要もないのに触りに行く。スチームの通る音が書斎の逃げ場のない空気の中で響いた。

「よろしいでしょうか？」

ジンの声はいつもより低い。

「ローラから聞きました。ラインハルト社をめぐる状況は概ね分かりました。さて、ドイツ語のいい回しにまだ慣れてないので失礼な提言になるとは思いますが――」

ズボンの折り目に置いている手は動かない。

「その金額はなんとか用意できるかもしれません」

「実はわたしも、そうしてもらうことも、もしかしたらって考えてはみたのよ」

わたしは父の方は見ずに応える。

「ただ、ジンにご迷惑をかけるわけにはいかないし――」

父は何もいわない。

「しかし、現金を用意するとなると、そう簡単にはいかないと思われます」

「まあ、そうだろうな」

頷く父をわたしは見る。

「日本もドイツと同じく外貨に飢えています。ここにきて、私のような立場の者が個人的理由で海外に大きな金額を送金してくれといっても、日本銀行も大蔵省もうんとはいわないでしょう」

「よく分かる。お申し出はうれしいけれど、国が違えばできないこともある」

「そこでなんですが」

彼は言葉を探す。

「ローラが、会社を売却する話を持ち出しましたね」

「いいえ、あれはわたしの浅慮なの」

わたしは慌てる。また、父に叱られるのではないかと――。

「考えられないことだ、ばかばかしい」

ヤン・ビアホフが吐き捨てるように全てをいう前に、ジンは颯爽と左手を上げて遮った。

「では、本題に入ります。どうでしょうか？　私がラインハルト社の株主になるのは？」

父は目を細めている。得られるものとリスクをいろいろと計算し始めている表情だ。ヤン・ビアホフは視線をカーテンの方へ向けている。じっと見つめていれば、庭の木の葉っぱが闇の中でも一枚一枚、彫像のように浮かび上がってくるかのように。

「出資していただけるということ？」

わたしは乙女のような眼差しをジンへ向けた。数秒でも潤んだ瞳になりますように。きっと、わたしのこの銀縁のメガネが例によって女らしさを隠すでしょうけど——。

「まあ、そうです、基本的に」

ジンが深く頷く。

「わたしたちの会社は一株一シリングです。最新の定款に記載してあります。だから十五万株を買っていただくことになるわ」

「いや、そうなると、名義の書き換えに追われて間に合わない」

弛んだ顎の下を手の甲で拭いながらヤン・ビアホフが突き放す。

「それに、イチキ男爵、果たしてその分の現金を日本から送ってもらうことはできるのですか？」

「公使館を説得してみます」

「支障なくできるとはとても思えません」

ヤン・ビアホフは相変わらず小ばかにしたような薄笑いを浮かべている。ジンは続ける。

「母を早くに亡くした私を育ててくれた我が家の乳母は、開けっぴろげで気丈な人でした。ある時、パイン、日本の会社ですが、その企業で製造されていたミシンが度々故障する、でも、アメリカのシンガー社のミシンは故障なんかしない、アメリカと戦争しても絶対に勝てるわけがない、といい出して父にたいそう叱られたことがありました。日本とアメリカでは国民経済や鉄の生産に十二倍の開きがあります。自動車の保有台数に至ってはアメリカの百数十分の一です。日本の財閥の企業などは欧米に技術的に追いついているとはいえ、まだまだ互角とはいえません。私が技術研究生としてラインハルト社に派遣されたのもそうした問題意識が国にあるからでしょう。そして私の乳母のように、世界情勢にも産業社会についても知識が少ない庶民の方が、国力の違いを痛感しているのかもしれません」

「男爵の乳母と、わが社の株を取得することとが、どう結びつくと?」

ヤン・ビアホフはじれったさを隠そうともしない。

「まあ、ヤン、聞いてみようじゃないか」

父は居住まいを正す。

「これからは自動車が生活になくてはならない存在になるでしょう。自動車のような複雑な機械を大量生産する技術がますます進化して、何を造るかもさることながら、どう作るのかが産業の要となっていくのは明らかです。自動車は世界を変える。それに携わる産業も広い裾野を持つでしょう。貴社の経営の展望はそこにあるのではないでしょうか」

「ジン、君は図らずも優秀な研究生だな」

笑って先を促す。

「さて、大局的にはそうですが、投資のための外貨流用であれば、その目的が国策に沿ったものであると国家を信じさせないといけません。自動車の生産ラインはいい意味でも悪い意味でも軍需産業に結びつきます。その軍需産業化は、フェルテン社長とローラの価値観や倫理観とは一線を画すものになるかもしれません」

「たとえそうだとしても……」

わたしは応える。ヤン・ビアホフはすでに薄ら笑いを顔から消している。ジンが自分の名前を出さないので、非難を受けていることが分かってきたのだろう。

「ただし、今、わが国では平和裏に米欧と対話を続けるべきだという方向性と、米欧との一戦も辞さない覚悟で交渉すべきだという方向性が、政治家の間でも軍人の間でも拮抗しています。誰かが戦争を止めてくれるだろうと期待は抱きつつも、いざという時のために準備だけはしておこうとする空気が国民の間にも広がってきています」

ジンは間を取った。

「そうした状況なので、先進技術を持つヨーロッパの企業の株式を取得することは時勢にも適い、役人たちを説得することも可能だと考えます。敵性のではない対外資産も増えるわけですから」

「しかし、政治が絡むと話がややこしくなりすぎて」

ヤン・ビアホフはジンを見ない。

「ヤン、君は反対なのか？」

「いや、そうではありません。ただ、念には念を入れないと、逆にドイツ人から付け込まれるのではないかと――」

「われわれには代案がない」

父はジンの発案に乗ることを即断したようだった。

「ジン、君が考える方向で進めるなら、これからどうする？」

「公使館の説得から始めます。今の谷正之公使は経験豊富な職業外交官で手強い相手だと思います。でも、なんとかやってみます」

「ジンのお父上の承諾も得てもらわないと」

「それはもちろん」

「しかし、名義変更の時間が――」

ヤン・ビアホフが口を挟む。

「ヤン、なぜ名義変更をする必要がある？　無記名で充分じゃないか」

父はヤン・ビアホフに厳しい視線を向けた。ジンは冷静さを保っている。

「その点について、日本では株券は記名が普通なのに対して、ドイツやオーストリアでは無記名の方が多いと聞きました」

「そうなんだ。名義変更には時間がかかる。それに財産は匿名性を保っておくのがいいと金持ちたちは考えているから、無記名で株券が譲渡されている。ローラが説明したように額面千株の株券なら、一株一シリングだから千五百枚、十五万株か。それで十五万シリング、二万四千ドルだ」

わたしは深く頷く。あとは、すぐにでも臨時の株主総会を開いて、株の譲渡を報告する。父が全株式の七十パーセント、娘のわたしが十五パーセント保有しているわけだから、株主総会を形式的に開いて決定するだけでいい。

「私の株をジンに渡せばいい。それだけの株数だったらウィーンでも準備できる。氏素性の分かる日本のれっきとした男爵家に譲渡するのだから疚《やま》しいことはない。あとは税金だが、それはコストのうちだ」

「ジン、ありがとう」

しまった！　思わず声に出てしまった！

「いや、まだ問題が解決したわけではありません。ただ、やる価値はあると思います」

ジンは謙遜していた。この日はここまでの集まりになった。

ローラの日記　5

一九三七年二月八日

ジンが話があるという。午後三時、四人が招集されたのは会社の社長室だった。

ヤン・ビヤホフは遅れるらしい。彼が来る前にジンは父とわたしに本心を伝えたいようだった。

ジンは全権特命公使や他の公使館の人たちと会って、いい感触を得たことをまず話した。

「私の国では、ナチスと親交がある政府高官の一部が、去年のドイツとの防共協定をはっきりとした軍事同盟に格上げしようとする動きがあります。その反面、米英に過度の刺激を与えるのは得策ではないと考える政治家や軍人もいます。ラインハルト社がナチに乗っ取られるのを阻止したという、たとえ微々たることでも実績があれば、米英に対して点数を稼ぐ材料にはなるかもしれません。そのように公使を説得しました。公使は何もいわず聞いてくれました。本省とは密かにやり取りがあったのかもしれません。ドイツやイタリアと組む軍事協定に外務省はもろ手を挙げて賛成しているとは思えません」

父は家の書斎にいる時とは違った、力の入った表情を見せている。

「そういうことで、市来の家からの送金を現金にするには時間がかかるので、公使館の機密費から一時的に流用してもよいことになりました。ただ、条件が一つ提示されました」

「条件？」

「手に入れた株券を安全な中立国に預けて、その預かり証を持参するようにと条件が付きました。対外動産であれば中立国に置いておきたいとの思惑もあるのでしょう」

「預かり証を持参？」

「私が帰国する際に」

「そんな先の話でもいいのかな？」

「そのことについて——」

慎重にジンは言葉を継いだ。

「昨日、公使館で帰国するようにいい渡されました。一時的とはいえ公費で高額の投資を外貨で行うからには、その効果についての踏み込んだ説明も官庁には形式上必要だと」

彼は淡々と続ける。

「最近、父が体調を崩していて、近々帰国することもやむを得ないかと考えていました。だから、時期的にちょうどよかったのかもしれません」

ちょうどよくない！　わたしは心の中で叫んでいた。

ラインハルトの短い安泰を得る見返りにジンがいなくなる。わたしのバランスシートからすれば百パーセント釣り合わない。腹立たしくなる。人生にバランスを求めるべきではないのだろう、人生の一時一時が「計算」で成り立っているものだとしても。

「そうか……それは寂しくなるな」

声を落とす父。

ヤン・ビアホフがようやく加わった。ジンは公使館から株券を中立国の銀行に預けるよう指示されたことだけを復唱した。

「中立国の銀行ならスイスですな」

ヤン・ビアホフの言葉はいつも尊大に聞こえる。

「そうだな」

父が応じる。

「しかし、株券の現物を預けるというのは聞いたことがありません」

「嵩張らないものなら貸金庫でもいいのだろうけど、千五百枚だと量もあるし、預かり証が必要であれば事情を話して協力してもらえる銀行でなければだめだな」

「スイスの銀行もドイツの意向を汲んで危ない取引を嫌がる面が出てきているとか。やはりうまくはいかないのでは？」

ヤン・ビアホフは飽くまで否定的だ。遠く大聖堂の尖塔が整然と並ぶ石積みの建物を超えて、二月の街を見下ろしている。

「オイゲンしかないかな」

「オイゲン？　オイゲン・ルーデンドルフのことをいわれているのですか？」

訝《いぶか》し気にヤン・ビアホフが聞く。

「そうだ、ヤン。気が進まないが」

ジンはわたしの方を見た。

「わたしたちはルーデンドルフ家とは長いお付き合いです」

ルーデンドルフ家はスイスのバーゼルでプライベートバンクを経営している。アーデルボーデンのわたしたちの別荘は隣り同士で、毎年子どもの頃は夏の一時期を似たようなスケジュールで過ごした。両親とルーデンドルフ夫妻は同世代で、わたしたち子どもも年齢が近く、夏のスイスの高原にいる間に、エングシュトリゲンの瀧へピクニックに行ったり台地をハイキングしたり、それぞれの敷地に軍用のテントを張りキャンプの真似事をして遊んだ。そんなことをわたしは手短にジンに話した。

「お父さまが気が進まないのは、オイゲン小父《おじ》さまをビジネスの相手にしたくないからでしょう？」

「ローラのいうとおりだ。ビジネスだけの相手なら丁々発止で話を進めることができるが、古い友人だと気遣いしないといけなくなる」

父は後半の気持ちをジンに向けている。

「なるほど」

「しかし、事は急を要する。バーゼルに電話をかける間、一人にしてほしい」

「分かりました。無理をされないように」

わたしたちは立ち上がる。ヤン・ビアホフも美しくはない体を持ち上げようとする。椅子がギシギシ鳴った。


ほどなく父はわたしたちを呼び入れた。

「今、オイゲンに電話をした。回線がなかなか通じなかったがようやく話せた。オイゲンは話を聞くといってくれた」

「そうですか、よかった」

ジンとわたしは同時にいった。

「ローラ、彼はお前にも会いたいそうだ。どうだろう、ジン、一緒に連れて行ってくれないか？」

本当はわたしからもお願いしますといいたかった。でも、すぐにいうのは、はしたない。かといって、嫌がっているように取られるのも困る。

「ルーデンドルフご一家はお元気なの？」

論点をずらして時間を稼ぐ。

「ああ、ヘレーネも子どもたちも変わりないそうだ」

よく遊んだ子どもの頃の面影が浮かんだ。

「もう十年以上も会ってないわ」

「そんなになるかな」

「急に懐かしくなっちゃった。ジンさえよければ、ご一緒してもご迷惑でないかしら？」

「迷惑どころか、一緒に行っていただけないと困ります」

父とヤン・ビアホフの手前、ジンは改まった口調を崩さない。

「そうと決まれば、私は今からまた公使館へ行って、現金の受け渡しについてもう一度詰めてきます」

ヤン・ビアホフはムッとした表情で書斎を出ると、とっととコートを受け取り帰り支度を始めた。

わたしはそれと分かるように、ジンにもう一度微笑む。

ローラの日記 6

一九三七年二月九日

ジンは書斎のテーブルに置いた、鍵付きの大きな黒いファイバー鞄をやや無造作に開けた。ずしりという形容が相応しいほど整然と百ドル札が二百四十枚並んでいる。紙幣の束は無機質の空間を作っていた。全ての欲望を吸い取って吐き出す有機質の別な顔をその全体に隠しながら。

父は、しかし、ジンと同様に無感動に会社のジュラルミンケースに現金を移し、代わりに用意していた株券を見せる。

「額面千株を百五十枚。つごう十五万株だ。確認してほしい」

株券はドル札の倍の大きさだ。ジンとわたしは黙ったまま数え、ダブルチェックを行った。数はぴったり合った。安堵感。ジンがドルを運んできた鞄に入れた。やっぱり重い。

「ジン、これで君はわが社の株主だ。今回は好意に甘えさせてもらったが、もし、君の方で売り戻す必要があれば、いってほしい」

「分かりました。御心配には及びません。何年か分かりませんが、様子を見させてください。あと、ローラさえよければ、バーゼルへは明日にでも発ちたいのですが」

ジンは恥じらいで顔に赤みを乗せていた。父とジンはわたしを見る。

「準備ならすぐできます」

そうはいったけれど、ほんとうは不安。こんな場合、強い女を演じるべきなのか、あるいは、弱い女を？　どちらつかずのまま気持ちを流してしまう、いつも、いつも。

「では、ヤンに切符を手配させよう。バーゼルまではミュンヘン経由で行ける」

わっ、今夜は大忙しだ！　マルレーネとヴェロニカにも旅の支度を手伝ってもらわなければ。こうしてはいられない——。

ローラの日記　7

一九三七年二月十日

列車のコンパートメントは暑すぎるほどだ。ジンとわたしはウトウトしたり話し込んだり本を読んだりして時間を過ごした。ジンは初めてのスイスで、わたしは彼に幼い頃のスイスでのハイライトを話した。レマン湖の話。小さいマルレーネを初めて連れて行った時、湖を見たとたんに泣きだして止まらなかった。犯人はわたしで、レマン湖には怪獣が住んでるという怖い話を吹き込んでいたからだ。そのことで母に叱られた思い出。

「ジンは独身主義者なの？」

質問がレールの軋みにかき消されるのを半ば期待しながら、さりげない風を装ってついに聞いた。

「事件があったと聞いたけれど」

「君が僕の過去に関心があるとは」

「……関心があるわけではありません」

やっと答える。ジンの意地悪！

「ローラには分かってもらった方がいいかな」

ジンは妹さんのことを話してくれた。日本の女性としては活発で社交的だった彼女は四年前、一九三三年のダンスホール事件と呼ばれる姦通スキャンダルで世間から非難された華族の婦人と交流があった。そのスキャンダルにどのように関わったかについては、妹さんは口をつぐんだままだという。当事者だったのか、そうでなかったのか。婚期の真っただ中にいる妹さんに世間の目が向く前に、ジンは知り合いの新聞記者に頼んで、ジン自身がスキャンダルに絡んでいるといった記事を書いてもらった。もとよりヨーロッパの製造ラインの技術を現地で学ぶよう打診されていたジンは、世間の目を逸らす好機になると、乗り気ではなかったお父上を説得し、今回の外遊に結びつけた。

「遊び人の噂を立てられている。もっとも妹への不評を回避できた代償としては軽いものだけどね」

（ホントに遊び人なの？）そう聞けなくて、この話題は終わりそうになる。ジンはやおら上着の内ポケットから縦長の封筒を取り出した。出かける直前に公使館宛てに受け取ったらしい。便箋を開いてわたしに見せた。

「父の繰り言だ。血圧の高い家系で、彼の体調の悪さは相変わらずだけど、結婚をくどくどと急かしている。お前の評判は悪いが、それでも決定的とまではいっていない、結婚するなら今のうちだ、お前の成婚を見届けないと死んでも死にきれない、亡くなった母さんに申しわけがない、とか書かれている」

わたしには絵画にしか見えない便箋の文字は、黒と灰色の起伏があるものの、太く、それ自体が説得力を持っているように思われた。

「で？」

「いや、それだけ」

ジンはそういいながら、大事そうに封筒をしまった。相変わらず、わたし、口数も少ない醒めた女だと思われてる？　それは仕方がないんだけどね――。

それにしても国境で止まっている時間が長すぎる。このポイントを過ぎればもうスイスだ。列車の中は静まり返っている。時刻表では二十分の停車時間なのに、一時間は停まったままだ。動きだす気配がない……そう思ったとたん、コンパートメントのドアが乱暴に開けられ、軍服を着た兵士が三人、ずかずかと入ってきた。指揮官らしいまだ幼さが残る男は、わたしたちが車掌に預けたパスポートを持っていた。

「臨検です」

幼さが残る雰囲気には似合わず、低い声だ。黒と銀の親衛隊《ss》の襟章を付けている。

「ヘル・イ・チ・キ？」

発音しにくそうだ。ジンの公用のパスポートを見ている。

「特務曹長、私は大日本帝国海軍少佐だ」

ジンは彼の階級が分かるのか、そう応えた。

「フラウ・フィーツェ？」

わたしの方は見もしない。

「お二人は一緒に旅行されている？」

（それがどうしたの？）

「そうだ」

ジンは平然としている。

「ご旅行の目的は？　バーゼルまでの切符をお持ちのようだが」

「このご婦人の父上が経営されている企業の証券をバーゼルの銀行に届けることが目的だ」

ヴェロニカを呼びに行きたかった。でも彼女がいる二等車へ行くことは許されないだろう。

「届ける？　その証券というのは？」

特務曹長の横に立つ兵卒は小銃を肩から下げている。

「株券だが問題でもあるのか？」

「見せなさい」

急に命令口調になる。

「あなたたちは何？」

わたしは我慢できずに叫んだ。

「答える必要はない。さあ、見せなさい。これは命令だ」

兵士は小銃に手をやって威嚇する。ジンはそれとなくわたしに目配せして、一つの鞄のカギを開けた。特務曹長は株券を一枚抜き出し、詳しく調べた。

「全部で何株分あるのか？」

「額面千株の株券が百五十枚で十五万株」

「ほお、それは多い。金額に換算すると？」

わたしたちは再び視線を交わす。ほんの一秒にも満たない間。ジンは、どうせこいつらは全て知らされたうえで来ているとの目でいった。

「総額で十五万シリング」

仕方なくいう。

「とすると、十万ライヒスマルクか。その額は尋常ではない」

特務曹長は殊更大きな声を出す。宣告を下した。

「小官に与えられた包括的権限により、ラインハルト社の当該の株券を一時的にドイツ国外へ搬出することを制限する。二人には列車を降りてもらう」

わたしの手の十センチ先にはジンの手がある。伸ばせば、温もりと癒しを全身に行き渡らせることができる。そうしたい。だが、それはできない。

「いったい……何を根拠に」

わたしが声を荒げようとした矢先、ジンがいった。

「特務曹長。私のパスポートをもう一度見てほしい。私たちは公用でラインハルト社の株券をスイスへ届けることになっている」

「それは後で照会すれば分かることだ。ともかく降りろ」

兵士が一歩前に出た。ジンは上着の内ポケットから、わたしに見せてくれた父親の手紙を取り出し、便箋を広げて彼に見せた。

「特務曹長。これは日本の天皇《カイザー》の命令をシゲノリ・トウゴウ駐ドイツ大使に伝えた書簡の一部だ。内容は、わが国の国防上速やかにラインハルト社の株券を日本の国家を代表する然るべき人物、つまり私に、スイスの銀行へ届けさせるべしと書かれている。今、貴官が陛下の御意向に反してこの勅命を停滞せしめたとしたら、事は貴官の責任にとどまらず、貴国の然るべき権威にまで及ぶ」

特務曹長の動きが止まった。わたしも話を合わせた。

「バロン・イチキ、この書状をこの方にお見せするのはいけませんわ。お若い下士官殿の将来に響きます」

なるべく乾いた声を出そうとした。ジンはできるだけ威圧的に立ち上がる。

「ローラ、さあ、列車を降りましょう」

わたしも立ち上がった。

「大日本帝国天皇《カイザー・フォン・ヤーパン》の命を受けた市来男爵家を代表して、下車次第、ベルリンのドイツ外務省と日本大使館にこの状況を報告することを要求する」

ジンは、特務曹長に向き合う。

「どきたまえ」

特務曹長は動かない。

「君！」

「分かりました。お話を伺うと、小官が事前に命令を受けた内容よりはるかに複雑で緊急を要する一件のようです。ドイツは平和国家です。友好国と問題が生じる事態は避けるべきでしょう。どうぞ、公務をお続けください」

彼は、「勝利万歳《ジーク・ハイル》！」の声とともに敬礼し、兵卒を従えてコンパートメントを出て行った。

列車は動きだした。わたしは思い切りシートに倒れ込んだ。ジンは堪えていた笑いを弾けさせた。初めて見るジンの大笑いだ。

「ジン、作り話が上手ねえ」

「生きるのが上手、といい直してくれるかな」

まだ笑っている。

「立ってるものは親でも使えという格言が日本にはある。今回はそれに素直に従ったまでさ」

「わたしも必死で笑いを我慢したんだから」

「お上をこれほど有効に使わせてもらったこともない」

「そうでしょうね。ああ、おかしい！」

「黒幕はビアホフだろうな」

「あの男がわたしたちの旅程をライマル・エーベルトに密告して、ライマル・エーベルトがナチの人脈を使ってこんなことをやったのよ」

「それほど阻止したかったのだろう。株を不法に持ち出そうとした、だからこの株の売買は認められない、ということにする。それを売却して得た現金も違法だから没収する。お父さんは逮捕され、ヤン・ビアホフが社長になる」

「父は今度こそ目を覚ますかしら」

「さあ、どうかな。まずはバーゼルへ行って、無事にこれを届けてからだ」

株券が入った鞄を軽く叩いた。駅を離れた列車は速度を上げている。彼の横に移動してその肩に凭《もた》れたい。わたしは車窓に目をやる。中央ヨーロッパの月が二月の闇を細く切っていた。国境沿いのスイスの風景は不揃いの雫《しずく》のように後ろに去っていった。

ローラの日記　8

一九三七年二月十一日

子どもの頃、ルーデンドルフ家の人たちとは夏になれば会っていたのに、バーゼルのプライベートバンクには一度も行ったことがなかった。銀行は駅前通り《バーンホフストラッセ》の中ほどにあった。思ったより小さい、建物としてだけ見れば。といっても四階建てだ。外壁の装飾がない分大きくは見える。

オーストリアの銀行は威圧的で、夏でもひんやりする。お金を扱うには非情な威厳が求められるのか。それに対してルーデンドルフ銀行は木をふんだんに使ったホールが親しみやすさを演出している。演出は尊重されないといけないけれども……。

頭取室は最上階にあった。わたしの姿が目に入るや否や、オイゲン小父は大股で歩み寄り思い切りわたしを抱いた。そうして、抱きしめている両手をすぐに伸ばした。

「ローラ・ラインハルト！　失礼、ローラ・フィーツェ！　最後に会ったのはいつだ？」

「もう十年も前になります」

「十年か。君の十年と私の十年はどのように違うのか、想像したくはないな。でも、やっぱり、君は私が予言したとおりになった」

顔いっぱいに笑みを浮かべる。

「予言ですの？」

「そのとおり。君が這い這いをしている頃から、私はローラはきっと地球上の男という男を魅惑するレディになるという予言をしている」

「まあ、ずいぶん汎用性のある予言ですこと」

「いやいや、汎用性こそこの世界で生き残れる唯一の秘訣だよ」

「小父さまがおっしゃると福音書の一節のように心に刺さりますわ」

「それは誉め言葉と受け取ろう。さあ、座って」

オイゲン小父はジンとわたしに椅子をすすめた。

「お父上のフェルテンもお母上のクリスティアーネも変わりないかな？」

「はい、元気は元気なのですが、最近はいろいろなことが立て続けに起こって、あの楽天的な父が気を落とすと、もっと楽天的なあの母も気分が滅入りがちになって、そんなには楽天的ではない娘としては心配どころなんですの」

「なるほど。フェルテンは負けず嫌いでもあるからね、自分ではどうしようもないという状況には弱いのではないかな」

オイゲン小父はわたしからジンへ視線を移す。

「フェルテン・ラインハルトからは大体の状況は聞いている」

銀行家の表情に戻っている。

「ローラの父上の役に立ちたいと思ってここに来ています」

ジンはゆっくりと話し、オイゲン小父は頷いた。

「では本題に入ろう。最近はスイスの銀行といえども、預金者にとってもわれわれ自身にとっても、今までのように無条件で安全が保障されるとはいえなくなってきている」

「そうなんですか？」

「ここ数年、生涯働いて貯めた当方の銀行の預金を解約して、ドイツの怪しげな団体の銀行口座に送金してほしいという個人の得意先からの手紙も来るようになった。もちろん私たちは預金量が減少すること自体はさほど重くは受け止めてはいない。問題は、そのような解約が個人の自由意思でなされているのか疑問に思える事例が多いことだ。対処法として、私たちプライベートバンクは手紙などでは解約に応じず、直接会って、解約の理由や送金先の団体について細かく聞くようにした。解約に応じないこともある」

「なるほど。それでも解決していないのですか？」

「代わりに、背広をぎこちなく着た十代と思われるドイツ人に連れられて、預金者、多くはオドオドして顔色も悪い高齢者だが、本人が全額解約して現金で持ち帰ることが多くなった」

「その高齢者とはユダヤ人で、若いドイツ人とはナチの連中なんですね」

ジンが尋ね、オイゲン小父は頷いた。

「そのとおり。しかし、本人の申し出である以上、解約に応じなければならない」

「わたしたちもスイス国境でナチに列車を降ろされそうになりました、銃口を突き付けられて」

「それは大変だった。何事もなくてよかった」

オイゲン小父は安堵の表情を見せて続けた。

「銀行は人間の体では心臓のようなものだ。資金という血液を勢いつけて生活の隅々まで行き渡らせるのが仕事だ。今、資金という言葉を使ったが、それは希望という言葉に置き換えることもできる。あるいは、欲望とも。そのうえで健全であることを念頭に循環していれば、社会は健全に推移するだろう。しかし、恣意的に一部が得をする道筋を作ってしまうようであれば、心臓としての銀行には腐蝕や浮腫が生じて、最終的にその機能を失ってしまい、身体全体が取り返しのつかないことになる」

ジンとわたしは黙って聞く。

「先の大戦で世界の大国は一国全体を短期間で荒野にしてしまうような火力を手に入れた。スイスは中立国だが、だからといって侵略を受けない保証もない。この国が占領されて、銀行も粗捜しを受け資産を没収される。そうした場合に備えてなるべくリスクの高い取引は控えようとする風潮が広まっている。今回の――」

ジンの方に掌を向ける。

「ラインハルト社の株券に関する要望についても、本行の役員会に諮った結果、賛成は議長の私を除いて二人だけだった。ラインハルト社は、しようと思えば軍需産業に短期間で転換できる技術と設備と資源を持っている。農業や小売業と違って極めて政治的なリスクが高い企業だ。どっちの勢力にとっても難癖をつけようと思えばいくらでもつけることができる」

オイゲン小父は、そこで立ち上がってバーカウンターへ向かいながら何が飲みたいかとわたしたちに聞いた。炭酸とわたしが応え、スコッチをジンが頼んだ。オイゲン小父はシェリー酒を自分のグラスに注いだ。それらを配ってソファーに座る。

「どうかな、イチキ男爵、ローラ。われわれの立場も察していただきたい」

「お立場はよく分かります」

ジンは落胆の色を隠して答えた。

「でも、小父さま、株券を預かってもらえないと、イチキ男爵は祖国を欺いたことになり、そうなればラインハルト社も存続の危機に直面しますわ」

「それは心得ている。ローラ、まあ、聞きなさい」

オイゲン小父はわたしたちの顔を交互に見比べる。

「私は経営者だ。経営する銀行を存続させなければならない。その責任上何が必要か、何がリスクか、何がそうでないかを見極めなければならない。しかし、安全が最良かというと必ずしもそうではない。むしろ逆だろう。ラインハルト社の十五万株を保管してほしいという今回のフェルテン・ラインハルトとあなた方の頼みをそうした観点から考えた」

デスクの上のパイプを手に取った。

「結論からいうと、私は面白いと思った。ラインハルト社の株券をいつの日か引き出して受け取りたい人が現れるとすれば、ラインハルト社の株式には経済的価値が依然としてあり、会社も経営主体として生き延びていることを意味する。その時が五年先か、二十年先か、五十年か、百年か、分からないし、世界情勢もどうなっているのか不明だ。だが、そうした日のために、あなた方の果敢な挑戦をバンカーとして受け止めてもよいのではないかと思い至った」

まだパイプをいじっている。

「しかし、一方で、私の銀行の役員たちも説得しないといけない。そのため、この案件は最高経営責任者である頭取職の専従扱いの対象として、特殊なセキュリティをかけたい」

「特殊なセキュリティ？」

ジンが身を乗り出す。

「正規の預かり証とは別に、ここにいる私とあなた方二人が、それぞれ鍵に相当するものを持ち、それらが揃えば株券を受け取れるようにする。私にとっては保管そのものが鍵となる」

「鍵、ですか？」

再びジンが聞いた。

「そうだ」

とジンに向かって頷いた。

「私たちがこれから取り決める鍵を持って誰かが取りに来るようなことがあるとする。その人物が善意を持っているか、悪意を持っているかは別にして、それは少なくともラインハルト社が存続し、私たちのメッセージが伝わり、なおかつその人物がスイスに自由に来られる世界が続いていることを意味している――」

「それはいいえますね」

　ジンはやや遠い目をした。

「要するに、このような時代だからこそ私は賭けたい。私たちは鉄兜《シュターヘルム》も重戦車《ティーガー》も手榴弾《M-24》も持っていない」

　国境の駅で乗り込んできたドイツ兵の重々しい装備が目に浮かんだ。

「小父さまがおっしゃるとおり、拳銃もライフルもないわ」

「その私たちが武器の代わりに持てるものはいったい何か？　それは、信頼と相互理解に基づく人と人の連鎖だと思う。その象徴として、私たちの銀行が株券を保管し、イチキ男爵は口座番号に代わる言葉の鍵を、ローラは私たち全員が署名した書類を保管する。それらが揃わないと株券は渡せないとしておこう。ナチのような狼藉者が引き出せないように」

　わたしたちは頷く。

「ただし、今しがたいったように、力づくでこの銀行の資産が奪われることもある。その時はわれわれに責任は及ばないと考えてもらいたい」

「承知しています」

「そうであれば事務手続きを進めよう。ローラ、私たちが署名をする適当な用紙はあるかい？」

「銀行の用紙を使うのはだめでしょうか？」

「いや、われわれが普段目にする機会のないものがいい」

　俯いたわたしに、デスクの照明がわたしの紫色のバッグに反射するのが目に入った。わたしはしばらく考えてジンにその紙を渡した。ジンは素早くそれを「用紙」になるように戻し、オイゲン小父のデスクに置いた。

「大きさはこれでいいかしら？　心持ち小さいですけど」

「ああ、ちょうどいい」

オイゲン小父はそういうと、「1937・2・11」の日付と肩書き無しのサインをし、わたしとジンに回した。私たちもそれぞれサインをした。ジンは自分の国の字でサインをした。もう一度三人で確認し、わたしはそれをジンに渡した。ジンがそれを鮮やかな手つきでもとの形に戻すと、オイゲン小父は感嘆の声を上げた。

「さて、口座番号に付帯する符丁だが——」

「どうでしょうか？　このイメージを使うのは？」

そういって、先ほどのサインが書かれた「用紙」をジンが示した。そして一つの言葉を、持っていた手帳を開いて書き、わたしたちに見せた。

なるほど、いつか暁が到着を照らす……。

「『夜明け』はどんな状況でも必然として現出します。それを望みましょう」

「では」

オイゲン小父はインターホンで秘書を呼び出し、趣意書を記して、銀行に残すそれを一部、日本政府に確認させる預かり証も一部、タイプするように告げた。それらが仕上がるまでオイゲン小父とジンは、ヨーロッパをめぐる国際情勢について話し合った。戦争は近い将来不可避になるという点で一致したが、先の大戦のように世界を巻き込むものになるかどうかでは意見が違った。ジンはすれすれのところで全面戦争は回避したいと思っていることを告げた。オイゲン小父はジンに紙巻きたばこを勧め、自分はパイプに火を点けた。

「堅忍不抜の考え方は私たちの間では伝統的な社会理念でした。剣を抜く前にすべきことがあるのではないか――」

愚策とは剣を抜いてしまうことだとジンは加えた。

「いったん抜いた刀を鞘を納めるには膨大なコストがかかる。国家が支払うべきコストは何世代にもわたって負担となるでしょう」

「なるほど。政治的センス皆無の軍人がお国のトップに立つことは避けなければならない」

「今の日本にも世界を見据えて大局に立つ決断ができる政治家や軍人が何人かいます。彼らの力が削がれて流されないよう願うものです。しかし、ドイツがオーストリアを併合するのは時間の問題ともいわれています。現実にそれが起こるとなると、ヨーロッパでは戦争になる公算が強まるでしょう。日本では強いドイツと組んで米英と有利に交渉をしようという虫のいい議論があります。ドイツが世界大戦で勝利した後のアジアでの権益の確保という狙いもあるのでしょう。でも、それは道筋がまったく読めない賭けです。米英と戦端を開くことにでもなれば、終わりの始まりになることは必至です。そもそも帝国海軍も陸軍も米英を仮想敵として設計された軍隊ではありません」

オイゲン小父は口を開きかけたが、ドアがノックされ、秘書がタイプした二枚の書類を持ってきた。

「さて、諸君、われわれの株券はしばしの眠りにつく。それが目覚める可能性は天文学的に低いかもしれない。だが、完全な闇と、絹糸のように細くとも一条の光がある闇とでは、圧倒的に違う。希望という、切れそうなか細さであっても、強くはっきりとした光はわれわれの道標となる」

わたしたちは立ち上がってオイゲン小父が隣室の特別の金庫室へ入るのを見送った。小さく、カチッと音が籠って聞こえ、オイゲン小父とジンとわたしの共同作業は、大きな区切りを迎えた。

ローラの日記　9

一九三七年二月十八日

バーゼルから帰ってきってジンが南仏マルセイユへ旅立つまで二日しかなかった。父は二万四千ドルの現金を市庁舎のライマル・エーベルトに渡し、その受領書と、ナチの然るべき高官から友好企業であると証明する書類を受け取ることを確約させる一筆をせしめた。久しぶりに安穏とした時間があった。

「ローラ、オイゲンが、もし自分が三十歳若ければ迷わずヘレーネを捨ててお前に走ると電話してきたぞ」

父がそういうたびに母の眉間に皺が寄った。

バーゼルへの小旅行の情景はさざ波のように蘇っては消えた。

ジンは旅支度を急いでいる。

父も母もジンが何年かすればまた戻ってきてくれると疑っていない。欧州航路の貨客船に乗るためマルセイユへ発つ二十日は朝が早く、前の晩はインペリアルに泊まるとジンが告げてきた時も、特別に送別の宴を開こうとは考えも及ばないようだった。

「最近はあそこも昔のようなお食事が提供されなくなったとみんながいっているわ。ジン、ウィーンの最後の晩にお一人ではお寂しいでしょう。娘たちがご一緒しますわ」

母は思わせぶりだ。

「あら、お母さま、わたしは都合が悪いわ。ごめんなさい、ジン」

マルレーネは断ることが姉とのチームワークだといわんばかりにわたしの腕にそっと手を当てる。あとで、妹と二人きりになったら「いい子ね」とそっと十六歳の髪を撫でてあげよう。

「ジン、日本も北へ行けば冬は寒いと聞く。君はそこにある領地で過ごすことも多いらしいな」

父は朗らかだ。

「はい。ホッカイドウと呼ばれる島です」

「クリスティアーネにいわれて気づいたんだが、君は日本から持ってきた一着のコートでこのウィーンの冬を過ごしているというじゃないか」

「お気づきでしたか」

ジンは笑っている。

「コートなんだが、三年前ロンドンに行った時にセヴィル・ロウで誂《あつら》えた一着がある。しかし、作った直後から太りだして、着ると不格好に見えてしまう。その時試着しただけのコートだ。どうだろう。君と私は背の高さもほぼ同じだ」

そういってヴェロニカからコートを受け取り、ジンに差し出した。

「かえって失礼だといっても、主人は聞かないんですのよ。カシミヤの良いコートだからと」

母は微笑んでいる。

「ありがとうございます。暖かい一着を欲しいと思っていたところです。このコートを着るたび、ラインハルトのご家族とウィーンの冬を思い出すことでしょう」

ジンはゆっくりとコートを羽織り、丁重に礼をいった。

「だいぶゆとりがあるけど、その方が暖かくていいわ」

マルレーネを父は睨んだ。

ローラの日記　10

一九三七年二月十九日
父と母はインペリアルホテルの舞踏室《ボールルーム》を一晩貸し切ってくれた。

約束した時間よりジンは早く来た。眼鏡をかけていないので周囲が心なしぼやける。シャンデリアがいくつもの十字の花束になっている。ジンはわたしを立ち上がって迎え、驚いたように微笑んでいる。

「晩餐は夜会服《スモーキング》で、という君からの口伝えの理由が分かった」

ジンはまだ目を瞠《みは》っている。

「ヴェロニカが全部手伝ってくれたの」

わたしははにかんで答える。父も母もマルレーネも今日のわたし出で立ちのことは知らない。

「身に付けずに終わるだろうなと思ったデコルテなの。作ったのは遠い昔。変でしょう？」

「いや、ほめるのを忘れるほどだ。髪のスタイルもいい」

「ありがとう。これね、いつか着ることがあるかもしれないと思う気持ちと、絶対に着ることはないと思う気持ちがせめぎ合っていた一着なの。そのままにしておいてよかった……」

わたしのドレス。シルクの白さが遠い篝火《かがりび》のように柔らかい。

「十六歳の時にあなたと出会いたかった。怖いものも、傷つけられることもなく、ただ、グランドホールであなたと踊ってみたかった」

何をいっているのか、と自分でも思った。

「それは困る。ライバルが多すぎて近寄りもできなかっただろうし」

ジンが応える。

おずおずとヤーコブがすまし顔でバンドネオンを抱えて入ってくる。わたしたちにお辞儀をして椅子に座ると、チロルの民謡を独自にアレンジした曲から始めた。

ボールルームにわたしたちしかいないことは、食事が始まるとそんなには気にならなくなった。漆喰の天井とステンドグラスに囲まれた空間を、バンドネオンのビブラートが満たす。

給仕長からは、この日担当する給仕たちは、移民を中心にヤーコブの事件のことでジンとわたしに感謝していると聞かされていた。真犯人は第一発見者の同居人で、家賃の分担をめぐる諍《いさか》いの果ての殺人だった。ニュースはウィーン中を駆けめぐった。カミンスキー警部は筋を通してくれたようだ。

お料理は母がいうように、シチュー《グーラシュ》は上質なサワークリームの代わりの小麦粉が舌に当たり飲みにくいし、内蔵《インナライエン》の料理も固くなりかけていた。こんな時代だから我慢しないといけない。望めばきりがない。それでも、わたしたちはシュタイニンガーのスパークリングの儚い余韻をまとわりつかせながら、いろいろな話をした。もっとも、給仕たちからは、二人は黙って食事をしているように見えていただろう。それでいい。

「旅立ちを送るのはとっても苦手だわ」

「ああ、君は一人大切な人を見送っている。亡くなったご主人」

「愛する相手との別れの辛さがあったから苦手といっているわけではないのよ」


ハンス・フィーツェ。十六歳の少女に愛はなかった。ハンスは十三歳も年上で、最初に見せられた写真は毅然としていて軍服姿も頼もしかったし、母の一族はこの婚姻を喜んだ。でも、父は違った。式の前夜、父は寝室に来てわたしの傍に腰かけていった。

「まだ間に合う。お母さんは私がなんとかする。お前は自分を大切にしなさい」

ヴァージンロード《ユングフラウレンストラッセ》を進む父が強張っていたのは、無理に微笑むわたしの横にいて、昨夜の気持ちが残っていたからなのだろうか。そして、わたしのその道《ストラッセ》は揺るぎない権威に溢れた軍人一家の秩序へと続いていた。

結婚したての頃、軍人仲間と飲んで夜遅く家に帰ったハンスは、先に寝ていたわたしを乱暴に起こし、殴りはしなかったものの腕を強く摑みながら、先に寝ていたことを責めた。腕の痛みは心に届いた。その青黒いあざは数日消えずに残った。

半年経って明日が入営という前の晩、早く休みたいだろうと思って早々と寝支度をしたわたしは、ベッドに腰かけてヴィッキイ・バウムの小説を読んでいた。ハンスはガウン姿でわたしの横に座った。珍しく抱かれるのだろうか。やがて、彼はそのまま深く頭を下げて身を震わせた。はじめ彼が笑っているのかと思って、

「何がおかしいの？」

と声をかけた。それから震える背中に手をやると彼は身を起こした。顔は一面涙に濡れていた。

「怖いんだ、何もかも」

声も震えている。

「音も煙も塹壕の冷たさも。足が竦《すく》んで動けない」

混乱する。なぜ、打ち明けるの？　この人はわたしに何を求めているの？　わたしは、しかし、そういって怯える彼に、軍人の妻はどう対処するのが普通なのかと、教科書を読むように考えることしかできなかった。

「ともかく横になりましょう。明日になれば落ち着くわ」

寝かしつけ、その横顔をただ見ていた。安っぽい娼婦のように着ているものを脱いで彼に寄り添う。その案は思いつく前に消えていた。彼は恐怖で泣いている。涙は短く刈り込んだ口ひげの横を

細く伝って落ちていった。その涙を堰き止められる何かを持ち合わせていないことをわたしは思い知った。

翌朝、ハンスは何事もなかったように出征し、それが彼との別れとなった。三ヵ月後、彼の戦死の公報に義父と義母は呆然となった。

「フランスの前線で勇敢に突撃されました」

訪れた義父の戦友の老齢の予備役大佐は少しだけ言葉を濁し、厳かに伝えた。義父と義母は彼を信じた。わたしは彼を信じなかった。恐怖で指揮するのも忘れ、震えながら立ちつくす彼に無慈悲に浴びせられる機関銃。そうした不信だけが、亡くなったハンス・フィーツェに対する妻としてのわたしの、ただ一つの哀悼の感情だった。

話し終えたわたしに、

「別離は常に全ての人生の一歩先を走っている。僕たちはその後ろ姿に慈愛を求め、結局は裏切られる」

ジンは遠くを見る目をした。

「ねえ……」

オペラグローブを付けた片手で頬を支えながら彼を見やった。

「踊りたいな――」

ジンは、いつもとは違って、はにかみながらやや性急に立ち上がった。

「ローラ・ラインハルト、私と踊っていただけますか?」

テーブルの上の片手を伸ばし、わたしはその手を軽く取る。ジンの言葉を借りれば、ウィーンのバルはsensuelだ。今夜のバンドネオンはそれにもましてアンバランスに官能的《サンスエル》だ。さあ、ワル《アッレス・》ツを踊りましょう《ヴァルツァー》! わたしたちのヴァルツァーが始まる。

「ねえ、聞いて。今夜がね、やっと、わたし、デビュタントなの。だからね、あなたはわたしを旧姓で呼んでくれた」

ジンは思いのほかリラックスして踊っている。

「デビュタントの君の相手ができて光栄だ」

「今夜を予感して、今夜のために、十八歳の時このデコルテを作ったの」

「ローラ、作り話が上手だな」

「あなたのことを想うのが上手、といい直してくれる?」

ヤーコブは目を閉じて弾いている。

「そうだった。ヴァルツァーでなくって、ワルツ。こっちの音の方がやっぱりいい。わたしのデビュタント・ワルツ」

「いい香りだ」

「『フィルツ』にあったオードパフューム。マンダリンオレンジとイラクサ。恥ずかしいけどあなたに合わせた。バーゼルに次ぐ大冒険」

ウエストラインに当たるジンの手の温み。衣擦れ。

「覚悟《ベライト》は？　……」

ジンが囁く。なんの覚悟？　とは聞かない。わたしは涙を抑える。

「はい……でも、今はあなたと」

憩うように旋律はこの古いホテルのボールルームに注いでいる。ジンは控えめに、でもひたすらに、わたしを包むようにリードした。何曲踊っただろう。ワルツを数曲、タンゴも数曲。十代の日のダンスはきっとこうだったと思わせるように――。


部屋、ホテルのジンの部屋に戻ったのは何時だったか。

直ぐに後ろ手にドアを閉めた。そのわたしをジンはベッドへ運んだ。今度こそ安っぽい娼婦のようにデコルテを脱ごうとするわたしをジンは手伝った。ベッドに深く沈み込んだ躰を今度は強く抱きしめた。ジンの腕の固さを味わっている。自分の髪が彼に掻き上げられるさらさらという音が、耳元で今夜だけのシュトラウスを奏でる。首筋に唇が何度も触れ、はるか遠い国の岸に寄せる波のように愛撫はしなやかに続いた。わたしは自分でも驚くくらい熱く彼を受け入れた。一瞬一瞬が爆《は》ぜ、ジンの男の熱とわたしの女の熱が行き惑う。足首を持ち上げる彼の手。背中に感じる彼の息……満たされた眠り。


冬の朝の萎《か》れるような喪失感が心を悴《やつ》れさせ、わたしを目覚めさせた。ジンの胸の鼓動を惜しむように聞いた。そのことが生きている証のように軽い寝息をたてている彼からこっそりと躰を離し、そっと滑るようにベッドを降りた。床からドレスを拾い、身に着ける。駅には行かない、そう決めていた。ヒールを持ち、素足で部屋を出ようとしてライティングデスクに戻った。ホテルのメモの用紙を一枚ちぎる。Lebe Wohl《さようなら》と書いたが、ジンの「Bereit《覚悟は》？……」――二人はもう会えないという予感、が啓示として脳裏を過《よぎ》り、それを振り払うように、もう一枚メモを取って書き直す。

Bis Morgen……明日、また――。

千年先でも、わたしが生きている間でも、会えるその日が明日。だから、愛も恋も書かない。だって、どんな時代か分からないけど、どこでかも分からないけど、どんな形でかも分からないけど、絶対に、必ず会うんだから――。

彼のいる部屋を去る前にもう一度振り返ったわたしの瞳に、テーブルに置いた「Bis Morgen」の文字は小さく儚く、儚く小さいながらも深い残像となって染みていった。

また《ビス》……明日《モルゲン》……。

第六章　展　開

1

「『夜間飛行』――見えてきましたね」

千帆美が真剣な表情を見せる。

ローラから借りた日記を四人で手分けして訳し終えたのは八月三日の昼過ぎだった。私たちはランゲの事務所に集まっていた。

一九三七年二月十一日、時間の流れに磨かれたようなスイス・バーゼルのプライベートバンクの心地よい執務室。ローラと仁。やがて自分たちを圧し潰すことになる時代の変転を前に、その二人が老頭取に託して深く隠したものがあった。

「これから、われわれが採り得るアクションだが」

ランゲは机の隅に腰をかけている。

「預けられていた株券をバーゼルで引き出す。せっかくのメンバーだ、全員で行ってもいいと思う」

「十五万株って、時価総額はいくらになるのかな?」

「買い付け価格は決まっている。四十八・九一ユーロ。昨日の外為のレートでは——」

と小此木がスマホで調べる。

「一ユーロが百三十円だから、十五万×四十八・九一×百三十、は……」

電卓のアプリを使う。

「九億五千三百七十四万五千円だ」

留美子と千帆美は目を見開いて私たちを見た。[夜間飛行]は九億五千万円への切符だったのだ。

「市来男爵の投資としてはいくらだったのかしら?」

「二万四千ドル。一九三七年の円とドルの相場は」

今度は私が検索する。

「なるほど、アメリカが金交換を停止したあとなんだな。一ドルは四円ほどだ。だから、大ざっぱに十万円。初任給が百円ほどとすると、一円は現在の二千円相当。今の価値なら約二億円だ。市来家にはなんとか捻出できる金額だったんだろう」

「結果的には四・五倍になったという計算ですね」

「八十年寝かせて四・五倍。投資の効率は良くないと考える人はいるだろうな」

「えー全然いいじゃないですか。無くなってないんですよ。ゼロではないんですよ」

千帆美が熱を帯びる。

「今、調べたんだけど、ラインハルト社の一株、七十二ユーロです。ベルリンに持って行かずに市場で売ってもいいんじゃないの？」

留美子の質問は当然のことのように思われた。それに対してランゲが淡々と答える。

「いや、それはできない。記事によると、買い入れた当該株式は親会社のヒュッター・ウント・シュルツ社の取締役会で認められて初めてラインハルト社の正規の株式となる。それまでは市場では売買できない」

「残念、うまくなってるのね！　もう一つ質問。十五万株って相当な数よね。ヒュッター・ウント・シュルツだってびっくりするんじゃないの？」

「十五万株は一見すると確かに多い」

ランゲが留美子に応える。

「しかしだ。ラインハルト社の発行済株式数は約八千万株だ。十五万株は全体の〇・一九パーセントに過ぎない」

「株式、そんなに発行してるんですか？」

千帆美が驚く。

「製造業の企業としては中ぐらいだ。日本の企業なら、ソニーは十二億株、パナソニックは二十四億株、任天堂も一億株、東昇もそれに近い発行済株式があるから、あながち多いとはいえない」

私が付け加える。続いてランゲが自信ありげに話す。

「九億円はヒュッター・ウント・シュルツには想定よりやや高額だとしても、コストの範囲内ともいえるだろう。戦前のラインハルト社の資本構成も調べたうえで買い取り価格を決めたろうから、コストも考課されているのではないか。買い取りを拒否されることはないと思う。拒否されるようなことがあったとしても、係争にでもなれば企業イメージに傷がつく。われわれの勝算は百パーセントに近いと見ていい。一九五一年のサンフランシスコ平和条約に違反する行為でもない」

「それにしても、歴史とは集積だな。偶然という点と点が繋がって必然という一本の線で結ばれる」

小此木の心境だ。

「高柳社長がドイツ出張中にラインハルト社の株買い入れの記事を読んだか聞かされなかったら、そのラインハルトの名前を青森での講演中にいわなかったら、市来仁が手帳を残さなかったら、マルレーネが日記を失くしていたら、アメリカのファンドが敵対的TOBをしかけようとしなかったら、いや、もっと大きいものが残っている。もし、ドイツの統一がなかったら」

小此木は腕を組んでいた。

「市来仁とローラが運んだラインハルト社の株券は、未だにバーゼルのプライベートバンクの金庫に眠ってる。あと数世紀はそのままだろう。あるいは永久に」

「歴史はそうやってわたしたちの生活の細部までを包み込んでいくのね」

留美子が感想を告げ、私たちは感銘深くその意見を聞いた。

「さてと。バーゼルへ行くのはここにいる全員でいいと思うけど、手に入れた株券をベルリンのヒュッター・ウント・シュルツ社に持ち込むことについては、私たちの代理人としてランゲ弁護士に頼みたい」

私が考えていたことだ。

「皆さん、どうだろう？　ランゲ弁護士に一任しては？」

小此木も同意する。

「もちろん、そうお願いしようとは思っていた。相談料も格段考えてくれそうだし。なんだったら相談料は千帆美君が一人で負担できる範囲で」

「それについては考えてあげよう」

とランゲ。

「おおきに、なんぼまけてもらえますのん？　て、いやいや、まじありえないでしょう、そんな話」

千帆美が笑う。

ドアがノックされて秘書のオクタヴィアが入ってきた。千帆美とは手を振り合う。

「ボス、バーゼルのマックス・ルーデンドルフ頭取は明日にでもお会いできるということでした。午後三時から五時の間であれば約束できるとおっしゃっています」

「ありがとう、オクタヴィア。では明日午後三時でアポを取りたいのだが、皆さんは？」

われわれは全員了承し、予定は決まった。

ミュンヘン・フランツヨーゼフシュトラウス空港からバーゼル・ユーロエアポートまでは、ルフトハンザ、スイス・インターナショナル航空のどのフライトでも一時間以内で到着する。私たちは午前の早い便でバーゼルへ飛び、午後遅くミュンヘンに戻ることにした。

「プライベートバンク、ルーデンドルフ」はローラの日記にあるように小規模な銀行に見えた。それでも、歴史ある銀行の重厚さは健在だった。

マックス・ルーデンドルフはにこやかに私たちを頭取室に招き入れた。五十代半ばに見える。髪の色と同色のライトグレーのチェックのスーツがやや猫背の長身にフィットしている。

「今日伺ったのは、一九三七年に貴行に預け入れられた、ある物件を引き出すことに関してです」

ランゲが口火を切る。

「一九三七年……そうなると父ではなく、祖父オイゲンの時代になりますね」

「最初に見ていただくのは、一九三七年当時ラインハルト社の経営者であったフェルテン・ラインハルトの長女ローラ・フィーツェの日記の一部です」

「それで、今日おいでになっている皆さんはどのように関わっておられるのでしょうか?」

「その物件、正確にはラインハルト社の株券なのですが、貴行に預け入れられた際の所有者の関係者です」

「関係者?」

「これを見ていただきたい」

ランゲはローラ・フィーツェの日記と市来仁の手帳のコピーを渡した。

「番号とコードが記載されています。頭取専従の口座で物理的な鍵はありません。一九三七年、世界が再び戦火にまみえるという危惧のもと、あるコードを鍵の代わりにと先々代のオイゲン頭取が決断されたようです。将来の状況の不安定さを考慮し、若干微妙な論点はあるものの、その株券一式は引き出す立場の人に所有権があるとの確認もしているようです」

「そうですか。それでは、ここに書かれた口座番号494518とnachtflugというコードについて調べますので、お時間、そうですね、三十分ほどいただけるでしょうか?」

「ありがとうございます。お手数をおかけします」


待っている間、私たちはルイス・キャロルのアリスのようにローラ・フィーツェの日記の中にワープしていた。一九三七年二月十一日。ラジエーターを蒸気が通る小さな音。たばこやパイプの燻《いぶ》したような煙の帯。炭酸水とスコッチとシェリー。三十代の市来仁とローラ……。幻が透かし見えるようだった。

頭取のマックス・ルーデンドルフが戻ったのは十五分ほどしてからだった。ファイルを手にしている。予定より早く戻ってきたことに、私たちは良くない兆候を感じ取った。その感触は当たっていた。自席に戻ると頭取は私たちに告げた。

「口座は確認しました。ランゲ弁護士のいわれるように、本行の頭取の席にある者が直接管理する特別な口座であることも分かりました。そして、残念ながら、このままではご希望に沿えないということも分かりました」

「付帯条項のことですね?」

「そうです。この特別口座に関して、祖父は古いタイプの銀行家として、ある感情を持って管理の意気込みを開設の趣意書の中で述べています。おそらくは台頭するファシズムへの恐怖心と嫌悪感が背景にあったのでしょう、後世の私たちにもそれを伝えるつもりがあったのかもしれません。そこには、異邦の若い男女に祖父が寄せる期待と願望も含まれていた――」

頭取は息を継いだ。

「その想いを汲めば、長い時を経て今回引き出されるものは、単に一企業の株券を超えて、苛烈な時を生き抜いた、そうした気持ちそのものなのではないかとも思われます。

さて、一九三七年二月十一日、ご持参いただいたローラ・フィーツェの日記にあるように、三通の書類が用意されました。一通は特別口座開設の趣意書、二通目は時の日本政府に提示する預かり証です。そして最後の一通は、三人、すなわち、祖父、市来仁、ローラの署名のある文書です。今必要なのは最後の一通です」

思わず私が口を挟んだ。

「その形式や形状について日記には詳細が書かれていません。貴行のファイルにはそれについての記録はありますか？」

「あります。しかし、もちろん、われわれの立場でそれをお教えすることはできません」

「なるほど」

ランゲが応える。

「ランゲ弁護士、皆さん。私たちバンカーは預金していただく場合にも、いくらいくらという金額だけをお預けいただくのではありません」

「他にもあると？」

「そこに込められた想いも一緒にお預かりしているのです。ＩＴやＩＣＴが進展し、ネットや仮想通貨による決済が当たり前になった今の時代。だからこそ、私たちは逆に生きている鼓動のようなものも取り扱うべきだと考えています」

頭取はやや前屈みになり、デスクの上で指を組んだ。

「皆さん、なぜ、スイスが歴史の変動の中で金融センターとして機能し続けることができるのかご存知ですか？」

頭取は私たちを見回した。

「身贔屓するわけではありませんが、祖父のように頑固で一途《いちず》でありながら、時にはクライアントと一頻《ひとしき》り心を通い合わせることもできるバンカーが多くいたからです」

達意の口調だった。

「照会の４９４５１８ nachtflug の口座をお取り扱いするには、三人のサインが記された書類が不可欠となっています」

「足りないもう一枚の書類を見つけるしかないですね？」

「それしかありません。ここまで来れば私どもには期限はないので」

「それなのですが、期限は非常に迫っているんです」

「そうなのですか？」

頭取は驚いた声を上げた。ランゲは手短に状況を説明した。

「いずれお耳に入ってくることだとは思います。今、懸案となっている株券を、ヒュッター・ウント・シュルツ社は期限を区切って買い付けしているのです」

「そうですか。急ぐ必要があるわけですね」

「八月八日火曜日午後六時までに現物をベルリンの本社に持参することが条件となっています。移動のことも考えると、あと実質三日です」

「お役に立てなくて申しわけありません」

「いや、プロフェッショナルには職業《プロフェッション》ごとに理念も矜持もある。頭取のおっしゃることはよく分かります」

ランゲは続けた。

「マックス・ルーデンドルフ頭取。幸い、ここに優秀なメンバーがいます。残された時間でその書類を見つけるよう努力します」

「分かりました。私も週末はバーゼルを出ないようにします」

「飛行機は朝八時から夜の十時頃まであるので、書類を見つけ次第われわれの中の誰かが飛び乗ります」

「夜遅くても連絡していただいて構いません。これが携帯の番号です」

頭取はメモに番号を書いてランゲに渡した。

2

ミュンヘンに戻る飛行機の中では全員が陰鬱な気持ちで、混雑していたこともあり、離れ離れに座った。

八十年も昔の「書類」が果たして残っているのか、残っていたとしても、ダメージはどうなのか、三人のサインが判別できる状態なのか、分からない。ランゲの事務所に着いたのは午後九時を過ぎていた。

「所与の情報だが――」

小此木が始める。

「オイゲン・ルーデンドルフ頭取、市来仁、ローラ・フィーツェの三人が署名した書類は確かに存在する。日記にも記載がある」

「そうですね。銀行でもいわれた」

千帆美が相槌を打つ。

「次に、ローラの日記によると、彼女がその書類を保管することになっていた。コード［夜間飛行］は市来仁が保管していた」

小此木が続ける。

「問題はその文書がどこにあるかだ」

私が指摘する。

「ドイツかオーストリアにあるとも限らないですね」

千帆美が応じる。

「もし、ドイツかオーストリア以外にあるとすれば、時間の余裕はない」

ランゲも疲れているようだ。

「その場合は諦めることになる？」

留美子が問いかける。

「そうだろうな」

私が応える。

「せっかくここまで来たのに」

私は不思議だった。高柳は日記を何回も読み直してある確証を得たのではないか？　高柳が全てを読み解いていたとしたら……彼が最後に予定していたミュンヘンへの旅行は、改めてマルレーネに会うためのものだった。倒れる前にミュンヘンへ行くことを私に告げたのは、彼なりの凱歌の序曲だった……。

しかし、その疑問は留美子の張り切った声にかき消された。

「最後まであきらめずに。ファイトいっぱーつ！」

その声を聞いて千帆美だけが笑いながら腕に力こぶを作った。

私たちはそれからもいろいろと検証したが、どうしても答えに近づくことができなかった。むしろ、正解から遠ざかっていくような感じさえあった。日曜日もその状態は続き、ランゲと別れてホテルに戻ったのは午前五時だった。

8月のヨーロッパの短夜《みじかよ》。ミュンヘンの上空、薄い色の星の間を、航空機の識別ライトの点滅が同じリズムで移動していた。

「夜間飛行か――」

私が空を見上げると、全員がつられたように上を向いた。小鳥たちが囀りながらホテルの前の木技を伝って行く。

「そうか!」

小此木がくぐもった声を絞り出した。

「夜間の飛行といっても、飛行機のことだけではないのでは?」

「というと?」

「夜に渡る鳥は夜間飛行をする」

「分からないな」

「今まで見た市来仁の手帳にもローラの日記にも飛行機については全く記述がないし、手がかりはなかった。八十年前のあの日、頭取室で三人が得た夜間飛行という発想は、飛行機によるものではなかったとしたら……」

「夜間飛行の発想?」

「その発想は鳥から得ている」

「鳥、ですか？」

「そのものでなくても、それに近いもの」

「小此木君は何かに気づいたのね」

「頭をクリアにしてリベンジしたい。みんなも休んだ方がいい」

私はバスタブには湯をためず、熱めのシャワーを浴びて、バスローブを着たまま電話の呼び出し音に起こされるまで眠った。

3

目が開いたのはホテルのティールームで濃いカプチーノが喉を通った時だった。すでに千帆美が小此木に頼まれたローラの日記のコピーを配っている。

「まずはこの部分だけど」

と小此木。

「もう一度読んでみて」


「そうであれば事務手続きを進めよう。ローラ、私たちが署名をする適当な用紙はあるかい？」

「銀行の用紙を使うのはだめでしょうか？」

「いや、われわれが普段目にする機会のないものがいい」

俯いたわたしに、デスクの照明がわたしの紫色のバッグに反射するのが目に入った。わたしはしばらく考えてジンにその紙を渡した。ジンは素早くそれを「用紙」になるように戻し、オイゲン小父のデスクに置いた。

「大きさはこれでいいかしら？　心持ち小さいですけど」

「ああ、ちょうどいい」

オイゲン小父はそういうと、「1937・2・11」の日付と肩書き無しのサインをし、わたしとジンに回した。わたしたちもそれぞれサインをした。ジンは自分の国の字でサインをした。もう一度三人で確認し、わたしはそれをジンに渡した。ジンがそれを鮮やかな手つきでもとの形に戻すと、オイゲン小父は感嘆の声を上げた。

「これによると、サインされた用紙は、普通の紙ではなかった。それは、ローラがすぐに取り出せる範囲にあった」

「しかも、『もとの形に戻す』とある」

「そして、それを『鮮やかな手つきで』できたのは市来仁だけだった」

「昨日の晩じゃなくて、今朝か、小此木さんがいわれていた鳥と関わりがあるんですか？」

「これも見て」

無骨そうに見えるその指は、意外に繊細だ。幼い頃に亡くなったお母さまに習ったという折り鶴を、日本から持ってきた紅い折り紙で素早く作ってくれたことがある。ヨーロッパの折り紙とはやはり違う。紅い鶴は幸福をもたらすと彼はいった。わたしはお気に入りの濃い紫のバッグにそれを入れている。シュテッフル・デパートにディスプレイされていた装飾の少ないバッグ。母もマルレーネも寂しいバッグだというけれど。


「二つのシーンに共通して登場する紫のバッグ、そして、折り紙」

私は声を弾ませた。

ローラは「紙を」といわれて、お気に入りのバッグからお守りにしていた折り鶴を取り出す。それを市来仁が広げて、裏に三人がサインをした。そして、手早くもとと同じ鶴を折り、それを見たオイゲン頭取が感嘆の声を上げた。

「裏に三人がサインした折り鶴がどこかにあるということになる」

私は呟いた。

「確かにどこかにある」

留美子が頷く。

「何を探せばいいのかは、これで分かった。今度はそれがどこにあるか、だ」

腕時計に目をやる。

「十数時間のうちに見つけないといけないわけですね、勝負ですね！」

千帆美がみんなの思いを代弁する。

私たちはランゲのオフィスへ移動することにした。探すべき対象が絞られたことも彼に報告したい。

あまり睡眠をとっていないだろうランゲは、それでも相変わらずさっぱりとした表情を見せている。折り鶴についての推論を話すと、ランゲは一言、

「実に論理的だ」

と呟いた。

「そのオリヅルだが、ローラはどこに保管しようとしたのか。長澤先生、千帆美さん、君たちがローラだったら、どう考える？」

「プロファイリング？」

「そう、プロファイリング。三十代、感情に流されにくく、理知的で数字に強い。行動力もあり、社交的とはいえないが、家族思いでもある。と同時に、ロマンティストでもある」

「まずリスクを計算するでしょうね」

と留美子。

「リスク？」

ランゲが聞く。

「そう、紛失のリスク」

「固定された場所には置かないかな」

と千帆美。

「家の中とかはダメでしょう。隠す場所が多いように思えるけど、家自体が無くなることもある、戦時ならなおさら」

「ということは、すぐに持ち運べるものの中に隠す？」

私は思考を巡らす。高柳の思考もトレースしてみる。

「身に着けるものとか？」

「そう、ペンダントとかかな」

留美子の考えに、

「小さく折り込めばロケットに隠せる」

千帆美がそれを受ける。

「マルレーネはロケットを持ってたかな？」

ランゲが腕を組む。千帆美は即答する。

「はい。シルバーのロケットは身に着けていらっしゃいました」

「それなら、もう一度、彼女に会いに行かないといけないな」

小此木はいつもさりげない。

「そうね。急がないと」

慌しく席を立った。

どうしても外せない法廷での予定があったランゲは残ることになった。

4

マルレーネはウトウトしていたようだった。訪問者を迎えてうれしいのか、すぐに明るさが表情に出た。院長は不在だった。

「窓から見える季節がわたしの生活の全てなの。夏はまだ盛りね。秋はきれいだけど冬はいやだわ。乾燥してミイラになっちゃう気がする」

「季節の思い出は、いいですね。全身で、覚えている」

たどたどしくはあるが、ドイツ語を使うことに留美子は慣れてきたようだ。

「春は飽きないわ、いつまでたっても……卵をクロッカスの模様の刺繍で包んでウィーンの家の白樺の枝にみんなと一緒に吊るして。楽しかった……次の春は来てくれるかどうか、分からないけど――」

「マルレーネ、来年も、春は、あなたに、一番最初に、来てくれますよ」

留美子が応え、千帆美は毛布を直している。

「ねえ、マルレーネ、今日伺ったのは、失礼ですけど、持っていらっしゃる、ロケットのことなんです」

小此木も一つ一つの単語をゆっくりと追った。

「ロケット？　ああ、これのことかしら？」

マルレーネはシルバーのチェーンを触ろうとして、小刻みに揺れる手を途中で止めた。

「これが何か？」

「はい。お姉さまからもらわれたようですが、中に入っているものはありますか？」

私が尋ねる。

「ああ、これ？　ええ、入っていますよ」

誰かが小さなため息をついた。

「もし差し支えなければ、中に入っているものを教えていただけませんか？」

マルレーネは時間をかけて私たちを見回した。なぜこの人たちは私のロケットの中のものを知る必要があるの？　理由を聞いても飲み込めなかったら？　無下に断って頑迷な老人と思われたら？

そういった感情を代弁するかのような視線だった。

「どうぞ、ご覧になって。どなたか外してもらえないかしら」

千帆美の若い笑みに和んだからなのか、何も聞かず、胸に手をやった。

留美子が屈んでチェーンを回して引き輪を探り当て、注意深くマルレーネの首から外した。ブレゲの時計で知られる複雑なギョウシェ彫りの厚みのある銀の蓋を開ける作業は千帆美に託された。しばらく手こずったが、なんとか開いた。そして、中にしまわれているものが目に入った瞬間、私たちは互いの殺した息を耳にした。ペンダントの中では、マルレーネ自身のふっくらとした童顔の写真の切り抜きが、はにかんで私たちに笑いかけていた。

「悪戯が見つかったみたいで恥ずかしいわ」

マルレーネの頬に赤みがさす。千帆美は蓋を閉じて、それを留美子に渡した。留美子はそのロケットを再び老女の胸に戻した。

「マルレーネ、申しわけありません。お姉さまのローラから、折り紙の鶴を、預かっておられないかと、思ったものですから」

「鶴《クラーニヒ》？」

「ええ、大切なことが書かれている折り紙なんですが、それほど大きくはないもので」

「ローラから？　いいえ、もらってはいないわ」

「そうですか――」

庭の木立の葉擦れがさらさらと共鳴している。

私たちがすぐ帰らずにホスピスのロビーのソファーに腰を下ろしたのは、脱力感からではなかった。見落としているものがあると互いに感じていたからだろう。

「大切なものを隠す場所としては？」

小此木がプロファイルを再開する。

「えーとね。生まれて初めて男の子からもらったラブレターは、机の中にはしまわなかったわね」

留美子が遠い目をする。

「いいですね。わたしの時代はまだＬＩＮＥがなくて、メールでしたよ。しばらく返信しないで、それを毎晩ベッドの中で見てました。一分ごとにメールを開いて、次のメッセージが来てないかドキドキしてました」

千帆美は思春期に戻っていた。

「ラブレターって言葉、洋モクとか冷コーとかエンストとかと同じ運命を辿るだろうな。しかし、長澤、それをどこにしまったの？」

小此木が尋ねる。

「わたしなんか、ついTV、『チャンネル回して』っていっちゃうよ。で、ラブレターはね、母が部屋の掃除にかこつけて、年頃の娘の様子を探ろうという気を起こさないとは限らないでしょう。どこにしまったかというと、小学校で使っていた算数の教科書の間に挟んでおいた。絶対、敵が探さないところと考えて」

「わたしも似たようなことをするかな。ばれそうでばれにくいところを選ぶ。例えば、保護色ってやつ？」

千帆美がそういうと、留美子が閃《ひらめ》いたように叫んだ。

「待って。それよ、それ！　何か引っかかってて」

「ああ、そうですね。色ですよ、色！」

千帆美が同調する。男たちはポカンとしている。

「もう一度マルレーネの部屋に戻りましょう」

留美子と千帆美は、自信がありそうな足取りで先頭に立った。

再び姿を見せた私たちに、マルレーネは目を丸くしている。

「まあ、わたし、同じ夢を見てるのかしら？」

「何度も申しわけありません」

「もう一つだけ、確認したいことがありまして」

留美子がベッドサイドに立つ。

「マルレーネ、大切なものを、傷つけるかもしれません。でも、それは恐らく、お姉さまの、意向でもあります」

「何を壊すのかは分からないけれども、それが姉の希望なら」

「ありがとうございます。壊すのではなく、いくらか、切るだけ。後で、戻します」

留美子は枕もとにある、すでにランゲが返していたローラの日記帳を手に取る。

その留美子に千帆美がポーチから取り出したまつ毛の手入れに使う小さな鋏を手渡す。

慎重に留美子が作業した。三分もかからなかっただろう。しかし私たちには長い時間が過ぎたように感じられた。

留美子は、背表紙に貼られていた紙の、米ドル札が隠されていた下半分の両端を切った。

そして……開かれた背表紙と芯紙の隙間には、くすんだ背表紙の赤を背景に、紅い折り鶴が一羽、羽を休める姿容で置かれていた、ほぼ同じ色の背表紙に溶け込みながら——。

七十年近く前に現金を探り当てた時、マルレーネは折り鶴には気がつかなかった……。

「千帆美ちゃん、開いてみて」

「わっ、どうしよう」

そういいながら、頬を緩ませている。

「千帆美ちゃんならできるよ。満員電車の中で、アイラインを引くような感じで」

「長澤先生、失礼ですね、わたし、やったことありませんよ、高校入ってから」

「はいはい、中学生までマイルドヤンキーだった千帆美さん、慎重に広げてね」

千帆美は折り鶴を手に取って観察し、テーブルにそれを置き、留美子から渡された鋏の先端を使って器用に広げていった。

裏に字が書かれているのが見える。正方形に広がった折り紙の表の面を手でなぞって折り目を伸ばすようにしてから、千帆美はそれを裏返した。そこには、擦れてはいたが、「1937・2・11」の日付けの下に三つの署名があった。市来仁は日記にあるように漢字でサインしていた。

「マルレーネ」

留美子はサインを彼女に見せた。

「これは、あなたのお姉さんの、ローラの、署名ですか？」

一語一語区切るようにドイツ語を発音した。

マルレーネは目を細めて凝視した。

「ええ、確かに。そうですよ。姉の字です。まあ、一九三七年ですって。ああ、ジンがいた時ね。姉の上のサインはジンのものね」

「そうです。そしてその上のサインは、オイゲン・ルーデンドルフのものです」

私が断言する。

「オイゲン？　銀行家のオイゲン小父さま？」

「はい。三人のサインが記されたこの折り紙が必要なんです」

「折り鶴がどうして姉の日記に隠してあったのかしら？　でも、説明は要りません。そうしないといけない事情が姉にはあったのでしょう。可哀そうな、ローラ……姉の字に触ってもいいかしら」

「マルレーネ。この折り紙を、バーゼルへ、持っていきます。現物は、もうお返しできないかもしれません。わたしが、こうして紙を持っていますから、お姉さまの、思いを、撫でてあげてください」

留美子が折り紙を差し出すと、マルレーネは両手で包み込むようにローラのサインを数回撫でた。彼女の眼差しは明瞭で、柔らかく、一時その手の震えは消えたかのように思えた。

「ありがとう。もういいわ」

窓へ向けたマルレーネの横顔に、日盛《ひざか》りの高い雲が瞬時アーチを架ける。


ランゲは事務所で私たちを待っていた。

「どうやって見つけたのかは、後で聞こう。すぐバーゼルへ発つ。今回は松崎と私が株券を受け取りに行こうと思うのだが」

皆が同意した。気が重かったが、私も責任上承諾した。私たちはミュンヘンの空港へ直行し、間に合ったフライトでバーゼルへと向かった。

5

ランゲが用意したアタッシェケースに百五十枚の株券を詰め、ミュンヘンに戻ったのは八月七日月曜日の夜十時過ぎだった。

マックス・ルーデンドルフ頭取は折り紙を受け取り、彼の祖父のサインと照合し、あらかじめ準備してあった株券を渡してくれた。

「十五センチ角のこの紅色の紙に八十年の時の流れが染み込んでいる。祖父が述べた鉄兜も戦車も手榴弾も、ほとんど朽ちたか破壊されてしまったが、この紙片だけは有効なメッセージとして力を発揮している。歴史において、絶対に守るべきものは何か、真に強いものは何かを考えさせられます」

プライベートバンクを家業とする銀行家は立ち上がり、私たちは固く握手を交わして別れた。

ランゲの事務所でアタッシェケースを開いて株券をもう一度確認する。

「明日、ベルリンへこれを持って行く」

ようやく安堵が躰のすみずみに行き渡った心持ちだった。

高柳は日記に折り鶴が隠されていることを、消去法で、論理的に解明していたに違いない。生きていればそれを証明するつもりだったのだろう……。

「どうなるかしらね――」

留美子が語尾に思いを込めた。

「ヒュッター・ウント・シュルツは、われわれが持ち込むラインハルト社の株券の中からランダムに数枚サンプリングして、一週間かけて鑑定するそうだ。本物と認められて初めて換金される」

ランゲは淡々と話した。

「キャッシュで渡されるんですか?」

「もちろん、そうではない。今回世話になったルーデンドルフ銀行に私の事務所の名義の口座を開設したので、そこに送金させる」

「そうですね、もし、数える必要があるならお手伝いしようと思ったのに」

千帆美は残念そうだ。

「銀行に就職しない限り、普通のOLが数億のキャッシュを数える機会はないな」

私がいう。

「すいませんね、なんとおっしゃいましたっけ? 普通のOLでしたっけ? 悪うございました」

千帆美は膨れっ面をして笑った。

「さて、首尾よく、七百三十三万六千五百ユーロが入金されたとして――」

ランゲが私たちを見回す。

「その後のことだ。松崎、腹案を持ってるようだが……」

このことについては、バーゼルへ行く途中、ランゲと二人で協議した。話し合うために銀行へは二人で行くことにしたとランゲはいった。

「それについてだが、経費の分を除いて、マルレーネ・マイヤーのいるホスピスに寄付する案はどうだろうか？」

「そのつもりだったのね」

留美子は鷹揚に構えている。

「この株券の所有権はバーゼルの銀行から受け出した者にある」

ランゲが解説する。

「一方で、ランゲを含めてわれわれの間で全額を分配したとしても一人当たり二億円にはならない。ランボルギーニの一台限定《ワンオフ》モデルはとってもじゃないが二台は買えない。日独の所得税法の厚い壁もある」

「えー、例えが出来レースみたいなんですけど」

留美子が笑う。私が付け加える。

「しかしだ、全額をホスピスに寄付すれば、少なくとも数十年にわたって人件費や建物の修繕費などに使われるだろうし」

「マルレーネが生きている間は、医療面や生活面で充分に満足のいく最先端のケアが受けられることを寄付の条件とする。また、税金などについても私が処理する」

「わたしたちの選ぶ道はそれ以外にはないようね。それで、お願いというか提案なんだけど、函館の市来男爵記念館にも少し寄付したらどうかしら。市来仁が生きていれば不要とはいうでしょうけど……」

「それは良い考えだ。Qi《キ》 ist《イスト》 das《ダス》 Herz《ヘルツ》！」

「ひょっとして、気は心、っていいたい？」

ランゲは笑いだしそうになっている。全員の和やかな賛同を確認して、

「交渉成立《ディール》！」

英語の一言で締めた。

6

東京の夜は、夏の果てのほろ苦さに覆われ始めていた。

高柳真由美は私の報告を口を挟まずに聞いた。浅く腰をかける革張りのソファーの滑る音だけがあった。最後に、ランゲから送られたバーゼルの銀行の入出金の記録とミュンヘンのホスピスとの契約書のＰＤＦを見せる。彼女は仏間へ短い視線を向けた。

「高柳はそのお金をどうしようとしたのかしら？」

「さあ、分からない。八億や九億そのものが目的ではなくて、そこに至る道筋の方が必要だった」

「道筋？」

「トップを目指そうとする者がいなくならないのは、トップとはどういうものなのか、未経験で知

らないからだ。トップになったらこうではないかな？　これもできるのではないかな？　ってワクワク感がトップを目指すモティベーションになる。俺もそうだったし、たぶんみんなもそうだ。そして、実際トップになると、こんなものかと気が抜ける。プライドもあるし、顔には出さないけどね。高柳は娘を亡くし、心にぽっかりとした空洞を抱えていた。その彼が久しぶりに心を躍らせたのが、［夜間飛行］だった。金額は主役ではない。幸か不幸か、去年は子会社の不祥事で社長としての業務が例年より減った。いろいろと考える時間があった。株の買い入れの期限はヒュッター・ウント・シュルツのウェブサイトで三月に確認した。その前に対処しなければと思ったのだろう。俺は高柳は真相に辿り着いたと考えている。写メでローラの日記のページを撮った時の裏表紙の手触りと日記の内容、それとマルレーネの話を総合して独自に推論をブラッシュアップさせていった……」

私は真由美の質問には答えていない。九億円をどう使うつもりだったのか、それは謎だ。もう一つ。

「彼と安念氏の死」

「ああ、安念さんね。声を聞いているから、わたし実感があるわ。で、二人については？」

最良と最悪のシナリオという小此木の見解を思い出していた。私はいった。

「最悪のシナリオとそうでないシナリオの二つがある。どちらから話そうか？」

「もちろん、最悪の方から」

真由美は笑った。

「安念氏からの数回の抗議の電話を受けて、高柳は直接会って話をつけた方がいいと思った。安念氏からすれば、市来仁の手帳を破いたことに誠意をもって謝罪してほしいと思っていた。それがエスカレートして、謝罪は外崎老人の墓前でだとか、遺族にも、となって高柳は負担を感じ始めていた。高柳にしても、安念氏以外の誰かに追及される恐れも考えただろう」

「秘書室長の近藤さんとかね」

「そうだ。青森での高柳と外崎氏とのやり取りや原稿の書き直しなど、近藤に怪しまれる余地はあった。実際そうだったしね」

「そこで、真由美さん、あなたに調べてもらったように、あの年、お盆にレンタカーを予約して安念氏に会いに行った。高柳はできるだけ穏便に済ませようと思ったが、安念氏はそうではなかった。奥さんの事故を契機に大企業と呼ばれる組織自体に対する反感もあって老人は頑なだった」

「それで、その年の十二月にもう一度行ったのね」

「そうして、起こったこと……」

私は一呼吸置いた。

「高柳は、青森の外崎氏が用水に落ちて肺炎で亡くなったことを知っていた。老人が間違って冬の川に転落する——よくあることだ。高柳は行動に移した。そして、自分は車の中にいて、老人が河原から這い上がってこないことを確認した。二十分か、三十分」

「で、もう一つのシナリオは？」

真由美は平然としている。

「十二月に高柳が安念氏に再び会った時、老人は態度を軟化させた。二人はちょっと離れた魚津とか富山の町で食事などして分かり合った。ホームまで送ろうという高柳に、最近は足腰が弱っているから鍛えたいので歩いて帰ると老人はいった。ホームに戻る途中、往時の遊園地の跡を見上げたりしながら革靴で歩いていた老人は、降り始めた雪に滑って足を踏み外し、そのまま斜面を転げ落ちて河原の石に頭をぶつけた。小さな地方紙の片隅に出た事故だから、高柳は知りようもなかったろう」

「で、松崎さんはどっちの可能性が高いと思う？」

「イーブンだと思う」

私は嘘をついた。

九億円という金額は人を殺す動機となり得るのか？　もちろんなり得る。だが、殺人のきっかけが二十億円でも百億円でも、露見すれば失うものの方が途轍もなく大きい。友人、家族、キャリア、名声。二十億でも百億でも買えない大切なものばかりだ。東昇エンヂニアリングの現役社長が犯した殺人事件となると、ニュースは世界を巡るだろう。そのことも高柳は考えたに違いない。しかし、一方で、高柳は一連の痕跡を隠しすぎている。亡くなる前の高柳の「すまない」は懺悔の気持ちの表れともとれた。

「イーブンだよ」

私は自分にも嘘をついた。

「奥さまには話したの？」

「まあ、［夜間飛行］のさわりの部分だけは」

「で、どうでした、容子さん？」

「やっぱり人生設計が下手ね、あなたは、と一言」

「容子さんの気持ちは分かるわ。でもね、亡くなる間際の高柳にとって、目に入った松崎さんはたまたまそこに居合わせただけの人ではないと思う。きっと、［夜間飛行］の真実にまで辿り着いてくれる、心から信頼できる仲間だったんじゃないのかな、松崎さんがいてくれて良かったと思った、瞬間の判断として。あちらで高柳に会ったら、あなたも松崎さんも、二人とも人生設計がやっぱり下手だったわねと褒めてあげるわ」

　もう一度小さく微笑んだ。

終　章

無耽でよく使う席には、アンニュイな雰囲気が戻っていた。

「あっちこっち行ったけど、アッという間だったわね」

感慨深げな留美子に千帆美が応える。

「そうですね。忘れられない四カ月でした。めっちゃキュンとなりました。最後の方なんか、どうなることかと思いました。わたし、気づいたんですけど、あれほどウィーンが舞台のストーリーを追いかけたのに、でも、ウィーンには行かずじまいでしたね」

「ほんとにそうだわ。ローラの日記を読んで、ウィーンには行ったような気になったわね。今度行くとしたら［夜間飛行］を巡るツアーっていいんじゃない？」

「その時は皆さんとご一緒させてくださいね。部長、ビジネスクラスでいいので」

「えっ、千帆美、ビジネスクラスなんかでいいの？」

「あ、やっぱりファーストの方が似合います？」

「いや、とんでもない。もちろん君には――」

「それな！　貨物室ってか！　おいおい！」

千帆美は屈託がない。

「終わってみれば松崎には最後まで付き合ったことになるかな。それだけではないな。高柳社長とも付き合った。市来仁ともローラとも」

小此木がいう。

「市来男爵ね。前評判が悪かったから、どんな人だろうと懐疑的だった」

留美子が続ける。

「歴史の荒波ってあるけど、実際今のわたしたちがその波をまともに受けるってことはほぼないじゃない？　ニクソンショックやリーマンショックとかあったけど、なんていうのかな、部分的で、間接的で、回復の道筋も分かるかなって感じ。でも、市来仁にとっても、ローラにとっても、第二次大戦へ転がり落ちる感覚……それはメガ級の衝撃波として心を突き抜けたんじゃないかな」

「オーストリア併合を市来は函館で知り、ローラは真珠湾攻撃をミュンヘンで知った」

小此木が頷く。

「居たたまれない気持ちになって、最後は絶望感に打ちひしがれた。その絶望感の中で、それでもなお、ローラは秘めた希望を日記帳に託した」

「市来仁はどうだったんだろう、いろいろいわれているけど、希望を捨ててしまったのかな？　ウィーンでのあの晩、『覚悟《ベライト》』を、ローラに問うているし」

私は誰にともなく聞いた。

「いや、希望は捨ててなかったんじゃないかな、彼は彼のスタイルで——」

小此木が答えてくれた。

「どんなふうに？」

「弱った体を引きずるように、毎日、函館駅へ通った。カタストロフィへの道ではなく、巡礼の道をやっとの想いで辿るように……そこは一九三六年のウィーンへの旅の始点だった。全てが終焉に向かおうとしていた市来仁にとって、そのかつてのスタート地点に身を置くことだけが、残された唯一の希望だったんじゃないかな。それに縋《すが》った。たとえもう一度旅立つことが現実にないと分かっていたとしても」

留美子が頷く。

「海峡の駅の待合室の片隅で、最期の意識の中でマンダリンオレンジとイラクサの香りに満たされていったと信じてあげたい……」

毎日、何万回、何十万回と人々の生活の中で交わされる別れの言葉——それが、どんな饒舌な契りの言葉よりも、心に残ることがある。

Bis Morgen——また、明日……。

ヨーロッパ。戦火が迫る古都。晃晃と重なり合う一夜限りの歓情。

遅すぎたデビュタント・ワルツ……。

国境を超えて慈しむように踊る一組のデビュタントに私たちは想いを馳せた。

この小説はフィクションです。実在する個人や団体、実際に起きた事件等にはいっさい関係ありません。

参考文献

音楽の友編『新編ウィーンの本』音楽之友社　二〇一二年
徳永千帆子『麗しのウィーン、音に魅かれて』書肆侃侃房　二〇一七年
倉田稔『ハプスブルク・オーストリア・ウィーン』成文社　二〇〇一年
河野純一『横顔のウィーン』音楽之友社　一九九九年
真鍋千絵『ふだん着のウィーン案内』晶文社　一九九二年
田口晃『ウィーン　都市の近代』岩波新書　二〇〇八年
中島義道『ウィーン愛憎　ヨーロッパ精神との格闘』中公新書　一九九〇年
須貝典子、片野優『ウィーン　小さな街物語』JTBパブリッシング　二〇〇五年
須永恆雄『ウィーンの内部への旅』彩流社　二〇〇〇年
武田倫子『ウィーン謎解き散歩』KADOKAWA　二〇一五年
松岡由季『観光コースでないウィーン　美しい都のもう一つの顔』高文研　二〇〇四年
辻静雄『ヨーロッパ一等旅行』鎌倉書房　一九七七年
ジェニー牛山『歴史を織りなす女性たちの美容文化史』講談社　二〇一三年
広瀬清吾『統一ドイツの法変動』有信堂　一九九六年
仲村靖「無記名株式と寄託業務」「修道商学」第五十六巻第一号　二〇一五年
山縣正幸「ドイツ型企業モデルの基本的特質」「社会科学雑誌」創刊号　二〇〇八年
柳澤治「ナチス・ドイツにおける商工会議所の改造——地域経済のナチス的編成——」「政経論叢」第七十五

巻第五・六号　二〇〇七年
西牟田祐二「ナチ経済とアメリカ大企業――GM社の場合――」「経済論叢」第百五十七巻第一号　一九九六年
八木紀一郎「オーストリア学派の社会的基盤」「岡山大学経済学会雑誌」第十七巻三・四号　一九八六年
永井清彦『キーワードで読むドイツ統一』岩波ブックレット百七十　一九九〇年
ヴォルフガング・グラッツァー、ハインツ－ヘルベルト・ノル『統一ドイツの生活実態』長坂聡、近江谷左馬之介訳　勁草書房　一九九四年
坂井榮八郎、保坂一夫編『ヨーロッパ＝ドイツへの道――統一ドイツの現状と課題』東京大学出版会　一九九六年
走尾正敬『現代のドイツ経済』東洋経済新報社　一九九七年
戸原四郎、加藤榮一編『現代のドイツ経済　統一への経済過程』有斐閣　一九九二年
戸原四郎、加藤榮一、工藤章編『ドイツ経済　統一後の10年』有斐閣　二〇〇三年
野村真理『ウィーンのユダヤ人　十九世紀末からホロコースト前夜まで』御茶の水書房　一九九九年
ジョージ・L・モッセ『フェルキッシュ革命　ドイツ民族主義から反ユダヤ主義へ』植村和秀、大川清丈、城達也、野村耕一訳　柏書房　一九九八年
ジョージ・L・モッセ『ナショナリズムとセクシュアリティ』佐藤卓己、佐藤八寿子訳　柏書房　一九九六年
小林公司『ドイツ統一の歴史的位相――所有権の私有化・司法統合の法過程――』有信堂　一九九九年
浜本隆志、髙橋憲『現代ドイツを知るための55章　変わるドイツ・変わらぬドイツ』明石書店　二〇〇二年
ニコラス・フェイス『秘密口座番号　スイス銀行の秘められた世界』斎藤精一郎訳　日本放送出版協会　一九八二年

アダム・レボー『ヒトラーの秘密銀行』鈴木孝男訳　ＫＫベストセラーズ　一九九八年
中島義道『ヒトラーのウィーン』新潮社　二〇一二年
フォルカー・コープ『ナチス・ドイツ、ＩＧファルベン、そしてスイス銀行』八木正三訳　創土社　二〇一〇年
酒井美意子『元華族たちの戦後史　没落、流転、激動の半世紀』講談社＋α文庫　二〇一六年
『歴史読本』編集部編『日本の華族』新人物往来社　二〇一〇年
千田稔『華族総覧』講談社現代新書　二〇〇九年
倉持基『秘蔵写真でたどる　華族のアルバム』ＫＡＤＯＫＡＷＡ　二〇一五年
函館駅１００周年記念事業プロジェクト編『函館驛　写真で綴る１００年の歩み』北海道旅客鉄道函館駅　二〇〇三年
堀井利雄『函館駅百年物語』幻洋社　二〇〇三年
函館市時任町会創立50周年記念誌編集委員会編『時任町会創立50周年　記念誌』函館市時任町会　二〇〇八年
館和夫『男爵薯の父　川田龍吉伝』北海道新聞社　一九九一年
近江幸雄『函館人物誌』私家版　一九九二年
北海道史研究協議会編『北海道の歴史と文化　その視点と展開』北海道出版企画センター　二〇〇六年
柳澤治「ナチス期ドイツの経済政策思想と日本への影響——経済新体制確立要綱を中心に——」「明治大学社会科学研究所紀要」第四十四巻第二号　二〇〇六年
安藤良雄『両大戦間の日本資本主義』東京大学出版会　一九七九年

高橋眞（たかはし　まこと）

一九五二年、富山市生まれ。函館大学商学部教授、愛知学泉大学現代マネジメント学部長、豊山町行政改革推進委員会会長、豊山町生涯学習推進審議会委員長、豊田市公設地方卸売市場運営審議会会長などを経て、二〇一八年よりハリウッド大学院大学ビューティビジネス研究科教授、戦略経営協会理事。専門は経営管理論。経済学修士（筑波大学）。共著に『変化の経営学　活性化・情報化・民営化・国際化』（白桃書房）、『専門基礎ライブラリー　新版経営学』（実教出版）など。本書がミステリー小説としての遅すぎたデビュー作。

デビュタント・ワルツ

二〇二二年九月四日　第一刷発行

著　者　高橋　眞
発行者　田尻　勉
発行所　幻戯書房
郵便番号一〇一-〇〇五二
東京都千代田区神田小川町三-十二
電　話　〇三-五二八三-三九三四
FAX　〇三-五二八三-三九三五
URL　http://www.genki-shobou.co.jp/

印刷・製本　中央精版印刷

ISBN978-4-86488-254-5 C0093